舒蘭河上

台北水路踏查

謝海盟——著

台北河神地圖

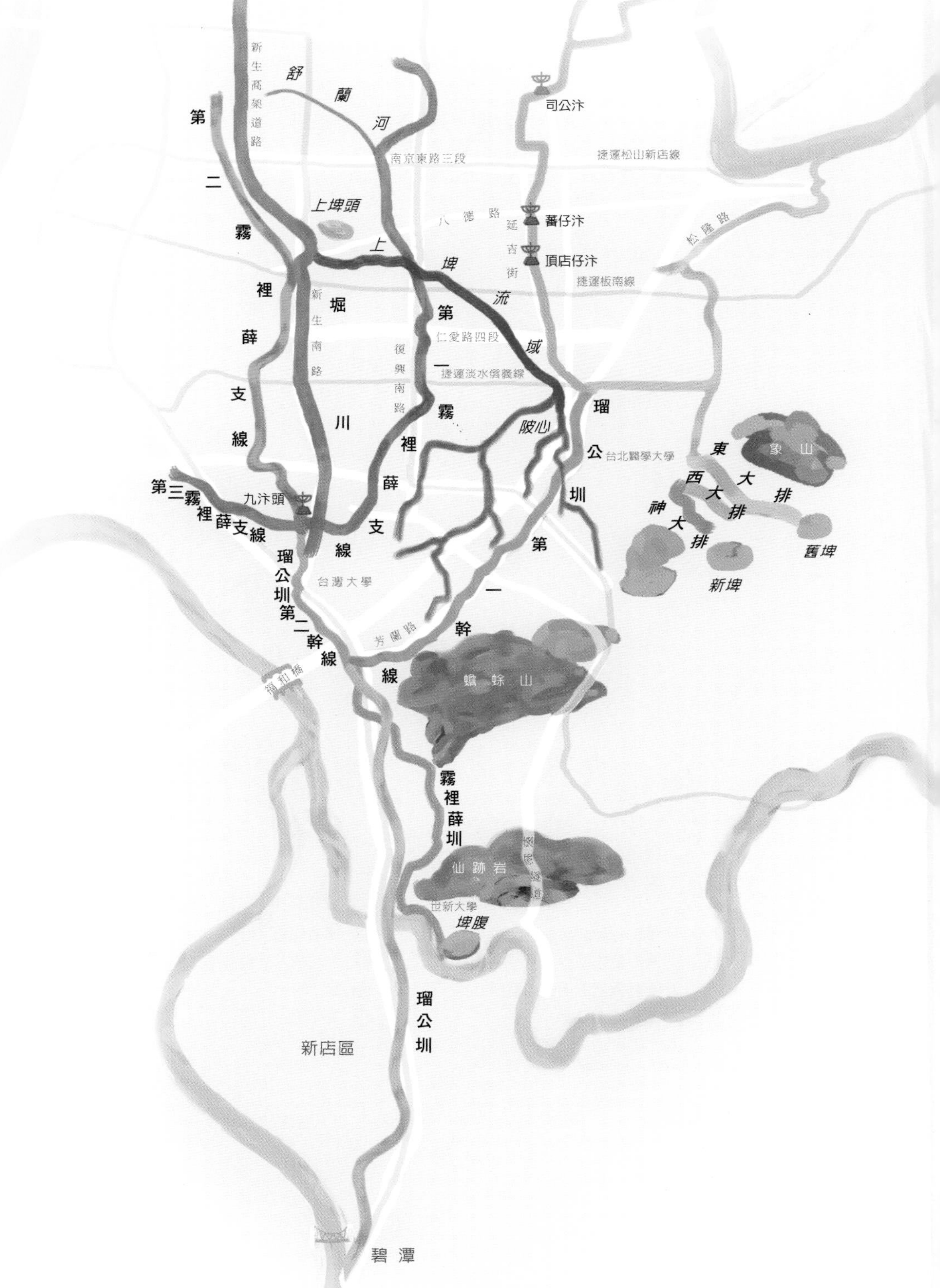
新生高架道路
舒蘭河
司公汴
第二霧裡薛支線
南京東路三段
捷運松山新店線
上埤頭
八德路
延吉街
蕃仔汴
頂店仔汴
松隆路
上埤流域
捷運板南線
新生南路
堀川
第一霧裡薛支線
仁愛路四段
復興南路
捷運淡水信義線
陂心
瑠公圳
台北醫學大學
象山
東大排
西大排
神大排
舊埤
新埤
第三霧裡薛支線
九汴頭
瑠公圳第二幹線
台灣大學
第一幹線
芳蘭路
福和橋
蟾蜍山
霧裡薛圳
仙跡岩
世新大學
埤腹
瑠公圳
新店區
碧潭

霧理薛圳／瑠公圳景美段

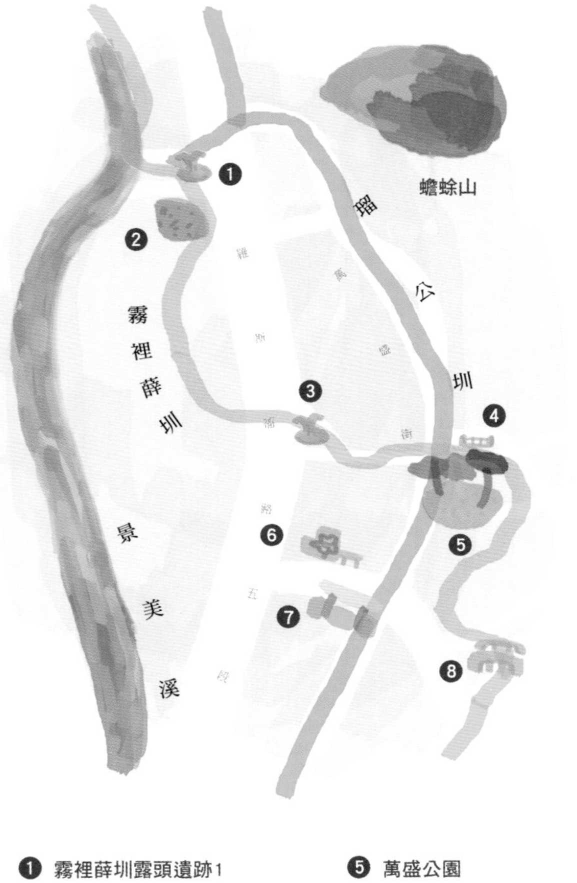

1. 霧裡薛圳露頭遺跡1
2. 扇形綠地
3. 霧裡薛圳露頭遺跡2
4. 橋欄遺跡
5. 萬盛公園
6. 台北花木批發市場
7. 武功國小
8. 萬盛橋

瑠公圳第一幹線

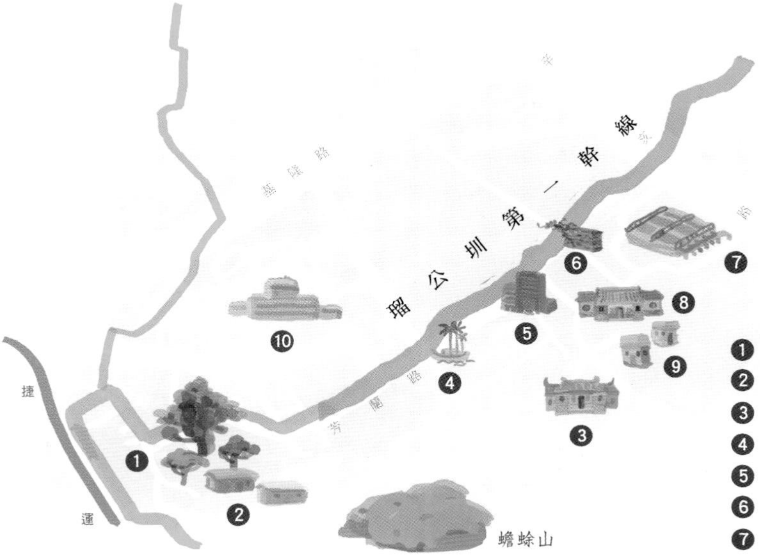

1. 護村神木：大葉雀榕、正榕
2. 煥民新村
3. 義芳居
4. 水上人家檳榔攤
5. 永齡生醫工程館
6. 薜荔磚牆
7. 自來水廠水池
8. 芳蘭大厝
9. 芳蘭退舍
10. 國立台灣科技大學

舒蘭河

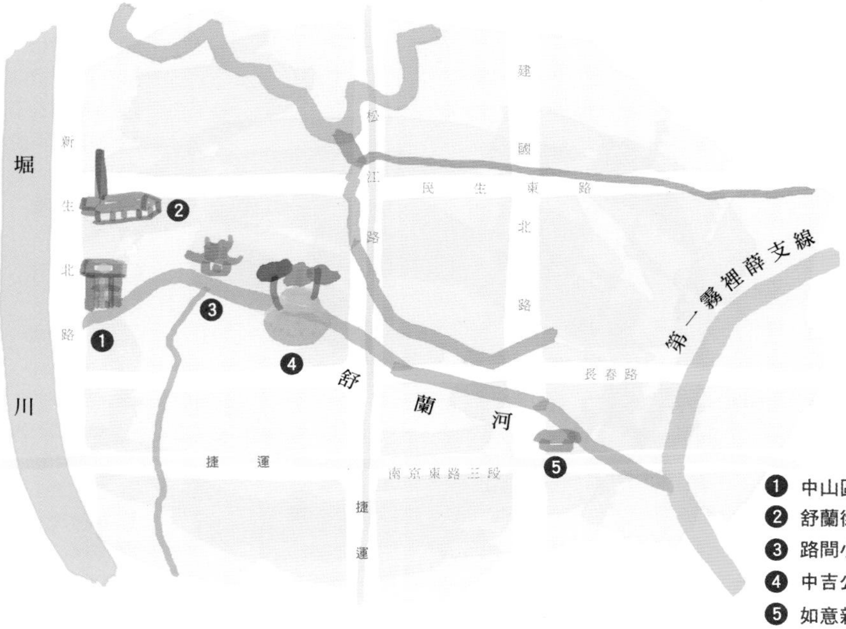

1. 中山區農會
2. 舒蘭街火葬場原址
3. 路間小廟
4. 中吉公園
5. 如意新村

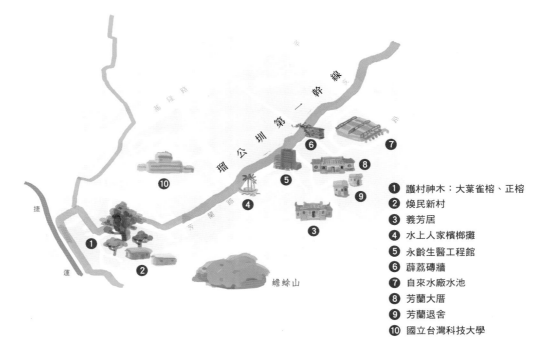

上埤流域

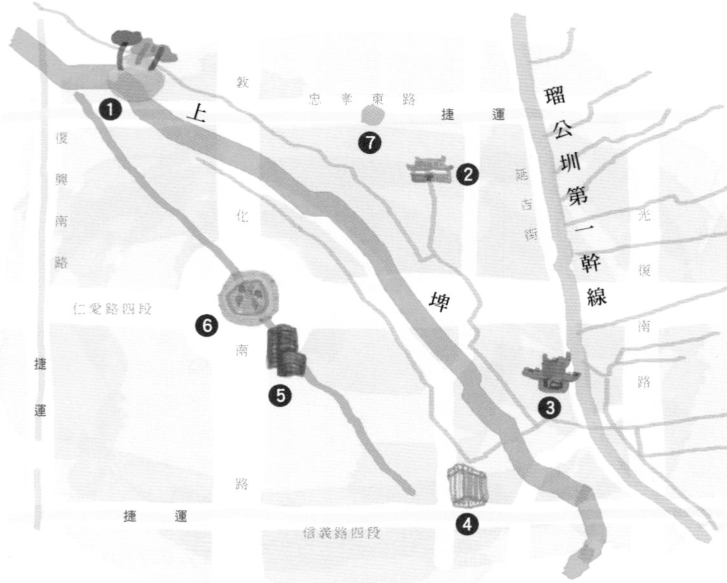

1. 瑠公圳公園
（建議正名為上埤公園）
2. 林三勝公廳
3. 火聖廟
4. 原芝麻酒店
5. 台新金控大樓
（原財神酒店）
6. 仁愛路圓環
7. 忠孝敦化站

東西神大排

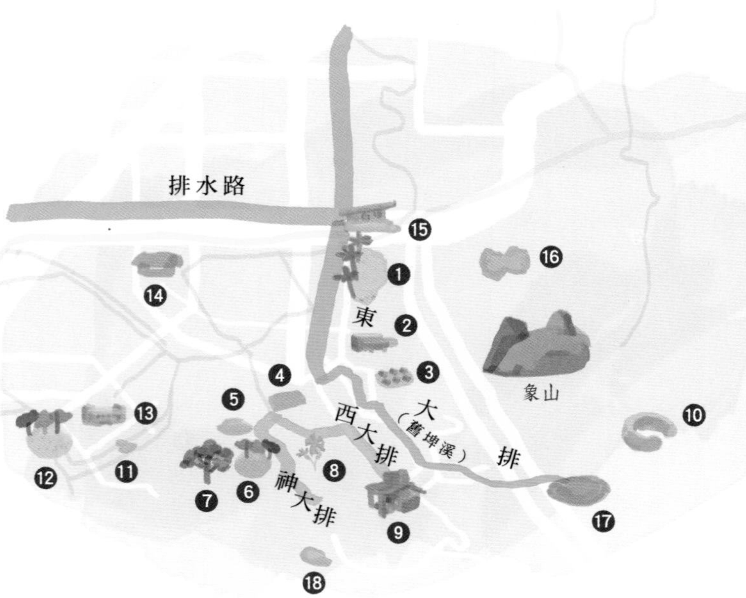

1. 中強公園
2. 第一社會福利中心
3. 菜園便橋告示牌
4. 吳興國小游泳池
5. 惠安綠地
6. 吳興公園
7. 大榕樹
8. 王不留行
9. 永安祠
10. 和興炭坑
11. 柴頭埤
12. 黎雙公園
13. 台北醫學大學
14. 四四南村
15. 捷運象山站
16. 蝴蝶埤
17. 舊埤
18. 新埤

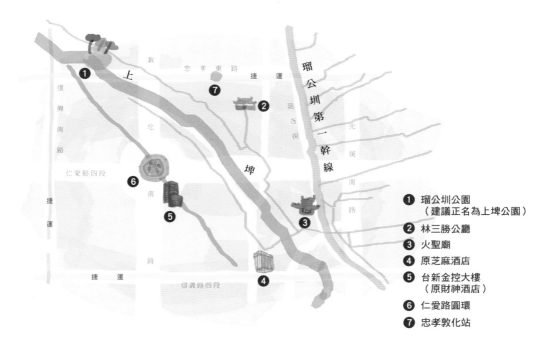

堀川（特一號排水溝）

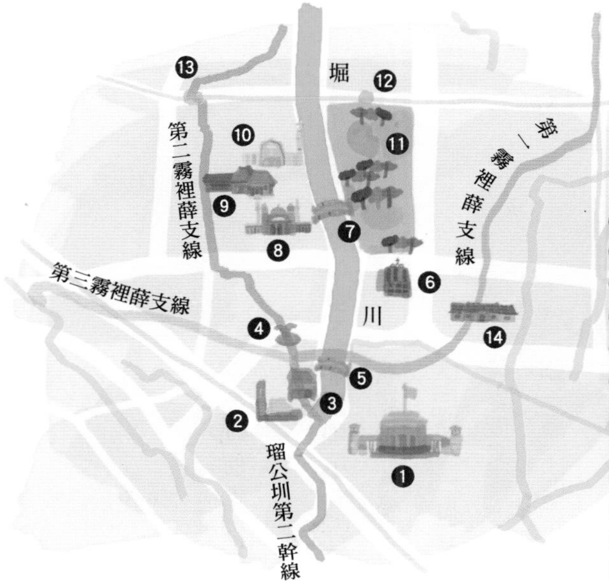

1. 台大校門
2. 基督教浸信會懷恩堂
3. 臺一牛奶大王
4. 第二支線遺址
5. 大河加蓋之前，兩側以小橋相通
6. 台北靈糧堂
7. 昔日木板橋位置
8. 台北清真寺
9. 青田七六
10. 天主教聖家堂
11. 大安森林公園
12. 捷運大安森林公園站
13. 捷運東門站
14. 龍安坡濂讓居

新店瑠公圳

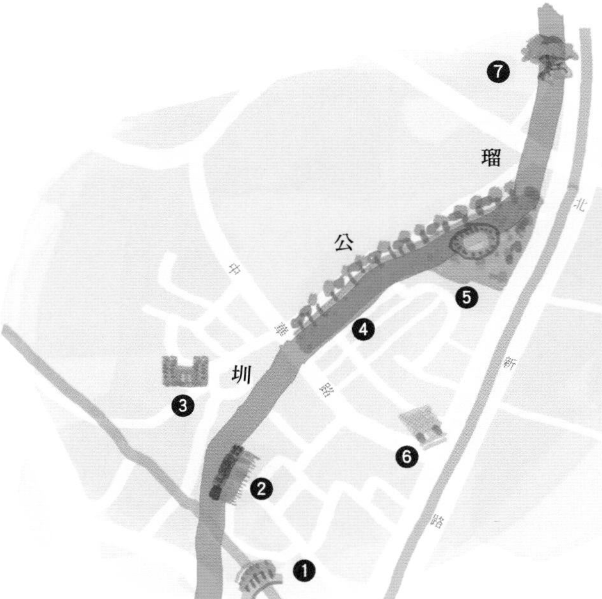

1. 水橋
2. 吊腳樓聚落
3. 美河市一號大門
4. 瑠公公園
5. 北新藝術廣場
6. 捷運新店區公所站
7. 雀榕箱涵

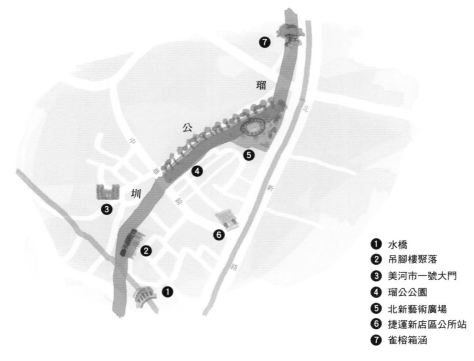

目錄

瑠公圳與霧裡薛圳

興隆路一段83巷，大馬路往巷道裡走沒幾步，有一座萬盛橋，建造於民國六十四年，相較四十三年建成的信義路八號橋，反倒更為破敗，更像路邊護欄般不起眼，「萬盛橋」三個字幾乎斑駁得看不見。兩側橋欄並不方正相對，而是斜斜平行，橋兩側的巷道蜿蜒而來、蜿蜒而去，即便填滿水泥鋪平了，作為家戶後巷有種樹有雜物堆置有油煙機排放口，河的面貌河的模樣，照眼即見。

萬盛橋跨越的水圳應是較老的霧裡薛圳，而非瑠公圳。

霧裡薛圳，取霧裡薛溪（平埔族語，今景美溪）水源得名，亦名七股圳，係雍正、乾隆年間，先民周永清招七人合股修築（一說是修復），自鯉魚山腳（今木柵路國家考場一帶）霧裡薛溪大灣如深潭處，引溪水灌溉木柵至公館的台北南區，分汴出來的三條支線，更分別延伸至三板橋（南京東路十四、五號公園一帶）、古亭、下埤頭（榮星花園一帶）。

抵達萬盛橋前的霧裡薛圳痕跡鑿鑿，當它自景美溪大灣取水分流後，行走在鯉魚山與景美溪間，遇景後街北走，自景行公園與景美國中之間離開景後街，於興隆路二段以南、仙跡岩山以北、景興路以東的地面曲折盤桓，靜心中小學後側的西洋梨形狀的興福公園，是霧裡薛圳與一條溪流相會，所刻畫出的奇特形狀。那條小溪是我認識的第一條台北市河流，它如今在捷運辛亥站的軍營背後尚有明渠，在與來自萬芳醫院、警察學校的另一條支流會合後，沿興隆路二段、仙岩路而來，在仙岩路6巷口留下一座「仙通橋」遺跡與興隆公園是其途中的池埤。

此後，霧裡薛圳經過興隆路一段271巷4弄，經過景豐公園南側一短短的無名巷弄，經過景豐公園（在早期的估狗地圖中，這座公園仍作「萬盛公園」，易與稍後流經的那一座混淆）。興隆路一段、興順街、興隆路一段137巷、文山景美運動公園之間廣袤的停車場，那條繞了三個大小彎的曲徑便是霧裡薛圳，它在137巷口進入興隆路路面，萬盛橋便在不遠之處。

瑠公圳是在霧裡薛圳不敷灌溉需求後，取而代之的產物，兩圳在日據時代整併完畢，瑠公圳負擔起灌溉功能，霧裡薛圳舊有的圳路改為較低的排水路（請再次記住有灌必有排的分離原則）或填平為道路。因此在蟾蜍山腳萬盛街這一帶，兩條水圳圳路糾纏相交，憑著一九三九年的〈瑠公水利組合區域圖〉按圖索驥，圖上紅色的瑠公圳與藍色的霧裡薛圳儘管區隔清楚，實際踏查仍極易迷失在兩圳留在大街小巷間的蛛絲馬跡中，處在全然不同時空裡的兩條水圳，如今一模一樣，都是面貌模糊的歷史殘跡。

過萬盛橋後的霧裡薛圳走在住宅區中，時而為人家後巷時為巷弄路面，遇一小綠地似菜園似公園，置有簡單幾樣遊樂設施，霧裡薛圳不起眼由綠地邊緣過，走過新舊截然的兩幢住宅大樓間，到了萬盛公園中，又有點河的模樣了，由南北向轉東西向流，刻畫出萬盛公園的形狀。萬盛公園北鄰羅斯福路五段97巷，西側是萬盛街，公園與這兩條馬路有一層樓高度的

萬盛公園西北角的瑠公圳與霧裡薛圳交錯之處，尚留有一橋欄遺跡，屬於瑠公圳。

高低差，不為別的，是沿公園東、北側流過的霧裡薛圳，得由瑠公圳的下方通過，萬盛公園西北角是兩河交錯之處，尚留有一橋欄遺跡，屬於瑠公圳的這截橋欄，兩個方整的水泥墩與三道鏽跡斑斑的橫桿，雜在圍繞公園的不鏽鋼護欄與水泥仿竹圍欄間極不起眼。兩條圳道在此相交，又各行其道而去，瑠公圳北走萬盛街，霧裡薛圳西行羅斯福路五段97巷。

過萬盛公園，花木批發市場背後羅斯福路五段的97巷，小葉欖仁遮蔭了大半馬路，路上大型水溝蓋依稀能看出下方水圳的規模，不遠處的道路盡頭，依稀能見前方地面隆起成坡，羅斯福路上車來車往，還有那前寬後窄的怪房子。房子形狀怪異，是因為挑在畸零地上蓋，畸零地打哪裡來，多半是河道切分的結果，看見怪房子好像在屁股上踢一腳，找河人拔腿飛奔向前。

是了，正是霧裡薛圳，在橫越羅斯福路前短暫露出頭來了。

暗褐色形狀怪異的扁房子現為衛浴行，衛浴行右側的人行道、不鏽鋼護欄圍起的這段霧裡薛圳的露頭遺跡，受三方道路包夾，低窪於路面之下。圳水清澈並非臭水溝，約是及膝深度，有白鷺鷥涉水，魚群叢聚，即便夜色中看不清水下之物，映著路燈的水面圈圈漣漪，皆是讓密集恐懼症者看了頭皮發麻的吳郭魚嘴，也唯有在夜間細覷，才能得見水面上一抹淡淡虹色油膜。

正是怪房子衛浴行臨水矗立，我特別感念其屋主，不似我看過太多的河邊人家一般，會將汙水管方便的對著水圳排放，讓我踏查的這些年裡，始終欣見圳水的良好狀況，不過二〇一四年某個十一月的日子除外，也許只是無心圖個方便，怪房子屋主往後院的霧裡薛圳倒了一咕嘟不明溶劑，讓好幾位資深圳道居民吳郭魚翻著白肚浮上水面，我很少看到那麼碩大的吳郭魚。

一過羅斯福路，霧裡薛圳的地勢陡然又低，這一大段填平的圳道應是綠帶公園，然而夾在兩排房屋間更像後巷，迫得小葉欖仁一個個生得瘦長，其形態好似金針菇只在頂端展開一簇樹蔭，為的爭取巷道上方一線天的陽光。

霧裡薛圳步道大約走在羅斯福路五段150巷與盲腸似的羅斯福路五段92巷1弄間，末了是一大片「台北好好看」綠地。始自二〇一〇年花卉博覽會期間——那可真是台北市的一大盛事啊——「台北好好看」都市景觀改造計畫，以容積率等誘因，讓建商在拆除老舊建物但未展開新一輪建設前，將因此暫時閒置的空地改造為綠地，據都發局統計，自當年四月一日啟動此計畫後，已開創十四．八九公頃的綠地（超過半座大安森林公園）、五．三二公頃廣場式開放空間、〇．七公頃人行通道、〇．三七公頃挑高室內開放空間……建商為了容積率，沒有什麼事是不願做的，因此這些年間我走路，好好看綠地漸成道旁常見景色，看久了，也知建商用心程度大大有別，有的綠地精緻如同小公園，如東門一帶信義路兩岸數個好好看綠地皆然（惜與鼎泰豐一巷之隔的綠地已開始建設，成為工程車進出頻仍圍籬工地），或長春路建國北路口附近那片向日葵花田；也有綠地建設潦草，象徵性的鋪好一片草皮即告完工，如仁愛路二段30號、過金山南路口不遠紅爐牛排隔壁那片綠地。不論精緻粗疏，這些綠地總是短命的東西，終歸有一日，森然水泥建築方為它們永久的模樣。

霧裡薛圳邊這片好好看綠地呈扇形如劇場，由木質步道環繞整片草地，也算是粗疏那一類的，幸有一旁巨大榕樹遮蔭而多了質感，綠地旁的水泥仿竹圍欄後，霧裡薛圳再次露頭，這一小段圳道有植草夾岸似自然溪流，圳道兩側剝露出紅磚的水泥牆，牆上掛滿鐵線蕨，太有趣了的鐵線蕨，總是聽聞它們如何嬌貴養護起來又是如何煞費心思且一不留心就死光光前功盡棄……野外的鐵線蕨卻不擇地生長，生命力一等一頑強，我踏查的地點恰都是鐵線蕨所好，如水圳邊牆、大小排水溝岸、紅磚老屋，處處鐵線蕨，處處生氣勃勃。

這段霧裡薛圳露頭遺跡，是霧裡薛圳與瑠公圳另一接近處，由圳邊往地勢高的羅斯福路看去，羅斯福路有如橋面，橋下方的水門就是昔時瑠公圳的排水門。

由霧裡薛圳與瑠公圳水門出至羅斯福路上，Nissan 汽車行過去是師大分部前的汀州路四段，道路呈圓弧形，兩側綠樹交拱成隧道，儼然林蔭大道。這條道路是過去的景美溪河道，師大分部坐落的那塊土地則是溪上沙洲，民國六十幾年時填平這段日益淤淺的河道為路，也因此，沿著汀州路四段建設、森森如林的萬年公園與萬年二號公園呈現河道綠地典型的長條狀。霧裡薛圳改為排水道後在此入景美溪，往後的霧裡薛圳圳道皆被瑠公圳接收為其第二幹道，此處是其終末了，我揮揮手別過霧裡薛圳，回頭去覓瑠公圳。

再說瑠公圳，瑠公圳自新店溪一路北流縱穿新店地區，過了景美溪水橋後，前期郭家父子的木梘橋時代，瑠公圳過景美溪後走景美街，圳道彎曲；日據時代日人改木梘橋為水泥橋，圳道也因此改走景文街，比起舊圳道平直得多——也無趣得多。我們踏查，選的是舊瑠公圳圳道如今的景美夜市，電影人秉持著世新校友地主之誼，招呼動保人與我至夜市大小名攤如四神湯如剉冰店歇坐，動保人禁不住誘惑次次答應，惟讓我次次有骨氣的回絕了。

瑠公圳不論新舊圳道，一路平行羅斯福路，當咱仨沿河北上，總會不時穿梭，河邊走走、大馬路上走走，走過萬隆一段街區，很難不看對街的景美動物醫院一眼，很難不想起吳醫生來，也很難不心頭一揪。

吳醫生是我們的家庭醫生，照顧這些年家中來來去去同時期二十隻上下總數則可能近百的貓族，與早年家中十分興旺然而幾年前一一離世的狗們，算算近二十個年頭。吳醫生的診間，凌亂擁擠好似戰地醫院，吳醫生則是近年越來越罕見的全醫，看診不分科，什麼病都能醫（越說越彷彿是那在銅鑼鄉間行醫一輩子的我的『公太』外曾祖父），不少貓奴愛媽因此認為其看診草率不周延，不似他們精緻照顧的做法，殊不知吳醫生是最符合我們家節奏的。

我們也曾目睹彼時還不是第一夫人的第一夫人，抱著還不是第一狗的第一狗（那黃狗瘦長身子尖尖嘴搭以驚惶眼神好像狐狸啊！），匆匆閃身進景美動物醫院。

低眉垂目在看診時從來不看人的吳醫生，看著還真酷，但後來我們曉得他是心軟，粗獷綁著一把亂糟糟馬尾、包海盜頭巾的吳醫生，一顆心比誰都要玲瓏剔透一戳出水，會在我們抱來已如乾屍猶有一口氣的路倒街貓求診時哽咽，會為照料了一輩子的老狗打針送牠去當天使時流淚。

吳醫生不菸不酒，行醫閒暇時便是運動，或到離島義診行善，這樣生活方式卻在二〇一二年年底確診罹癌，末期肺腺癌。當我們關心問起吳醫生接下來的治療，吳醫生轉身一把抱起常駐動物醫院陪同看診的橘白大貓：「那就只好做標靶治療了，小咪！」

我們曉得風象星座的吳醫生不擅面對人情關懷（同為風象星座的我早就三令五申親友，哪天生病受傷了一概不准探望），尊重他的感受沒去探病，如此久久沒有音訊。景美動物醫院由吳醫生太太與幾個學弟接手，一日家中貓族小狀況，我們去電徵求醫療諮詢，吳醫生太太接的電話，專業詢答畢，我們鼓勇問起吳醫生如何了？

「他現在很好，想起來時也隨時能回來看看我們。」始終是宗教性的豁達的吳醫生太太答以。

對吳醫生，我們只覺得非常惆悵，吳醫生是貓們狗們的家庭醫生，卻也彷彿一頭我們相與多年的流浪大公貓，一夜秋雨一晚寒流之後，再不見了。

景美動物醫院仍開業看診，每每沿河走過，我倆總會往拉門內窺望，景美動物醫院變得乾淨整潔了，小小診間空闊不少，沒了那貓媽狗爸們所不愛的戰地醫院氣氛，就是小而美隨處可見的動物醫院。

瑠公圳隨興隆路一段70巷遠離羅斯福路，經武功國小側面，跨越興隆路一段後為萬盛街，流經花卉批發市場，至萬盛公園與霧裡薛圳會合。武功國小亦與霧裡薛圳有些淵源，前身是台北縣景美鎮景美國民學校的隆盛分校，後正式成立為台北縣景美鎮隆盛國民學校，因祭祀公業周振西捐獻校地千餘坪，遂以其堂號「武功堂」更名，改為武功國民學校。

祭祀公業周振西今在中正區和平東路二段，然而景美一帶多周家的土地，原因無他，還記得集資建霧裡薛圳的周永清？霧裡薛圳本是周陳兩家合股修築，後陳家因故退出，水圳所有權便完全歸屬周家。玉山社出版的《瑠公大圳》深入分析過霧裡薛圳與瑠公圳很不同的性質：霧裡薛圳與周家宗嗣緊密相依，亦維繫起家住河岸邊的人們緊密關係，周家本身即用水人，其餘引水人與周家也大多有租佃關係，都是自己人故水租低廉，此收入用於修繕水圳與祭祀，正因周家自身也依賴霧裡薛圳給水，對水圳維護得勤快，鮮有水圳荒廢的情形。相較霧裡薛圳這種人與土地、產業與祭祀、圳主與管理者與引水人皆一體的穩定秩序關係，瑠公圳在這些面相上是分離甚至破碎的，水圳所有人板橋林家（郭錫瑠曾孫郭章璣不肖，敗光家產，不得不將水圳賣給林家），不實際使用水圳，甚至也不負責水圳修繕而另雇管理人，管理人無實際利害關係，往往疏於照顧水圳，導致水圳圮毀無人修繕，引水墾戶交了水租卻無水可用，引發用水衝突綿紛甚至興訟告官，如此用水衝突綿延至日據時代，促成日人成立「瑠公水利組合」，將水圳收歸公有統一管理。

瑠公圳隨著萬盛街流過與霧裡薛圳相交的街口，持續北走，觸及蟾蜍山邊坡後轉入羅斯福路，至公館圓環處分汴為兩條幹道。這一段萬盛街，道路右側的地勢遠高於路面與道路左側，一連數棟龐大方整、國旗高懸的建築自上方俯視街道，都是隸屬警政署的公家機關，保七總隊、民防指揮管制所、警察

有過一段如火歲月的萬盛街，是尚未分汴的瑠公圳，一側山坡為蟾蜍山，坐落數棟隸屬警政署的公家機關。

通訊所……相較之下，萬盛街左側的街景平凡無奇怪難看的，成排大約三至四層再普通不過的老舊住宅區，都是頗有年歲的斑駁水泥建築，差不多要邁入等待都更之列，此中多便宜租屋，提供給鄰近兩校台大與師大分部學生，從很早以前便如此了，在萬盛街尚有河濤流過的時日裡。

萬盛街的河邊曾有一棟有院子的平房，平房隔成數個房間分租給學生——那是一九七〇年代的事了——還記得這棟房子的，也許只剩蟄伏萬盛街之下的河神，與當年蝸居河畔的左翼青年們，這棟房子是他們的混跡之處。屋主黃同學，這是他安身立命的小書齋，出入其中的有被學生們奉為意見領袖的錢同學、區同學、謝同學、多年後提筆記下這段不凡經歷的小老弟鄭同學……

他們是來自島內各地的高中生，由編輯校刊引進西方進步理論始，進一步接觸絕大多數為當局所禁的左翼思想，一場南北串聯將他們帶到一塊去，進一步，會師在台大哲學系，因此有了這萬盛街的河岸歲月。如今很難想像當時的台大哲學系，聚集一批沒比學生大幾歲的年輕老師，承自殷海光一脈相傳的自由主義與抗議精神，抱負昂然，系上風氣為此一新，領導進步思潮並高舉抗議大旗，加以各路英雄豪傑加入，其地位不可取代，絕非今日「入學轉系跳板」的悲慘處境。

我想問問萬盛街的河神，是否還記得他們傍著它的潺潺水流、主編了《大學論壇》，延續他們在高中校刊的信念，介紹翻譯西方進步理論乃至左翼思想，這是當時台大校內最為思想前衛的刊物，也因此屢屢觸怒校方，衝突不絕，當他們迫於校方壓力不得不撕去新刊中存在主義哲學家沙特的文章時，是否有斷簡殘篇隨水而去，河神因此讀了那篇文章嗎？

河神伴他們夜夜飲酒，聽他們高歌。我愛得要死要活的披頭四搖滾樂，他們認為還是太「市鎮小知識分子」的品味，不愛聽，他們要的是更能代表底層民眾與鄉土的國台語流行歌（在我這樂迷來看，貫徹信念果然還是得犧牲一點專業與耳福）。高歌畢，爛醉了，相與枕藉而眠，屋外水聲滔滔至天明。

我想河神一定也記得置身事外的鄰居電機系曹同學，與世無爭的燉煮大鍋牛肉獨享，對那個物資缺乏年代的窮學生而言，牛肉太香，香得時至今日記憶猶新。以至多年後，錢同學與曹同學偶遇敘舊，頭一個問候起的仍是那鍋香得不得了的牛肉，那麼香，河神該是聞著也動心吧？

河神又否記得，他們臨河濤、迎著保釣運動的飄搖風雨，在河邊一筆一畫寫下「中國的土地可以征服，不可以斷送。中國的人民可以殺戮，不可以低頭。」的布條標語，隸書體字字沉重如金石，落款，高懸校內。保釣這一戰，連帶牽動日後的民族主義論戰，他們好不知厲害也真了不起的衝撞了當時的黨國體制，驚動警總，最終引發台大哲學系事件，落得狼狽不堪的收場，當警總的吉普車低鳴著開進來抓人，河神是否心急如焚？

一段烽火歲月戛然而止。三十年過去，台大哲學系再沒能重拾當年引領思潮的風采，青年們四散紛飛，淡出了。萬盛街的河流蓋上了柏油路，租屋的學生候鳥般來了又走，一代復一代，新生入學，畢業生離校。離不開萬盛街的河神，不知外界世事，輪到我來告訴河神，祂所陪伴過關心過的那些青年們後來都去了哪裡。

三十年時光老去了青年們，有意遠離過往似的，如今尖銳對立的政壇少見他們的身影，他們大多活躍在迴異的領域，從商的從商，或入學院潛心研究，或進校園為人師表……我有幸認識的錢同學，已生華髮，溫文儒雅如英國紳士，早不是當年那臉膛通紅、一頭衝冠捲髮、抽菸拍桌罵人的憤怒青年。這些年專注於自由主義研究，亦是與動保人宣揚動物倫理所師從的前輩，不管是正式的會議上或私下輕鬆閒聊的飯局裡，對我這類後生晚輩總有多一分的照顧，也是這般時候，彷彷彿彿能在他身上看到當年的影子。

有些邊邊角角作為影子，在這幅圖像中擦身而過的人呢？燉牛肉的曹同學，多年後是事業有成的大企業家，作為晶圓雙雄之一，然而太專注美食、專注骨董文物反倒不那麼在意商人本業，同時也關心國家大事，不時署名老麻雀進言時政，終究是在不久前，對島上的種種心灰意冷，遠離這一切入了新加坡籍；有那為貪腐前總統案辯護的大律師陳同學；聽說是偶然會出現，新奇這群人，卻因為太好家教太乖寶寶，被視為「台北漂亮男生」（鄭同學如此形容）難以融入這些人的馬同學，任法務部長、台北市長以至中華民國總統……

當然最重要的還有小老弟鄭同學，留學後改讀電腦，大半輩子從事的是電腦資訊業，卻在退休後提筆，記錄下那段年少時，我從他的行文間，試圖去想像那個在台灣遲來的「六〇年代」，正如我再不曉得萬盛街河流的面貌，也只得由他不經意的描寫中一窺：「萬盛街這時只是一條沿著大水溝蜿蜒而行的小路，水溝上游好像有家整染廠，溝裡的水總是五顏六色。」

我多少有些遺憾自己沒生在那個時代——此話實不應當，生在物質生活豐沛的太平盛世，說自己羨慕那個思想自由深受箝制，稍一不慎甚至會賠上性命、埋骨荒郊無人聞知的年代，未免太輕佻太不知輕重了——我好生羨慕那時代人人心中如野火，而今蕩然無存的那股精神氣，那個時代，人人都能是一方豪傑，好人好得有意思，壞人壞得有內涵。那個時代，

公館師大分部前的汀州路四段，是過去的景美溪河道，師大分部坐落於它所分割的溪上沙洲，
民國六十幾年時填平，匯入新店溪處的河道如今仍在，於寶藏巖山腳下，今被稱作「萬盛溪」。

一切真實亦真誠的，人心是真，信念價值是真，顛沛流離是真，人們面對困境的抉擇與付出的代價也真，那時人們當真站在歷史分歧的路口，並非享盡了太平盛世後捏造出種種困境，以便自我感覺良好的站上歷史的浪頭。

正是無緣目睹，我有太多的問題想問河神，問問那個時代究竟如何如何，問問河神祂所陪伴的那群青年們，他們真了不起不是嗎？他們年不及而立，未免天真的「自信不平凡」，相信一己之力能改變一家一國命脈乃至世道，因此他們敢於逐鹿中原一闖天下，帶著豪情也十足傻氣的衝撞了整個黨國。他們不談令人好生厭煩的的小清新小確幸，不幹自相矛盾之事如罷課還要求不記曠課、如全盤否定體制的號稱革命卻請好律師團預備做體制內的全其身……若說多年後比他們小二十多歲幼態持續的世代——年近半百仍開口他們大人怎樣閉口他們大人如何，唯恐多說一點多做一些就要惹禍上身——是一群搶著當小孩的大人，則他們就是執著要當大人的一群小孩。

河神見證了一代一代的人，我只希望，河神不會因我們的一代不如一代而嘆息。

一個一個世代的人，都有他們衝撞的對象、有付出了青春歲月也要換取的種種，對身在其中的人來說，難言孰輕孰重——儘管我認為孰為輕重還挺一目了然的——然不應遺忘過往，不要井底之蛙的認為一切抗爭與奮鬥只從此刻始，永遠莫忘，一代之人都是踏著前人的道路走過來的。

夏蟲不可語冰，刻意遺忘過去、因遺忘與無知顯得輕靈瀟灑，並以此為傲的當今之人，我要如何向他們描繪，那萬盛街上的一段如火歲月，正如同我也無緣目睹萬盛街那五彩紛呈的滔滔水流。

瑠公圳第一幹線

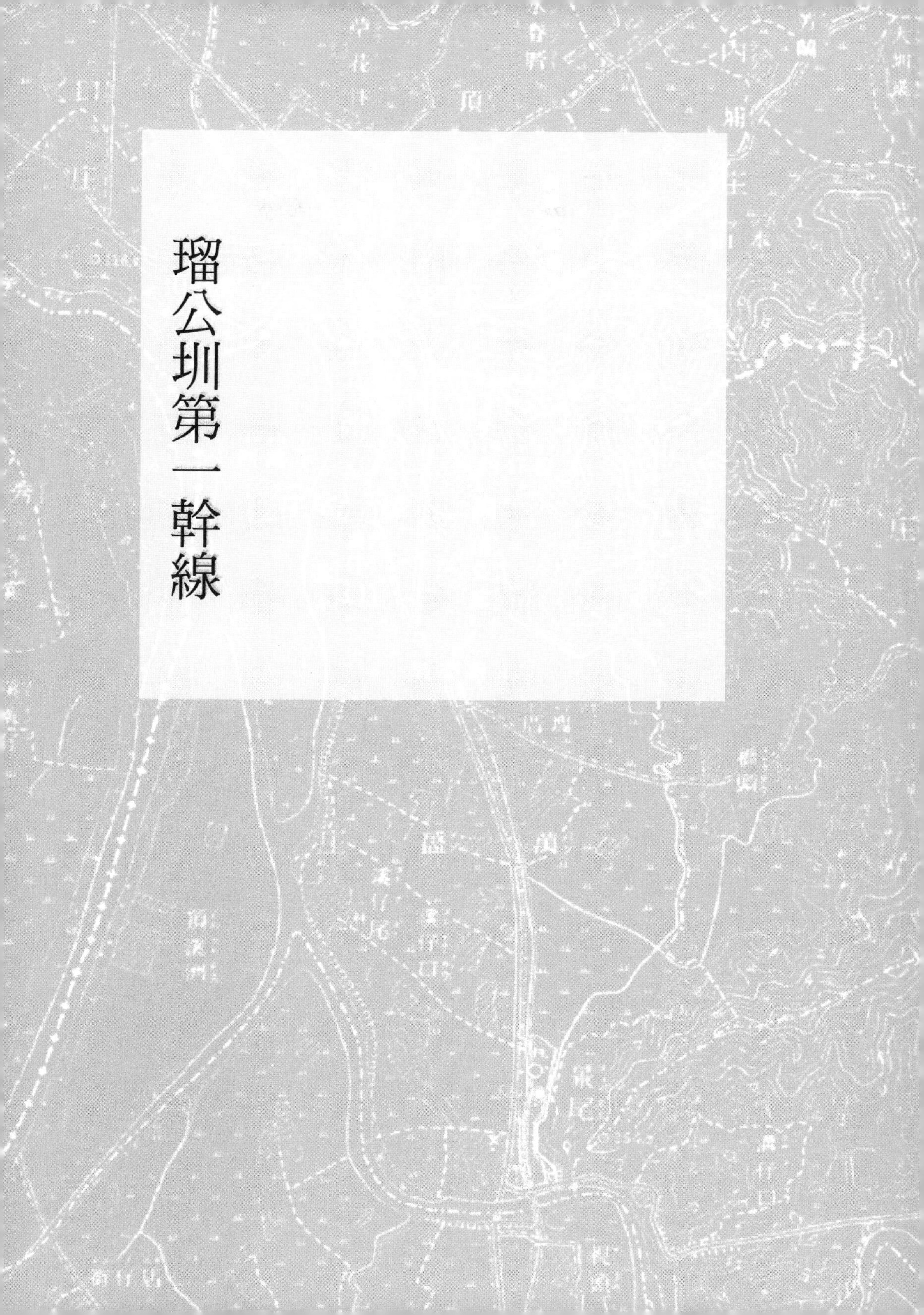

蟾蜍山／芳蘭山下

瑠公圳在公館圓環分汴，分出往東的第一幹線與往北的第二幹線（原本的霧裡薛圳圳道）。第一幹線沿蟾蜍山（正式名稱為內埔山）北麓東行，前半段是羅斯福路四段119巷，過了基隆路四段41巷後，路是芳蘭路，山是芳蘭山，散落在山腳、遺世而獨立的煥民新村、義芳居、芳蘭大厝，由這條河一一串起。

我得以重遊蟾蜍山，算是張萬康起的頭，是他將我拉進這次機緣中，或該說將我們，「我們」包括我、侯孝賢侯導、我從小喚叔叔喚到大的小說家林俊頴、大陸友人也是小說家的常青，我們幾個人一塊走了一趟蟾蜍山腳。

何謂重遊？一九八六年侯導在蟾蜍山拍攝《尼羅河女兒》，當年我不及一歲，讓不怕麻煩不知厲害的編劇抱去了片場探班，幸不會走路亦不懂人言的大頭嬰兒沒鬧出什麼岔子來，蟾蜍山長什麼模樣，當然不記得。

然後一晃眼二十八年，去年夏天，我與動保人為踏查瑠公圳的一幹線，才又走上一趟芳蘭路。我倆由辛亥路口的自來水廠開始，一路溯河而上。啟程處的長興街口，曾有此地居民自述童年回憶，芳蘭山腳向來多水患，颱風過後，從滿是墳頭的山上沖下的大水，往往也將棺材板帶進家裡來。

水廠旁公車亭，透明的厚玻璃外牆後是附生了薜荔的紅磚牆，薜荔結出滿滿一牆頭可混充愛玉的綠茸茸隱花果，遠看整面牆暗綠深紅的很有味道，我替動保人拍照一張如亭下候車狀，不料想一併拍進了一抹鬼影映在玻璃牆上的我自己。

沿著薜荔紅磚牆走，隨牆角左拐進基隆路三段 155 巷 176 弄，右手邊的工程圍籬後是郭台銘資助台大興建的永齡生醫工程館，這時生醫工程館還只是個不成形的工地，日後一次次的踏查中，我目睹它猛烈生長起來成為簇新的橙灰相間大樓。生醫工程館右側一小水溝，輕輕淺淺一縷水流，水邊銅錢草牽引細長藤蔓，撐起一盞盞巧緻圓葉，站在溝邊窺望水溝盡處的涵管，依稀能見芳蘭路下的巨大箱涵，該就是昔年蜿蜒過山麓的那條河流了。

176 弄往內，薜荔紅磚牆盡處沒幾步，依稀可見水溝隨著 176 弄走，末了彎進台大農業昆蟲館後方苗圃與荒煙蔓草中不見。在此先遇上芳蘭大厝，芳蘭大厝年久失修，本為五開間的三合院，如今左右護龍不存，剩下正身三開間的建築體，毀圮幾如廢墟狀，惟屋脊的剪黏藝術，種種麒麟花草鳥獸生動鮮活依舊，我向來不愛剪黏藝術也看得入迷。古厝旁菜園新綠，加以掛在古厝正門的現代物品電表與門牌，隱約透露此處尚有人居住。

過芳蘭大厝，176 弄匯入基隆路三段 155 巷，兩巷弄成一轉角，轉角處的芳蘭退舍是整條巷子最高的建築了，民國七十年由空軍營區改建成的，供單身退休軍官與空軍地勤人員居住，電動鐵門是芳蘭山退舍唯有的嶄新之物，鐵門上電子字幕「出入平安」提醒往來者。我倆從鐵門往內窺視，退舍玄關涼幽幽的陰影中，幾位老杯杯幾張藤椅，一坐就是大半天。還算硬朗能走動的杯杯們，出至退舍對面，一座標示為學府里公物的鋼架涼亭下，亭前的 155 巷從未見過車輛來往，杯杯們牽來的狗就在馬路中央三兩嬉戲。

種著瘦巴巴羊蹄甲的基隆路三段 155 巷往義芳居去，與義芳居一路之隔的那些溫室與苗圃，台大在興建時填高地基並更改排水溝設計，排水溝竟比路面還高，原本地勢高的義芳居反而成為淹水的低窪地。芳蘭山腳下的古厝不語，靜默見證台大對歷史與過往的輕慢不尊重，這些都是後話了。

一座公廁旁、一排矮竹牆背後的義芳居古厝，市定三級古蹟，背芳蘭山面瑠公圳的好風水，三合院的正身與左右護龍保存完善，處境比芳蘭大厝好上太多。早年移民社會氛圍下，有土匪流寇有原住民出草，義芳居負擔有防禦功能，砂岩的石磚石牆厚實堅固，說是外牆一共有二十四個銃眼可惜我倆一個也認不出。導覽中的蝙蝠螭虎紋飾、以上翹為特色的福建安溪類型屋頂燕尾，我倆有看也沒有很懂。

還是看看貓吧，我倆細數在地貓族，外向不怕人的橘貓兄弟檔，老在古厝入口的車道攤晾肚皮兼招待；怯生生的白貓母子仨棲在古厝簷下，相互打理毛皮並提防時不時來訪的遊人，我拍攝義芳居正門「義路望規禮門植矩，芳痕當春清節為秋」的對聯時，總有三兩散發幽微絹光的白貓入鏡。

右／時有在地居民活動的煥民新村村口廣場，蟾蜍山上的大雷達清楚可見。

左／飛航服務總台邊通往芳蘭路的明溝水流時清時濁，路口的小檳榔攤架空於水溝上，名副其實的水上人家。

合乎了台北市樹木保護自治條例中「樹胸高直徑○．八公尺以上，樹胸圍二．五公尺以上，樹高十五公尺以上，樹齡五十年以上」的規格，因此當七、八月裡，怪手推土機要開進煥民新村時，因疏忽了未對兩棵榕樹提出樹保計畫而不得不將工程車輛原地開回，暫時保住煥民新村。

它倆一是正榕，一是大葉雀榕，可愛也可恨的雀榕，我與動保人皆愛雀榕，想方設法要在家裡種一棵出來，而雀榕總不識抬舉，好端端種在園圃或花盆中不見萌芽，在稀奇古怪之處如牆頭或它樹樹椏便得生意盎然，煥民新村這棵護村神木亦然，它斜倚著煥民新村的外牆生長，懶懶的模樣有幾分無賴氣，一旁的正榕老老實實長成樹狀，相較肅穆周正得多。它倆就生長在河邊，是否汲取了瑠公圳之水才能生得大若垂天之雲？

煥民新村的構成有三部分，眷村本身三十餘戶、沒有分配到眷舍的軍人自行在外圍擴建的「類眷村」，與農業試驗所的宿舍群，倚山而建的聚落在長時間中不斷擴建，憑的是居民實際生活需求而非整體規畫，如此形成的山城景觀彷彿自有生命，在山坡上蔓延生長了開，標高百餘公尺的蟾蜍山懸在眷村頭頂上，山頂上的空軍雷達是蟾蜍山最醒目的地標——蟾蜍山下的坑道屬空軍作戰指揮部，村裡的杯杯們信誓旦旦告訴我們，這些坑道是能直通圓山地下的戰時指揮所的！但凡我們眼角稍流露不信，杯杯們便要動怒，我們只得討饒。

煥民新村一如所有眷村密集如蜂巢，房舍們長得如何，我想我如何搜索枯腸也沒有原居民萬康描述得到位，「四年級上學期，我搬出這棟平房。對了，不只我家是平房，我家那邊全是平房。那些房子都長得很後現代。是用大小石頭、紅磚頭、空心磚、木頭、木板、三夾板、波浪板、塑膠板、黑瓦片拼裝而成的。以上素材除了屋瓦都可能會出現在同一面牆上。

牆面如果有石頭或磚頭，外部沒敷水泥。水泥是用來黏合，不敷面。同一塊屋頂也多樣化，這裡屋瓦一區，那裡塑膠板一區，板子上壓磚頭，以免風颳走板子。有的人家外頭有一小段竹籬笆。有的房子像黑年糕，裡面隔上四片木板，就形成五戶人家。都爺爺率領一隊大人動手蓋的。我家就是五戶裡的一戶。」是他曾在短篇小說集《ZONE》描述過的，惟眼前的煥民新村早沒了他行文間的生氣勃勃，反而空洞寂然，沒門扇沒窗戶的房舍就只是個空殼子，替我們導覽的好蟾蜍們解釋，先行擊碎玻璃窗是為了便利接著的拆除作業，因此有窗沒窗，要拆除要保留的家戶一目了然極易分辨。空蕩蕩積了泥土長出草木的室內，碎玻璃與陽光散落，一地燦亮，上方懸著學生們的裝置藝術，一台破爛扭曲帶鏽斑的腳踏車。房舍外牆上貼滿資料，有剪報有宣傳單有古地圖，有文史工作者嚴謹的口述歷史記錄了居民話當年，我忙藉機收集資料，在其中殷殷尋覓起關鍵字瑠公圳來。

記者會名為「蟾蜍行動——鄰里起哄」，在村中兩排房舍夾著的窄巷舉行，負責布置的學生們由二樓陽台探頭俯瞰下來，嚇，竟有幾張金髮碧眼的臉孔雜在裡頭，好蟾蜍們說，學生都是自動自發來此的，那幾位「老外」是留學生，來自歐洲各國，時至今日，我也只記得其中一人是法國人。

侯導留俊頴和常青給好蟾蜍們導覽，領我去當年《尼羅河女兒》各拍攝地點懷舊。侯導這些年裡記憶力飛速消失中，對當年拍攝的種種卻是記得頂清楚。《尼羅河女兒》拍攝地是與煥民新村一個巷道之隔的另一區山城眷村，相較之下規畫嚴整，建材也講究得多不似違建，不在這次拆除的範圍內。侯導與我挨家挨戶走訪，告訴我這裡拍了哪一場那邊拍的又是哪一場，稍一不慎就闖進人家後院或門廊下。眷村格局如此，房舍緊密相依，眷村出身的動

右／基隆路三段 155 巷 176 弄，永齡生醫工程館旁的清澈水溝，流向不遠處的芳蘭路瑠公圳第一幹線。

左／辛亥路芳蘭路口的瑠公圳第一幹線，旁為自來水廠的彩繪外牆。

保人幼時與同伴村中嬉戲，追逐之間，總要追進這家後門追出那家前門的。門廊下曬著的塑膠袋內衣褲被風吹得鼓脹起，撲搧如羽翅獵獵如幟，我倆被搧得一腦袋悻悻退出。

我們爬上面對羅斯福路的小崖頭，彼處瀰漫著菜園飄送來的水肥味。在那裡呢，我向侯導指出山下的河道，我們看著瑠公圳沿著山腳流，由南北轉向東西，往煥民新村流去，我向侯導解釋河流獨一無二宛若印記的弧度，指出河邊的那間小廟，說說先民面河蓋廟的習慣，侯導哦哦哦數聲帶過，我亦不敢迫他強記。本來嘛，找河就是我古怪的興趣，看著聽眾眼睛打叉呵欠連天，我也早學會了識趣閉嘴。

然後記者會上，侯導從「台灣先民習慣將廟朝著河道蓋」開始談起，談談人與建築與土地的關係，現代化開發不必然得撕裂這樣的聯繫，談各國對老火車站的保留，都是老館保留再蓋新館，現今這個世界，難道還嫌無滋無味的大樓不夠多？「不要看不起身邊那些時光留下的造型，台北不能再這樣亂拆亂蓋，什麼都不留了！」

萬康接著侯導發言，說起自己與煥民新村的淵源，他在此地的童年，「後來我長大了，才知道這種房子叫做『違章建築』。在此之前，我只知道這叫做『家』。」多動人的言語！卻看萬康咳不停。這位小說金典獎百萬得主緊張即咳，咳不夠便乾嘔便吐，吃飽了螺絲退場，對照前面侯導發言侃侃而談行雲流水（儘管口頭禪「我感覺……」還是多了些），萬康羞

愧退至一隅怯問年輕犀利的女友企鵝：「我講得很爛吼？」企鵝欣然同意。

大夥兒陪侯導村中四處走晃，身為侯導的老班底都很熟悉的看景。煥民新村的房舍狹窄，卻在家具搬光了人跡淨空等拆的當下顯得空闊，窗玻璃碎散一地讓人下腳格外小心，那日的猛烈陽光斜入一間間空白斗室，光影分明。我們穿梭在面朝瑠公圳的那一排家家戶戶中，樓梯陡峭幾乎垂直，讓素來懼高的我幾乎無法上下，每下一次樓梯總要在背後堵一整排人。

侯導大讚這些民宅，隔間布局殊異，空空洞洞的門窗相互聯通，上層高度不一似夾層似二樓，下層半地穴狀說不準是一樓還地下室，其導演的腦袋當下盤算著各種嘗試：「這裡拿來拍警匪片最好了！你看，兩個人在這裡追打，一下子從這窗口飛進來、從那門口飛出去，這空間太過癮了！」

不難猜出侯導腦袋裡的畫面，《神鬼認證：最後通牒》（這些年侯導熱愛的好萊塢電影之一）中，傑森．波恩與ＣＩＡ殺手在丹吉爾民宅區的一場精采動作戲，兩人在狹窄民宅中近身搏擊，追逐、纏鬥著由一戶民宅直接摔入隔壁人家……惟有狹窄密集如蜂巢的丹吉爾民宅區可以拍攝這場戲，當然還有煥民新村。

會後的活動是徵求志願木工為杯杯們修理長椅，村中公物木長椅在七月底的拆除行動中毀損，修好了長椅，杯杯們即便已被遷置他處，仍天天騎腳踏車、駕電動輪椅回來，長椅上一坐就是一下午閒話家常，鄰閭里彼此相依的緊密紐帶在眷村之類的老聚落不罕見，其親密程度甚至超越血緣之上，是先進國家在拆遷工作前安置居民的首要考量，在島上從古至今的各拆遷案例中卻往往遭到忽略，被硬生生從紐帶中剝離、丟入陌生聚落中的拆遷戶，年邁的老杯杯們老奶奶們，往往便是宣告了死期，注定要不久人世了。

常青與杯杯們同坐修理妥的長椅閒聊，杯杯們驚喜這位小姑娘說得一口純正家鄉話（杯杯是上海人，常青是江蘇南通人）。我找上深陷長輩重圍的萬康（「群智（萬康本名）啊，都長這麼大了，長得好像你爸爸呀！」），央他載我一程至捷運站會動保人，萬康心懷感激連忙答應。

其實那個下午，對於煥民新村，我是垂下眼簾不敢多看的，山城太美，如此美好脆弱不堪，可能台科大隨時備妥了樹保計畫便開著推土機進來，一切就沒了，就是一片斷垣殘壁滿目瘡痍的山坡，半年一年後長出幾棟高樓巨怪來。

不敢看，卻一再走訪之，拍幾張照，祈求已深埋村前馬路下的河神也能出一份神奇之力相助，這座山腳下數百年的風貌驟變，沒了瑠公圳、沒了玉芳居，芳蘭大厝風雨飄搖，多少美好事物都沒能留住，眼下不該連煥民新村都步上後塵。當年九月裡天兔颱風中（號稱魔鬼強颱卻在島上幾無災情，美國氣象單位因此在國人心目中信用破產），我邊拍煥民新村邊被強風吹得在人行道上向後滑；隆冬大陸冷氣團挾沙塵南下，我在灰茫茫的冷空氣中拍煥民新村；大半年過去，我在台灣暖融融也濕黏的春日裡拍……變化不甚明顯的煥民新村四時風景照，都還存在手機裡任我隨時翻看。

如此拖延有一年之久，其間台科大保存煥民新村的意願始終低落，以至於侯導想將金馬學院移師來此拍攝的構想沒成，校方對「先安置後開發」的重視也始終完全放在後者上，甚至狀告在山腳下住了大半輩子、農業改良眷戶的八十二歲鄭阿嬤，要求其拆屋還地繳交七十多萬「不當得利」……可喜的是該校學生覺醒，自發舉辦各種活動研究保存並活化煥民新村的種種可能性，以保存煥民新村為政見的學生當選學生會正副會長，自學校內部向校方施壓。終至二〇一四年七月三十日，文化局文化資產會議通過保留煥民新村並登錄為文化景觀，我們欣喜之餘，去電常青告知好消息，那端常青卻是早已想問而不敢問，唯恐聽得整片山城已給推土機夷平的噩耗，想來也是，在她身處的海峽對岸，這不過就是太多釘子戶案例中微不足道的一個，而拔釘，不需要任何理由與說法。

於是我又走訪了煥民新村，晃眼再是初秋時節，猛烈但不燠熱的陽光中，曾第一線擋住怪手推土機的兩棵神木搖曳如波濤如火焰，山城的色彩曝白卻又清晰。我與河神擊掌，慶幸我們並肩共戰並打贏了這一仗。這一遭，我心無罣礙的正視煥民新村，不怕著迷其間，因為我知道，往後無盡的時光無數的日子，它一直都在這裡。

大巨蛋：「社運年」之我見我思

順便再說一條，即「延吉街」河。

猶記基隆路「三興國小」門前，是有一條河的，這條河今日即使覆蓋，然其下的水總要流往某處吧。揣測而去，莫非便是稍稍偏向西北，流入延吉街？至若延吉街這條河，向北直貫，連仁愛、忠孝、甚至八德路皆穿過，而進入寧安街。想必不少人仍記得育達商職前，原就有著一條河的。

舒國治的延吉街河便是瑠公圳第一幹線，第一幹線，是日據時代將霧裡薛圳合併為瑠公圳第二幹線之後的相對稱呼，也是真正由郭錫瑠修築的瑠公圳，自新店引水、由景美公館地區進入台北市、橫越東半台北市後遠抵基隆河。至於台北市民最熟悉的「瑠公圳」——新生南北路的特一號排水溝，日後我亦將為文記之。

至於三興國小前的瑠公圳打哪裡來？那得回到我們早先走過的煥民新村與義芳居，芳蘭路的河向東北流，過了辛亥路是芳和國中旁的辛亥路三段 157 巷、臥龍街 151 巷、和平東路三段228巷，自和平東路三段起是為信安街的瑠公圳加蓋甚晚（一九九〇年之後的事），乃至不少人對這段河道還相當有印象，即便絕大部分人皆不曉得此為瑠公圳，也尚能清楚指出，這是一段比安東街（第一霧裡薛支線）比文昌街（上埤）的小河都還要寬闊得多的大河——至少也是中河，提到大河，人們不免又要想起特一號排水溝了。

在捷運公車尚不發達的年代，信安街是我們通往威秀影城的捷徑。威秀影城當年還只有信義區一處，且美國華納兄弟影業還未撤出故稱華納威秀，若逢電影趕場又不想搭611公車慢吞吞繞道基隆路，信安街便是最快捷的一條路了。那時於我而言，信安街彷彿穿越空間亦穿越時間，從我們家住的文山區出發，一路穿越鬧鬼頻頻而我們偏偏沒遇過一樁一件的南一號隧道（辛亥隧道是也），走在臥龍街至和平東路一帶，到此為止，放眼盡是鬧中取靜惟外觀稍嫌難看的老社區，是我相當習慣的生長環境，然而當我們打信安街經台北醫學院，末了由松仁路穿出直抵華納威秀，頓是一個高樓大廈拔地竄起、節奏快得好叫人眼花撩亂的嶄新世界，其實當時信義計畫區還稍顯荒涼，沒有一〇一大樓那一柱擎天，高樓與高樓間也多有尚未規畫的荒煙蔓草。

當然打一開始，信安街捷徑也是某位識途老馬計程車司機領我們走的，到了我自身認路能力堪比資深司機的今日，為了找瑠公圳第一幹線而又踏上信安街，總算弄懂了當年的捷徑是怎麼一回事。

信安街以一柔和平緩的弧度曲折向東北，途中一度與嘉興街的上埤溪流相交，並流經陸軍保養廠舊址西緣，此處得遙望有象山與拇指山為襯的台北醫學大學，是我進入吳興街底老社區踏查松隆大排水系的門戶。公告土壤汙染的保養廠舊址如今是閒置空地，幾年前我偶

右／瑠公圳第一幹線，信安街一景。

左／信安街瑠公圳連結著兩個世界，老舊的公寓區，與繁華的信義計畫區，正在建築的高樓為台北南山廣場，有台北101大樓作為比例，可知其高度亦相當驚人。

然拜讀過此地的活化計畫，有打算要將這段弧形的河道開蓋重見天日。對於此類的水路活化，我向來感受矛盾，我不論何時何地皆樂見現代都市人認識乃至親近昔日河流，但更害怕人們非但不會親之愛之，反而厭其髒臭，比如起自南京東路新生北路口的特一號排水溝露頭段，大段大段露出的河面，圍欄有水波狀鑲嵌圖案煞是美觀，並立有解說牌以貫通古今，但如此尚且難留人駐足，行人大多嫌惡大排臭味而快步走人。被迫以此姿態示人，我想河神也是滿心無奈吧！如今特一號排水溝的南段（台大至大安森林公園之新生南路段）是否也要翻開，這問題越來越常被討論，選舉期間尤甚，水路活化不是單純將水泥柏油移除露出水面那麼簡單，我想，除非能做到如大阪道頓堀川或首爾清溪川（都市水路活化兩大典範）那般地步，我是寧願人們對著一條彎曲馬路緬懷曾經的美麗河流，而非掩鼻走避發臭的大排。

記憶總是較之現實美好，不是嗎？

瑠公圳第一幹線離開陸軍保養廠舊址，也差不

多來到信安街底，信安街盡處便是三興國小，三興國小的正門比之兩側建築要後退得多，正好讓河從校門口流過，行經三興國小的瑠公圳第一幹線，大致沿著基隆路北走，過吳興街口後分出向東的五分埔支線，其主流則向西北去，造成吳興街至信義路之間的基隆路兩側的地面凌亂不堪，如東側高樓間鵝黃地磚的圓形開放空間景聯廣場，如西側的信義路四段450巷沿線。儘管這些建築不是辦公大樓就是高級住宅，質感甚是潔淨與現代化，卻免不了的地基不工整、開口朝向紛雜。

五分埔支線，因為地緣關係故我將之列為三張犁的松隆大排踏查行程，在此我左轉跟隨瑠公圳第一幹線主流走，此河沿信義路四段450巷出至信義光復南路口，通過這個十字交叉進入延吉街，福興宮與翠滿園餐廳之間大片鋪著黃線的地面，早在拜讀《水城台北》、在研究水圳而曉得瑠公圳通過此地之前，我已好奇過這片地面的雜亂與難以通行，這類日後被我稱

信安街流經陸軍保養廠舊址西緣，此處得遙望有象山與拇指山為襯的台北醫學大學，公告土壤汙染的保養廠舊址如今是閒置空地，此地的活化計畫中，打算要將這段弧形的河道開蓋重見天日。

為「河川地」的水城地形。

信義路至仁愛路之間的延吉街有些平凡無味，從數條垂直巷道右望是綠意良好的光復南路，左邊輕易可見上埤流域，兩者都吸引我得多。瑠公圳第一幹線走在延吉街東側，途中略為偏入光信公園，光信公園地狹樹高，樹木彷彿受不太充足的地面擠壓而只能向上發展，公園南側的幾棵黑板樹與公園旁七層樓的老公寓等高，每年秋冬之際開出黃綠碎花，花香是股說不上來的酸酸澀澀味兒。

通過仁愛路後，瑠公圳第一幹線跟隨延吉街走，早年剛開始踏查水圳時，我尚未精確定位第一幹線而僅知此河流通在這一帶，曾以為更東邊的帶狀綠地才是河道，那啟發了我找河但卻不是河的綠地，是來自四四兵工廠的鐵路支線，在國父紀念館境內尚有解說牌紀念此一鐵道，我的臉書友人中，也有不只一位在那鐵道邊長大的孩子，如今都是將近四十的大叔年紀了。

動保人起初不甚明白我對此一綠地的格外迷戀何在，更不曉得我也說不上的，綠地那隱然的京都氣息是怎麼回事，如此要到我們於某日入夜走過一通方才恍然大悟，施展魔力的是我們都很喜歡暗橘黃色路燈，會將路樹照得格外有層次。種植在帶狀綠地的樹種為台灣欒樹與光臘樹，都是偏矮而枝細、葉小翠綠的樹種，與非花季的染井吉野櫻相仿，加以寬闊潔淨的人行道與兩旁有質感的餐廳，帶狀綠地中央的停車場與兩旁稍有區隔，橘色燈火下特別像是河道。那種空間感，樹與燈光、樹與路面、人與樹、人與路面的關係，像極了京都高瀨川兩岸的木屋町通，唯獨沒有越晚越眾喝得爛醉的日本人直接跳下高瀨川泡水醒酒。

瑠公圳第一幹線通過此段延吉街後，就是忠孝東路的大馬路了。

二〇一四年與一五年之交的那個冬天，氣溫冷熱不定，一天冷一天熱的結果，忠孝東路的楓香行道樹泛起楓紅，說不準是鮭魚橘還是粉紅的那抹色彩是往年不曾見過的。從延吉街口往東邊望——好吧往右望，這是我與動保電影二人永遠的溝通障礙，男人認路，總言東西南北、日月星辰方位，這與遠古時代，男性必須長時間遠行在並無地景特色的荒漠或疏草原追獵獸群有關，然而這些方位對女人全無意義，女人認路，憑的是前後左右、地標景物，那是因為走出為家的岩洞，必須絕對清楚各處採集點，那棵果樹這叢漿果的精確位置，何時成熟可採收云云——，無法不看見構築中的大巨蛋，這座龐然建物似一頭醜惡巨獸，也似長在和諧的都市肌理中的一球癌細胞那麼怵目驚心，我巴不得某日行腳路過時，能驚喜看見此癌細胞巨獸已幻化為無形，再復原初綠樹參天的都市綠肺模樣。

大巨蛋全名台北文化體育園區，除了主體的室內體育館——即那顆癌細胞巨獸，尚有附屬設施如商場、辦公大樓、飯店，而這些建築群坐落的地基原屬松山菸廠境內，是一渾然天成幾乎不用費力打造的森林公

右／延吉街 131 巷 1 弄，一排老公寓是瑠公圳第一幹線。

左／是瑠公圳第一幹線的延吉街 131 巷 1 弄盡處的停車場，瑠公圳第一幹線經此回到鐵路帶狀綠地。

園（唉那個土淺又硬、小樹永遠長不大的大安森林公園），曾有數量近千的老樹群，包括一棵曾是台北市平地最古老的七十年樟樹，然此老樹群已被粗暴移植至樹木銀行而幾乎死盡。如今面臨摧殘的是比鄰大巨蛋西南兩面的光復北路與忠孝東路上的路樹，因大巨蛋建設連帶的道路拓寬工程亦將被移走，分別是光復北路人行道的印度紫檀與路中分隔島的木棉樹，忠孝東路上的楓香樹。

至此，我得說說那個我本來已經要參加卻踩了煞車的松菸護樹運動，或是乾脆點說，在二〇一四年這風起雲湧卻船過水無痕的「社運年」中的我見我聞。

松菸護樹，護的正是兩條路上僅存的路樹，即便這些路樹也已有近半被移走，移植作業並不符合二次斷根、等待新根長出的原則，事實上，根本就是挖土機怪手推倒樹、連根拔走的方式，在過程中，至少有一棵木棉被攔腰折斷，然而承包大巨蛋工程的遠雄集團推說「是護樹志工站在樹上才讓樹折斷的」（此志工必定體重驚人！）。遠雄集團董事長更公開表示，這些樹「很醜、不能看」，又說「死一棵賠三棵」、「完工後好好的林蔭大道幹嘛不要」，言下之意，並不把樹木當作生靈、當作獨一無二不可取代之物看待。

如今存留的行道樹，是護樹志工與當地居民抱樹、綁在樹上肉身擋護才得以留下的，護樹團體並在樹下搭帳棚夜宿，自二〇一四年四月裡苦撐至今逾一年，但凡遠雄欲半夜突襲拔樹，立刻動員志工居民抱樹護樹，如此已好幾遭，精神耗弱，人力物力出盡，非常需要新血加入。

那一晚，護樹團體在光復北路人行道上舉辦護樹影展，電影人與同學的畢業作品獲選為影展播放片。在淒風苦雨但迷人的夜間人行道，如鄰近的鐵路綠地，昏橘路燈照得路樹層次分明，印度紫檀的樹冠尤其有一種如噴泉、如煙花綻放的姿態，豈會是「很醜」、「不能看」？影展本身則煽情、催人淚下，護樹志工以樹木之口述說，搭以護樹運動至今的紀錄投影，照片中樹木橫遭摧折，護樹志工神情或悲憤或堅毅，無懼者有之，驚恐顫抖者亦有，共通的是長期抗戰下的疲憊不堪，對照施工者與警察們木然近乎殘酷的臉孔，那樣的景象是會打動人心的，故我們映後都簽了志工同意書，萬一遠雄又要動手拔樹，可支援抱樹護樹，可憑自身專長幫忙宣傳發聲，這是頭一遭，一個運動會讓我願意走出亞斯伯格人非常自我的世界，想要投身其中盡一份力。

然而我收手了，就在我細看了現場工地的塗鴉標語與護樹團體發言之後，我並非道德重整委員會者，不排斥激烈爆粗口的言語甚至有時候還挺欣賞，一切實在是因為，我無法與如此態度之人共事，如此不知也無意去了解過往，只一心以獵巫的言語，以省籍的語言，以仇中恨中（我委實不了解護樹何以也能扯上中國），以如此太陽花的言語來從事一個原本可以寬闊而崇高、樹立正面價值的運動。

我強烈猶豫是否要讓「太陽花」這三個字出現在文章中，實在是因為，以現代人的記憶力與對事對物的態度，我不認為三五年後讀到此段的人會曉得我指的是什麼，之所以提及，乃我欠人一篇文章。

且讓我把場景一下子拉回瑠公圳上游，拉回遙遙的萬盛街河邊，我在為這一段河道收集資料時，自不可免的找上了昔年的河畔居民，當年的錢同學如今的錢老師，我向錢老師請教那時的瑠公圳，錢老師自不可免的稱之為「水溝」，我們水溝長水溝短的聊罷了，聊起彼時正熱頭上的太陽花學運，我這個年齡的人——七年級的中段生，一般被稱為「年輕一代」，在那段時間很不可免的一定會被問起對此偉大學運的態度，逢人就得表態一次，而我的回答也總就是那一個。

我告訴錢老師，這是個我絕不會參加的運動，立場是否相悖倒還其次，我無法忍受我們這一代人的態度，那種空白失憶、以無知換取輕靈瀟灑的態度。錢老師靜靜聽罷，和藹長者氣質竟露稍許激動：「你一定要把你說的這些寫下來。」

那晚我倆相談盡興，到末了是同席的台大城鄉所夏老師從旁瘋狂勸酒，乃至我倆各奔東西倉皇躲酒去了，此段對話便無下文。

在這裡我便寫出來，在社運年裡的各種運動，諸如反都更、反核四、支持多元成家立法、護樹運動、反高中課綱微調，當然還有最壯盛勢大的太陽花學運，這些偉大運動中，有我徹底反對的如太陽花如反課綱，有我部分認同的如反核四，有我舉雙手雙腳贊成的如多元成家如護樹，但這些運動我一個都不會涉足，就因為一代之人以失憶為傲不知過去的態度。

例如我不會參與主事者們開名車吹空調，大聲疾呼要眾人放膽用電用到爽，嫌綠電貴，嫌風力發電水力發電吵，嫌火力發電製造空汙，同時隻字不敢提核電背後美國因素（哪怕只用他們反中的十分之一力道）的反核四；我也不會參與以奇裝異服或脫軌言行挑戰社會風俗底線，激怒原本可能支持自己的社會大眾的多元成家（請謹記此運動目的是尋求認同並作適當妥協，而非盡情展現自我）；以及護樹運動，用一種獵巫、仇恨的方式，我當然曉得遠雄董事長是個人格千瘡百孔太好攻擊的對象，集中砲火於其人之身乃是簡便做法，不失為一條捷徑，比談正面價值、樹立典範要容易得多，然而獵巫會造成一種結果，「壞人砍樹不行，好人砍樹可以」（儘管後一句話於我而言是為悖論），更何況我不明白，可以完全獨立超然的護樹運動，為何要去搭上連政客都已用爛不再用、非常廉價的省籍操作語彙？

道相同，但我們不相為謀，對這些我贊同的議題，我會用我自己的方式去實踐。我曾因此受人質問，說是社運本該求同存異，個人內心所想可退居其次，只要彼此目的一致便得共事，我想對大部分人而言，尤其對政治中人確實如此，偏偏創作者，日日孤獨除了面對一枝筆一張紙外，再來面對的就是自己的內心，於我而言，內心所想當然很重要。

我也就不掩飾我對太陽花學運或對更每況愈下的反高中課綱的鄙夷，如同我對錢老師說過的，立場相悖其次，我無法忍受一個除了「要空調！要空調！」以外喊不出任何訴求的運動；無法忍受一個用如此粗暴、前現代、法西斯甚至殖民母國的語言去公然歧視另一群人另一個國家的運動；當然我更無法忍受彼等走回頭路的重拾台灣社會用去大半世紀終於擺脫掉、即將死透透的省籍操弄，而且要操弄還很不用功，如高中反課綱發言的學生哭哭啼啼泣訴，像陳澄波那樣的外省人如何如何、鄭南榕這樣的本省人又如何如何……

同時，我也不曾見過如此溫馴於體制的「社運」，或者說，隨時可被體制收編，隨時可進入體制，我無以想像一個自命左翼立場的運動，會如此要求他們本該鄙夷的國家機器多保護一點、多管制一點、多做一點事。

在立法院內吹了一個月冷氣而毫髮無傷的他們聲稱「這是最黑暗的時代」，對過去三五十年之事不需歷歷在目，但凡稍有理解，便不可能如此高呼（自誇？），若意識到曾有抗爭衝撞便可能一去不回、甚至真言出口都會丟了性命的時代，「最黑暗」三字如何說得出來？當我氣咻咻這麼向錢老師告狀時，錢老師仍是那一貫的、與其年輕時候暴怒造型十分不搭的溫文儒雅：「你有沒有去看過六張犁山上的公墓？那一個一個小土丘，每一個都是一個人啊！」

我想，錢老師必定也意識到遠比自身所處更黑暗的那個年代，那個埋骨於深山、一個土疙瘩便是一個人的年代，故而對自身遭遇總是輕描淡寫，甚至有些難為情的一兩句話敷衍過去，也許對很多人而言，在台大哲學系事件中被抓進警總關個幾天，已是夠大書特書吹噓上好幾輩子的事了。

所以，什麼是過去？

過去其實不太遙遠，松菸護樹的議題約莫開始於世紀初，動保人就參與過市政府跨局處審查松菸樹木去留的會議。我得說，大巨蛋乃至這一連串的移樹爭議，是在假球案尚未爆發、棒球還熱騰騰被視作國球的那個年代的產物，彼時民氣高漲，要求一個能不論晴雨颳颱風的打球、可以容納大大小小國內外賽事的國際規格場地，中央政府以此民氣施壓台北市，方有了大巨蛋的建設，彼時的大巨蛋是舉國期待之物，絕非今日人人喊打喊拆蛋的局面。是大社會的空氣，或有主事者們欠缺人文關懷之下的產物，集中火力追獵一二人不僅失焦，也無法建立為何護樹、護樹何以重要的價值觀，可以預見的惟有，每隔三五年，我們必定要輪迴似的迎來相同悲劇。

（於是我得插播一下截稿前消息，如今大巨蛋在新任市府一連串揚言處置後，才剛剛拋出了「那不然就別蓋棒球場改蓋溫室好了」測風向，立即引爆網民怒火「怎麼可以不蓋球場？萬一下雨要在哪裡打球？」，同一批人於不久前咒罵此「弊案」時，甚至決絕到放話「蓋大巨蛋幹嘛？有什麼用處？」將之嫌到一無是處。）

我們日復一日走在瑠公圳第一幹線，走過延吉街口時，總無奈看著癌細胞巨獸又更龐大更健全了些，太過逼臨兩側馬路而壓迫十足，偪促人行道邊角的印度紫檀與楓香樹仍苦撐待救，樹葉泛著鮭魚紅的秋日將逝，凜冬又至。我試圖去想像那個本可坐落在此的森林公園，近千棵的老樹，七十歲的大樟樹張舉著參天的樹冠，然而這些能折算成多少可衡量的價值，或直接而粗魯的說，這一切值多少錢？則它們在主事者心中的位置，該去該留，就再清楚不過了。

我深感一個人在茫茫人海中的無力，也許我能做的，就是等待癌細胞巨獸完工，負氣而堅決的永不踏進一步。面對我的悲壯立誓，電影人狡獪反擊曰，哪天你的大神保羅．麥卡尼要來大巨蛋唱呢？去是不去？

對於這種擺明了要為難死人的問題，我只好說，我們繼續找河吧！

舊里族支線：小乖與小璇

過了忠孝東路四段，瑠公圳第一幹線仍持續北走，走向同於延吉街，昔日河道位在延吉街東側，如今是延吉街與延吉街131巷1弄之間的那排老公寓，老公寓盡處經一片停車場後，又回到我曾以為是河道的鐵路帶狀綠地。瑠公圳第一幹線抵延吉街市民大道口，車層景福宮與全聯福利中心相比鄰，全聯福利中心外圍是花市，本就狹窄的人行道琳琅掛滿奇花異草，我不得不低頭躲開半空中一盆盆咧著大嘴小嘴的豬籠草。此處是一分汴處，稱頂店仔汴，分出興雅、中崙兩條派線，兩線皆沿原是鐵路縱貫線的市民大道走，前者東行至台鐵機廠一帶，尾端為忠孝東路四段553巷52弄與基隆路一段102巷；後者西走至復興南路口，此二線中，往西的中崙派線存留有較清晰的遺跡，在忠孝東路四段223巷與忠孝東路四段205巷之間的市民大道南側，是一片地勢明顯低於市民大道路面的荒地，有著香蕉樹包圍構樹林與竹林，荒地南緣銜接東區餐飲激戰地段，形狀曲折乃是有河流過。

瑠公圳第一幹線通過市民大道，這是上埤流域的北界了，瑠公圳從此與相依偎許久的上埤分家，獨自北流。市民大道以北的延吉街是個小小的寵物商圈，多獸醫院與寵物用品店，瑠公圳打這些店家背面流過，約走在延吉街與八德路三段106巷間，從市民大道上看去，就是兩車行間的那條無名巷弄；由遙遙相對的延吉街23巷看，則是比後巷略寬但遠非公園、經簡易綠化圍在翠綠鐵網後的小空地，在跨過23巷之後，便是蕃仔汴。

蕃仔汴是第二個遇上的分汴處，舊里族支線由此分出，舊里族支線自八德路至基隆河畔，出乎意料的保存得極為完好可追跡——當然是以作為馬路巷道與公共空間而言。舊里族支線得名自凱達格蘭支系的里族社，平埔族稱基隆河為里族河（Licouquie），沿里族河岸而居的這些人們就是里族社了，此中並有新舊里族之分，我隨著這條瑠公圳支流探究的是基隆河左岸的舊里族，新里族則在一河之隔的右岸內湖地區。

蕃仔汴約與復源公園一巷之隔，今日已是延吉街、延吉街9巷及23巷與八德路三段106巷框成的五邊形街區，然此街區的建築群尚存相當寬且不規則的空隙，化為短得像是停車場入口僅有數公尺的延吉街9巷14弄，出至倒く字型的八德路三段106巷上，舊里族支線與瑠公圳緊密並行一小段，由9巷14弄口的

右╱瑠公圳第一幹線抵延吉街市民大道口，車層景福宮與全聯福利中心相比鄰，全聯福利中心外圍是花市，本就狹窄的人行道琳琅掛滿奇花異草。

左╱將舊里族支線自瑠公圳第一幹線分出的蕃仔汴，與復源公園一巷之隔，是延吉街、延吉街9巷及23巷與八德路三段106巷框成的五邊形街區，街區建築群尚存相當寬且不規則的空隙，化為短得像是停車場入口僅有數公尺的延吉街9巷14弄，巷口一株大王椰子。

大王椰子橫向對街的芒果樹，走在吉仁公園東側的建築間，約是全聯福利中心與中華電信八德門市後方，兩者於八德路路面上、鬍鬚張魯肉飯旁的暗巷分家，瑠公圳往北走寧安街，舊里族支線始往東北。

八德路三段155巷口的工地，其後方的蜿蜒小徑即舊里族支線，這條蜿蜒小徑穿出建築群，先是八德路三段199巷1弄，後又為光復北路26巷，過光復北路則是加油站旁的光復北路11巷，此段西南東北斜向的道路在八德路、南京東路、光復北路此些平整如棋盤的大馬路間格外醒目。舊里族支線在南京東路五段66巷處、中崙高中對面離開光復北路11巷，11巷頓時轉正為東西橫向，舊里族支線則成為11北側的二丁掛牆鐵皮頂矮房與停車場，斜入建築群、斜過南京東路五段66巷3弄，由一方有著石桌石凳的開放空間經白鬚公廟旁側，在吉祥路口的一之軒麵包店前過南京東路，經松山線南京三民站一號出口，削斜了白色的中興大業大廈西側，由西松國小東南角過了三民路進入南京東路五段251巷32弄的安平公園。

安平公園小小一方，公園旁廢屋有著略塌陷的古

右／舊里族支線通過光復北路為加油站旁的光復北路11巷，此段西南東北斜向的道路在八德路、南京東路、光復北路此些平整如棋盤的大馬路間格外醒目。

左／舊里族支線由西松國小東南角過了三民路進入南京東路五段251巷32弄的安平公園。

樸瓦簷與老式木質電桿、門窗無扉而顯空空洞洞。安平公園入口處踞坐著的石雕大蛙造型拙樸可愛，惟蛙肚子因高度剛剛好而滿布公狗們蹺腿撒尿的痕跡，石蛙右側、台灣欒樹下的小徑便是舊里族支線，這條河由安平公園後方深入住宅區，通過南京東路五段251巷與251巷46弄的十字路口，由南京東路五段291巷44弄的安平區民活動中心後側接上盲腸狀的南京東路五段291巷56弄，流入291巷東側的街廓。

這處健康路與寶清街口的街廓，原為一方雜亂低矮平房區，舊里族支線是其中非常清晰的小徑，街廓西北角那棟紅色鐵皮頂的屋子因屋後的河道而有了個圓弧狀的背面。這一區平房已在二〇一〇年前後都更成功，如今隨著國美新美館這棟有著圓形陽台與比例過大的屋突的砂色豪宅落成，舊里族支線這最後一段的痕跡就此失了蹤影。

再也看不出來的舊里族支線在寶清街口進入健康路，此後沿健康路、麥帥二橋下筆直東

安平公園，入口處石雕大蛙肚子滿布公狗們蹺腿撒尿的痕跡，石蛙右側、台灣欒樹下的小徑便是舊里族支線。惟公園旁的廢屋已改為停車場。

行，在基隆河堤防前直角轉彎為塔悠路，如此北行止於基河五號疏散門，這是基隆河一九九一年截彎取直處，截彎取直前，舊里族支線尚能東行至內湖舊宗路一帶。

我時常在寶清街段的舊里族支線流域晃悠，為的卻不是踏查，而是確保小乖與小璇是否依然安在。

小乖小璇是兩位胖三花貓，生活在舊里族支線河岸的巷弄中，是安平里的地界（為防止不肖人士按圖索驥上門迫害，確切的哪一巷哪一弄我就不透露了），其實至今我仍不知誰是小乖誰是小璇，牠們一是淺色的灰虎斑雜橘虎斑，一是濃深的亮黑摻豔橘；一清秀的白臉蛋，一橫遭自身花紋破相；一不懼人但也不近人（我認為身為一隻街貓良好健康的態度），一傻呼呼的沿路蹭機車蹭牆角的給人摸，都是剪耳做過TNR的老資格街貓，這樣的街貓不吵不鬧（結紮後便不會有最擾人的叫春問題），不會製造髒亂（貓科動物愛乾淨，排泄物會固定地點埋蓋，食物殘渣則要看負責餵食的愛媽是否會等在一旁清潔善後），不會繁殖只會占住地盤防止未結紮的其他街貓流入……卻是該里的某鄰長，在二〇一五年的某個秋日，在巷道中貼了一張極其離譜，且恕我直言、惡劣之至的公告：「野貓群已經嚴重影響環境衛生，造成社區里民健康及財務傷害，經反映及自力救濟無效，即日起，進行貓食飼料投毒，希望野貓、鼠輩及蟑螂……等下輩子可以投胎到好人家（家貓小心誤食）。愛貓人士含淚叩啟。」

必須原文抄錄這段公告讓我十分作嘔，想當然耳的在那幾天引起軒然大波，我們作為無數報官報警兼趕往現場關切的動保志工之一，聽里長無奈表示一大早已是動保處人員與警察絡繹不絕於途（我們心中高呼活該！）小乖小璇棲身的巷道，惡劣的毒貓公告早就被撕掉，取而代之是各式各樣手寫版打印版黑白版彩色版的動保新法第二十五條：「蓄意不當飼養或虐待傷害，致重傷或死亡者，處一年以下有期徒刑，併科十到一百萬元罰金，並得公布姓名、照片、違法事實。」畫展一樣琳琅貼了滿牆。

多年與敵意鄰里交鋒的結果，我們曉得厭貓者（或可擴及所有討厭動物者）是不會留心任何動保議題的，乃不知今夕何夕的不曉得有動保新法、不曉得有台北市街貓TNR政策，往往大剌剌觸法而不自知（所以曾有辛亥路四段77巷敦南林蔭大道社區幹事夥同警衛將已TNR的街貓裝箱封死說要由橋上丟下河去）。同時也曉得厭貓者是不會認貓的，看見一次貓就是一隻貓，早上看見小乖是一隻，中午看見小璇是一隻，下午看見小乖又一隻，傍晚看見小璇再一隻，晚上看見小乖……這就是安平里某巷道中的野貓群由來。

至於髒亂，所指會是相鄰的南京東路五段291巷嗎？這條巷道是個生氣盎然但環境衛生稍待加強的早市，路邊柏油因長年浸漬著廚餘湯湯水水與廢油而轉黑，黑的陳年口香糖白的菸蒂紅的檳榔渣，黃黃綠綠的爛菜葉，粉紅的紙巾，雞蛋箱灑落下黏著絨羽的稻殼，雪片般散落的魚鱗（像極了乾硬掉的日拋隱形眼

鏡，電影人生活習慣極佳，惟獨會將此物丟得滿床都是）……算來算去，就沒有一樣是街貓有能力造就出來的。

莫怪氣瘋了的某位愛媽出言反諷：「對啊我家樓下那些街貓最可惡了！抽完菸就把菸蒂亂丟，連飲料罐都不順手帶走的，製造髒亂！破壞環境！」

事情鬧大，某鄰長應是收手避風頭去了，但我恐怕其人由明轉暗下毒手，乃不時去探小乖小璇，兩位老姑娘無時無刻不在，在冬陽又斜又黃的巷口，牠倆的背影時而磨磨蹭蹭、時而細細互理毛髮、時而你給我一拳我賞你一巴掌的窩裡反，路邊腳踏車搭掛雨衣成帳篷，帳棚下有愛媽細細藏匿的貓餅乾，那是所有照顧街貓的人散盡財力心力與眼淚、捱了無數罵吵了無數架去追求的一幅永恆圖像。

右／舊里族支線鄰近，小乖小璇巷。

左／國美新美館，位在健康路與寶清街口的街廓，原為一方雜亂低矮平房區，舊里族支線是其中非常清晰的小徑，國美新美館落成後，舊里族支線這最後一段的痕跡就此失了蹤影。

刷一層灰的民生社區

至此我們得從基隆河邊回到八德路延吉街的蕃仔汴，看看另一條河——瑠公圳的一幹線往哪裡去了。

在鬍鬚張魯肉飯處與舊里族支線分家，瑠公圳的一幹線向北穿越八德路流入寧安街，這就是舒國治說的，育達商職門口的那條河。寧安街全線皆河，左岸是育達商職貼著招生介紹的磚紅外牆；右岸則是學校周邊必備的早餐店小吃店商圈，在通過一處停車場與籃球場後是寧安公園，寧安公園是正榕與小葉欖仁包圍遊樂器材與涼亭的常見小公園，特有我非常喜歡的藤花架跨越公園小徑如隧道，公園弧狀的西側是最清楚的河跡了。

瑠公圳第一幹線由寧安街口過南京東路五段，河道打從此處起一分為二，東側的舊河道十分杳然，僅知此河大致平行於光復北路西側流向民生社區，健康路上的松山新城對街、那條簡直看不見的健康路 120 巷與巷中的 118 號、122 號長條狀鐵皮屋是僅有可疑的河跡；西側的河相較則非常鮮明，但應該是稍晚近修築的，在〈瑠公水利組合區域圖〉上尚且不見其蹤跡，初見於美軍的城市地圖與航照圖上，它約由南京東路四段 133 巷 5 弄上、有著鬱深院落的淨源茶坊分出，筆直向西北切入健康路15巷，往民生社區去，途經的民生國小，有著漂亮的鑄鐵鏤空花葉形狀外牆，夜色下的暈黃街燈投花影於路邊的白車上，惹得動保人與我駐足，費了番工夫爭論那究竟是否為某車主風雅過頭的烤漆。

新舊兩條河都來到民生社區，民生社區是個太完整、簡直能獨立於台北市之外的天地，也是我除了文山區興昌里一住三十年的透天老屋之外，唯一會想要以此為家的地方。民生社區位在台北市東北角，東塔悠路、西敦化北路、南延壽街與敦化北路199巷、北松山機場形成的地界，共十個里八萬多人口，是一九六〇年代，高玉樹市長任內整體規畫的一塊素地，以一九六五年的聯合二村的開發為始，概念源自田園城市（Garden Cities）理論，由英國的埃比尼澤·霍華德爵士提出，是一種將人類社區包圍於田地或花園的區域之中，平衡住宅、工業和農業區域的比例的都市計畫理念，但民生社區如今的樣貌，更像是美國中產階級示範社區。

二〇一〇年底我為踏查瑠公圳初踏入民生社區，當時即深受成蔭的菩提樹與樹下多彩的風車裝飾吸引，菩提樹高大、心形葉既茂且疏，樹冠特有一種透光金綠的色澤，與楓香一般，都是很讓人誤以為是溫帶樹而多

育達商職門前的寧安街，瑠公圳第一幹線，舒國治曾云，想必不少人仍記得育達商職前，原就有著一條河的。

所遐想的熱帶亞熱帶樹種，惜是菩提樹根淺，故此些年不再用作行道樹。二〇一五年夏天的蘇迪勒颱風創下吹倒行道樹的紀錄，民生社區便有不少粗壯的老菩提樹被連根拔起，吹倒的大樹即便未枯死，也不會嘗試扶正栽回樹穴，而是就地支解清運，幾天前尚且張舉著金綠樹蔭的老樹化作一地斷截的木材與碎葉，我們看著，慶幸植物沒有神經系統，不會痛也不會思考，何等樣的困境中仍一意生長，若我們為樹，見同類這般慘狀，很可能索性就此枯萎不長了。

民生社區是個十分特別的存在，它就位在松山機場的國家大門口，卻保有一種緩慢的生活步調，追究其因，又同松山機場脫不開關係，一切導因機場周遭的限建措施，民生社區除卻三民路圓環周圍，並無高樓大房，甚至率先達到電纜地下化，我們走在民生社區，的確不見任何電桿與會將天空切分成塊的交横電線。至於容積率，民生社區特別訂立容積率不得超過兩百，顯著低於台北市其他地區，空間明顯開闊不提，也使建商較無利可圖不來此炒作，亦無都更案。於是民生社區除卻小樹長成了老樹愈發的幽深，實則半世紀以來無太大變化，現代都會的快節奏滲透不進來。

生活悠閒了，人們自然會去思考美好無用的事物。

我們在民生社區活動的中心地帶是民生東路以北、以富錦街與新中街為中心，不說此方圓內多公園，計有富錦一號二號三號公園、新中公園、民權公園、民生公園、延壽公園七處之多，此二街在綠化良好民生社區算不上特別綠意深邃（民生東路四段69巷、97巷都更幽森些），但很能具體而微的代表民生社區，兩者性格大不同。富錦街起自敦化北路上，止於民權大橋近基隆河堤防處，因空軍眷舍的區隔而斷成兩截，光復北路以東的富錦街是有名的

「小天母」，是企業造街的典範，沿街的文創小店、咖啡店、花店、服飾店都極精緻具特色，惟整條街同屬一個老闆還是讓我們覺得哪裡不對勁，比例偏高的幼教班與教會則明白彰顯民生社區的中產與西化氛圍；新中街相較庶民，沒有那麼多亮晶晶的東西，白千層路樹後公寓民宅顯得老舊，店家則多小吃店與便當店、小診所與藥局，並有民生社區別具特色的後巷綠化，出自綠手指們的自動自發，彼些大小盆栽與花樹拱衛羊腸小徑，探出頭送往迎來，於是防火巷皆能通行、皆可成為簡易公園，這在島上普遍的用後巷堆置雜物乃至當作鄰居間鬥爭材料的文化中，顯得格外不凡也格外值得珍惜。

不踏查只運動的時候，我們會在富錦街與新中街的街巷來個「拉鍊式」行軍，即健步在巷弄間來回折返，十分鐘的路程可讓我們走個將近一小時，曾有挨家挨戶拜票的里長候選人在半小時內遭遇我們十來次而面露疑懼。此行腳方式源自於我們的京都經驗，因京都條條巷弄皆美無一可放棄不走。拉鍊之餘，我們繞進富錦二號三號公園，對著與蚯蚓拔河的黑冠麻鷺高喊：「麻、鷺！鷺、鷺！ㄚˇ、鷺！」被鳥友們暱稱「大笨鳥」的黑冠麻鷺放脫蚯蚓，想像自身化作樹椿的裝死起來。

富錦街與新中街算得上民生社區精華段，也是代表民生社區典型風貌的區段，往西愈近市中心愈是喧鬧，往東朝向基隆河則逐漸荒涼，二・九八四六平方公里的土地曾是瑠公圳灌溉的平野，瑠公圳之水遙遙自新店來，至此也差不多到了盡頭，遂開枝散葉，水道網絡綿密的蔓延了開。

一分為二的瑠公圳第一幹線在民生社區的司公汴重新會合，隨即分作東西兩條支線。司公汴約在民生東路112巷東側的建築群中，差不多是摩斯漢堡至查理布朗製菓的後方，民生東路對街是科技服務大樓。科技服務大樓是個轉型相當成功的嫌惡設施，它是自來水公司的辦公大樓，並有加壓配水站隱身大樓之下，比之多半區隔在高牆之後的自來水廠，它易於親近也美觀。洛神樹園圃（二〇一五年末已給剷除）圍繞的大樓，明藍的玻璃帷幕作兩重波濤狀暗示其所屬，牆根下一幅幅廣告標語排列整齊如彩旗，一樓並有全聯福利中心進駐。這兩個配水設施，司公汴與科技服務大樓，一新一舊，相隔上百年時光，兩者相望，遙相呼應。

東支線向東北走民生東路五段27巷、富錦街359巷3弄，途經民生社區的開心農場。老一輩人以酷愛種菜聞名，即便科技新貴的老父老母，亦免不了的要在豪宅的空中花園勤墾，順應老居民此嗜好，加以原為空軍眷村的這片土地在拆除後空置，由當地里長向土地所有人國防部爭取釋出綠地，進一步規畫為開心農場，里民登記耕種相當踴躍要到抽籤決定的地步，如今菜圃數量已有上百，一畦畦各自成色，因有國防部隨時可能收回停耕的壓力，規範非常嚴格，禁用農藥及有氣味的肥料自不在話下，甚至對防蟲的紗帳也有規範，必須使用與周遭環境相容的翠綠而非會讓人誤以為是「阿飄」的白色紗網而嚇到動保人這類怕鬼者……我們會特意離開河道踏入開心農場東看西看，也許是外來人的模樣太明顯，埋首耕種的居民們澆灌訖，直起腰來總是笑臉迎人：「歡迎參

與司公汴一街之隔的科技服務大樓，是個轉型相當成功的嫌惡設施，有加壓配水站隱身大樓之下，玻璃帷幕作兩重波濤狀暗示其屬於自來水公司。

觀！」

我們確實喜歡觀察每一畦苗圃的作物種類（當然我得時時喝止有摘果癖的兩人當真下手偷菜），有粗放式耕耘撒了一整方地瓜或南瓜（此二物皆以不需照顧惟要提防瘋長過剩聞名）就跑人的；有傳統式的種白蘿蔔種蔥蒜種大頭菜種牛番茄的；有十分洋化種了荷蘭芹、鼠尾草、迷迭香、百里香彷彿要重現〈Scarborough Fair〉此一動人民謠的歌詞；還有明顯是買自建國花市的盆栽，去了花盆就直接栽種下去的。不知何時多出來的貓熊與台灣黑熊雕塑，卡通造形有人高，來自二〇一四年下半年巡展各地的紙貓熊展，十分容易在島上的政治立場衝突中被用作象徵的此二種無辜動物，分坐開心農場兩端。

通過開心農場東緣的東支線在民權東路上分作第一線與第二線，第一線北入松山機場，第二線沿民權東路水族商圈東流至撫遠街 400 巷的直角轉彎處分出第三線，第三線進入觀山河濱公園，隨著基隆河灣繞了個圓弧，遂於迎風河濱公園處的排水門進基隆河；第二線轉而與第一線一同穿越松山機場，深入一九九一年給截彎取直的基隆河彎道，兩者在今日家樂福大直店再度交會，由美麗華摩天輪的排水門入基隆河舊河道。

西支線從司公汴啟程，走科技服務大樓西側斜行的民生東路四段 131 巷，往松山機場流去，與下埤水系距離極近，尤其到了下游，兩者愈是緊挨在一塊難分辨。

下埤大致範圍在南京復興至松山機場、橫跨敦化北路東西兩側的地面，形如鏡像並斜放的L字，與上埤等其他埤塘一般，也是由埤塘轉作圳道的水路，其西南尾端是鄰近文湖線捷運站的南京東路三段 223 巷這條小巷子，如今保存至為良好的部分則是長春路與慶城街之間的松基公園，松基公園與順成蛋糕長春店後方的三角形畸零地實為一體，還很有埤塘的形狀。松基公園無疑是全台北最豪華的公園，公園植樹為牛樟等名貴種類不提，公園內部的區民活動中心與里辦公室設計感強，更像是現代美術館之類建築，並有透明電梯可供上下，正因為太豪華，時常招惹市民議論甚至舉報，卻原來是鄰近的中泰賓館改建案中，建商取得較高的容積率而必須回饋鄰里所建。東方文華酒店與文華苑豪宅同時起建，皆坐落於下埤遺址，酒店如今是敦化北路上的新地標，砂色摻磚紅的外表巨偉如巖，看起來更像是歐洲古堡。

下埤通過敦化北路進入民生社區，台塑大樓不工整的地基及蜿蜒在南側的敦化北路 199 巷見證下埤存在，鏡像L型的直角位在台塑大樓對面的市圖館民生分館及頂好

長春路與慶城街之間的松基公園，無疑是全台北最豪華的公園，公園與一旁畸零地保留住下埤西南端的形狀。

超市處，下埤轉北進入民生東路四段75巷，往巷內幾步是民生東路四段97巷1弄，巷中有棟一樓打通的雙拼公寓——先說現況，此屋如今是失智症協會的聯誼互助中心，過去，它被稱為「民生寓所」，另一名稱來自媒體的戲稱：「民生休息站」。

民生寓所，是前任總統時，其兒子媳婦一家住在這裡，而前總統在此置產則更早，早於其總統乃至台北市長任期，前總統在台北市長任內曾有一政策：民國八十三年以前的違建視為老違建，一概就地合法。是其人當年雷厲風行帶著媒體四下拆違建，卻遭舉發其民生寓所後方亦有加蓋外推的違建，方才有此一意圖太過明顯的政策。至於民生休息站，則是前總統一家子由瑞士執法部門舉發、海外藏錢的貪腐案爆發時，國內大小媒體不捨晝夜二十四小時駐守此處，更有大批民眾與好事之徒圍觀（不少是遠方專程而來），窄窄的97巷1弄不過三五公尺寬，自然是難容納如此多人的水洩不通。身為屋主的前總統子媳避風頭的不知哪去了，推其女管家與媒體民眾周旋，時常以一手拎著垃圾袋造型現身的女管家和善而健談，一時也成媒體紅人。

我本來很以為前總統貪腐案在島上是個不分政治立場的共識，是個已經結案了，已經蓋棺論定了的事，早在前總統還在總統任內，當時貪腐案還是個遙遠風聲，並不如日後給瑞士執法部門證據確鑿逮個正著時，前總統當時便已公開致歉：「我做了法律所不能允許的事。」讓其支持者一夕崩潰，哭喊咒罵者有之，掩面不願提者有之，將前總統公仔擲地踐踏者亦有之。

前總統依法審判，入獄服刑，惟三不五時傳出病情，哭訴其體弱已無法承受獄中生活，早晚要給折磨死在獄中云云……我們只奇怪其症狀諸如癡呆、手抖、漏尿，好像無一不是可控制範圍，不自主的抽搐、癲癇、口吐白沫倒是從來沒見過。

以為早就不需要再討論甚至再理會的這件事，在偉大學運期間，卻見大學生們齊齊高呼前總統無罪，究問其因，大學生們振振有詞曰：「XXX說他無罪，所以他應該是無罪的！」

XXX是常年率眾搭帳棚盤據在立院外圍人行道的某頂尖大學教授，曾經入閣，如今退休領有軍公教優存十八趴，是不折不扣的白領中產，惟獨其外貌打扮酷似邊緣人而得許多弱勢人群，以及大學生們的同情與支持，進而惟其馬首是瞻。

算算民生休息站的那一年，大學生們約莫國中年紀，早非懵懂世事的歲數。

下埤走完民生東路四段75巷穿過民族國小西半邊，隔巷一紅磚老屋埋蓋在厚厚的薜荔之下，這棵薜荔的果實大若無花果，滿是落果的人行道是此地TNR街貓的大聚集點，下午傍晚時總有群貓盤據等放飯，隔壁回收場的老人家會對停步看貓者擺出護衛驅逐狀，我們高高興興的給他們喝斥了開。

民生國小西北角、富錦街與富錦街12巷街口再過去是富錦公園，富錦公園滿植楓香，就是前述的，可與菩提樹一塊冒充溫帶樹的高大喬木，入秋會變色會落葉的樹冠遙遙在上方，高瘦的楓香造就林地疏而長的光影，十分喚起我們對於英國公園的記憶，草地散置著彩色的紙板鹿與紙板象公共藝術，做意態安詳信步林間狀，也是來自社區居民的創作。

差不多由富錦公園開始，下埤與瑠公圳西支線走得極其緊密，兩者一同通過松山機場前方、敦化北路與民權東路的廣闊路口，通過時鐘柱與金色飛馬——雖是圖像化但我每每仍要嘀咕幾下子那匹馬的後腿關節真是夠詭異的——。在機場西南邊不對外開放的敦化北路苗圃內，下埤的水道露出頭來，自此走在民族東路北側那排公寓後方，直到公寓盡處的停車場與機場隔音牆為止，可惜也是條讓人掩鼻的臭水溝了。始終未現蹤的西支線實則緊緊相隨，是機場西南緣的那條小徑，兩條河不改流向的走在民族東路北側幾公尺的地方，通過復興北路底的文湖線大彎。民族東路512巷13弄的直角三角形下埤公園算是下埤存在的最大紀念了，公園中過去有立牌解說此處古地名「下埤頭」的由來，鄰近的文湖線中山國中站原本訂名下埤頭站，是個於我深具意義、但在現代都會中辨識度太低的名字。

下埤末了，在建國北路三段113巷口與上土地公埤水系相連，由民族東路61巷口進入深闊的基隆河支流，河面可北望劍潭山與山腳下高架道路的車流，此支流北行至大佳河濱公園入基隆河。西支線則稍早一步，停在了民族東路410巷口，中嶽殿門前，往前幾步的濱江街180巷，位處松山機場西緣的跑道頭，是我等賞鳥人士的熱點，賞的是那些起起落落的鋁合金鳥，小者如A320或B737、MD-80，更小的ATR72，中型的A330、B767，當然還有在台灣尚屬稀罕的B787，故得名「飛機巷」。飛機掠過頭頂，發動機震動空氣的隆隆低鳴，那般臨近震撼感非機場內觀景台可比擬，故儘管民航局再三警告飛機巷是危險不宜逗留之地，恐遭斷落的飛機零件砸中甚或給起降失敗衝出跑道的航機傷及，仍趕不散終年盤據的人群。

當然苦了我的同伴動保人、電影人，聽我每逢飛機起降的喜呼及講評機種之餘，也要聽我每每哀嘆，松山機場太狹小，看不到壯麗的B744與B77W，我好喜歡的兩隻超大鳥。

我高度恐機也極端愛機，對民航機與對找河的熱衷，說不清何者開始得更早些，皆以亞斯伯格人的超高強度興趣同等待之，可憐的是動保人與電影人，給地上河流洗腦畢，讓天上飛機繼續轟炸，也隨我一塊將國家地理頻道的空難紀錄片輯《空中浩劫》倒背如流，乃至很自虐的每每上了飛機總要心驚膽戰（看看身邊埋頭摺紙或大睡的動保人夫）到飛機落地滑入停機坪為止。

是的空難事件，動保人對此怕聽卻又愛聽，從初時的掩耳逃躲到後來專注發問，是我們踏查的同時最經常的話題之一。二〇一五年二月四日的復興航空235航班空難，ATR72飛機斜掠過環東大道高架路面擦撞計程車衝進基隆河的一幕永銘難忘，我於當日看著新聞反覆轉播此畫面時，隨口說這很可能是單一發動機故障而飛行員錯關正常發動機，導致雙邊發動機皆失效，進而失速墜毀，非常類似的前例是一九八九年的英倫航空92號班機……云云，此事確立了我在動保人、電影人心目中不可動搖的權威地位，簡直到我說什麼信什麼的盲從地步。

不知是先天遺傳或後天影響，我與動保人一樣，都有對災難對死亡的強烈察覺與記憶，或可歸為我倆都有的老靈魂的一部分，天生帶有不屬於自身的記憶，他人的記憶，死去之人的記憶，前世的記憶。

這十分影響我們在這座城市裡的行腳。

當我們在民生社區走動，若沿民生東路筆直向東不拐彎，很快便會遇上三民路圓環，三民路圓環幾乎是民生社區中產階級空氣的東界，再往東便愈是庶民氛圍。圓環東北角的海華大廈，港商投資所建，十六層高的大樓，家戶數密度極高近似香港的集合式住宅大樓。從某個時間點開始，當我們行過此一白色屏風般的大樓，心中總會多了點雜緒，那是種還不至於猛烈悲慟、但會讓周遭事物黯淡失彩的情緒。

某個時間點，是黃黎明去世的那一天。

王小棣導演與她的製片黃黎明就住在海華大廈，這是我幼時會隨家人受邀造訪海華大廈的原因，同行的小男孩是那時我最知心的玩伴，其人如今已是新興服裝設計師，業務橫跨大西洋岸至太平洋岸的歐亞兩大洲，從倫敦時裝周乃至小七發熱衣無所不包。當時我倆對王小棣是種又怕又敬又疑懼的小動物情緒，誰叫她瘋玩起來會童心大發的將我們兩小追殺至貼牆哀求還不收手，誰叫她對我們乖乖依某不忍心的家長指示嬌喊「小棣阿姨」討饒時會故作威嚇狀：「要叫薯叔！」、「叫大哥！」

海華大廈的記憶限於那些年，彼時自不曉得大廈外是我多年後所著迷的那片天地，小棣薯叔也多是我的童年回憶，我年長後並未與之有太多接觸，但我們的世界盤根錯節的有太多交會，而不論在哪個世界，於公於私，於電影圈於 LGBT 圈，她都是走在我努力朝向的那個彼端的背影，我時常會想著她。

從我幼時每晚必看當作笑片的《母雞帶小鴨》起，到一次次首映都沒錯過的《熱帶魚》、《飛天》、《魔法阿媽》（王小棣偷偷告訴我片中豆豆媽的造型有參照動保人的模樣），我到了很後來才明白王小棣之所以與我熟悉的新電影導演們若即若離，乃因為她志不在此，新電影運動於她而言，太貴族了，是以上層菁英來處理庶民題材，她所想望的是讓影像成為普羅大眾都能接觸能參與能欣賞、不必跨越重重門檻方能窺其堂奧之物，所以她著力於電視劇拍攝與提攜後進，影壇尊其為恩師者無數，導演如蔡明亮、陳玉勳，年輕演員有藍正龍、馬志翔、竇智孔、馬國畢、江祖平、周幼婷……太多了，還有無法歸類的蔡康永，正好與她左派公社的氣質非常不合。

我自己的性別傾向啟蒙得晚，不若前輩們常說的：「我從幼稚園／小學就知道自己不喜歡男生！」、「我在還不會說話時就知道自己不是女生！」我幼時更像是活在個無性別的世界裡，因此在海華大廈的原初記憶中，我亦不明白王小棣與黃黎明的關係，只好奇她們的親密與契合，幾分像父母們又幾分不像。及至我由被告知「男性不是你的哥兒們，而是伴侶、是配偶」的憤怒沮喪，到發掘自身性向的過程，方才恍然大悟，不免深深羨慕她們能夠相守的自由與坦然，卻不知是要有多大的勇氣，才能走過風氣保守的年代，來到社會普遍能接受同志惟仍有零星歧視的今日，而真正的自由坦然尚且遙遙，至少在黃黎明有生之年都未能見到。

二〇一四年五月下旬，黃黎明肺腺癌病逝，王小棣說她一生不菸不酒、作息規律。動保人遲至大半年後才見到王小棣，王小棣瘦削憔悴過自身罹癌時，自言每天想起黃黎明仍是痛哭，並深悔恨自己在黃黎明病中對她的嚴厲操練，因她堅信黃黎明會走過來而沒意識到那就是最後的幾天了……王小棣失去的是愛侶，是事業夥伴，也是照顧自己生活者，從此得面對缺了一大塊的內心的同時，也要面對變得好陌生的屋子，一大堆陌生的抽屜與陌生的櫥櫃，不知道哪樣東西收存在哪裡的得逐一開啟檢視。

從那時起，我們走在民生社區，不會去逃避海華大廈，然愈走近則愈黯然，無法不去想黃黎明，無法不去意識到與逝亡連結的記憶。

動保人稱此為「刷一層灰」。

刷一層灰的地點，如眼前的海華大廈，如舒暢舒公公與奇女子小苗住過的舒蘭河畔，如大安支線邊的宣一媽媽家，如我倆曾聞孤兒貓哀鳴的瑠公圳公園，不會特意走避這些地點，然而行過其間，心頭總是多了點什麼，更不說龍江路某處動物醫院連接的傷痛記憶太過巨創，於我倆好似原爆之地方圓數里皆輻射塵飄落的莫敢稍近一步，

我認識的北京新京報小熊記者，老是野心勃勃想要駐台，想在台北買房定居，甚至憑其精明頭腦四下謀置產。小熊記者偶爾也會客串我的找河同伴，走路兼物色地產，聰敏（奸詐？）如小熊記者，很快發現台北某些房子，租金或售價極其便宜卻還乏人問津，小熊記者簡直兩眼放光不敢置信，我不得不憂心忡忡勸阻之，告訴她，那些都是凶宅，是死過人的房子。

哪，比如我們並肩走過的這間閒置空屋，介於信義路與仁愛路之間的新生南路二段西側，新新大樓一樓店面，招租布條掛了好多年都未見租出。這間凶宅曾是麵包店，民國八十三年，時值首屆台北市直轄市長民選，麵包店因溝鼠咬壞瓦斯管線而引發爆炸，威力之猛摧毀了周遭街區，當場燒死麵包店老闆，炸飛的麵包店鐵門血滴子似波及對面車道攜妻小出遊的無辜駕駛，甚至驚動了當年還在選市長、競選總部不遠的貪腐前總統。後來此店面便難有人接手，好像曾經短暫有過燒肉店在此營業（真嚇人！），我們說著往內探頭，地面牆壁鋪滿白瓷磚的店面一望到底的空蕩蕩，陰森倒不至於，惟是長久空置的陳舊罷了。

島民害怕凶宅，已到屢屢為此爆發買屋糾紛乃至興訟的地步，凶宅的標準也一再放寬，最新近的解釋，乃建築物建造期間有出過人命便是凶宅，於是我們高呼，在三三一地震中有五名工人死於工地的台北一〇一大樓真是最大最醒目的一棟凶宅了！

「北京哪間房沒死過人呀！」小熊記者爽朗笑曰。

是了老北京，莫說哪間房子沒死過人，千年帝都多長的歷史，多少戰役，多少王朝傾覆，

太多的傷痛與死亡，早看開了、虛無了，如風化的老丘陵地失去高度與尖銳稜角，人鬼相處和諧也邊際模糊，而台北市遠非如此，我們的城市承載著許多記憶，然而離看開並遺忘尚且太早，相較老北京，年輕的台北市、年輕的河神、年輕的人們，是個沒有人年過三十、沒有人死亡的馬康多，人與鬼的距離很遠很遠，死亡的記憶在此顯得格外鮮明觸目，東一處西一處的刷上了灰，是新褶曲帶的山峰那般尖銳矗立，我無法忽視、無法看著不驚心。

我們試著與那層灰泰然共處，轉走海華大廈後方的富民生態公園，整治良好的這個公園經六期改造工程、完工十多年，就在是三民路 130 巷與民生東路五段 177 巷的狹長地帶，十分能看出是社區的驕傲。三民路上的入口處，左有鑲著公園之名的木牆，右是小生態池，並有立柱上一方方相疊的鳥類木刻版畫，過兒童遊樂區後是新舊喬木區，新區是公園改建後的小樹，光臘樹、苦楝、青剛櫟等等，以本土樹種、能讓鳥類棲身覓食為原則，舊區的白千層種植自改建前，故而高大像是新中街那些白千層的同期生。一人造岩壁接鄰喬木區，復行數步，方知人造岩壁原來是個可觀察本土魚類蛙類的生態觀察水箱，由水箱起始的溪流區是生態公園的精華段，有木棧道穿越、不過十餘公尺的溪流盡可能仿照自然打造成上中下游，分為河川、埤塘、氾濫平原三區，河岸野薑花與三白草，河面睡蓮與台灣萍蓬草，水下苦草，魚是原生種的蓋斑鬥魚與大肚魚，動保人童年尚且常見、田邊路邊水溝皆有的這些魚類日益珍稀，旁有告示說明此水域已剷除牛蛙土虱巴西龜血鸚鵡琵琶鼠等外來種，還有凶惡的美國螯蝦一時難以根除，懇求民眾勿再放生。

河川區再過去的舞台區，包圍在台灣欒樹下的扇形空間，多數時候是中小學生練羽毛球的場地，舞台邊矗一路標，金屬灰上鑲著黑字的富錦街、三民路兩面牌子分指兩方，此路

我逆向查證平埔族史料，則清一色是霧裡薛不見霧裡薛，也有作「務裡薛」的。霧裡薛社，是凱達格蘭族秀朗社下的一支，可能的分布位置是今日木柵、政大一帶的景美溪沿岸。

霧裡薛圳則見於日據時代的〈瑠公水利組合區域圖〉，圖上得用放大鏡看的小紅字也同樣明確的是第一霧裡薛支線、第二霧裡薛支線、第三霧裡薛……這真是個惱人問題，霧裡薛與霧裡薛，兩者在文獻上都有確實記載，也許是某個關鍵點上的謄錄錯誤造成，畢竟薛薛兩字形狀相似卻完全不同音，不太可能通用。

我最後選擇在書寫時使用霧裡薛，是因為《淡水廳志》早於〈瑠公水利組合區域圖〉，我以年代早者優先；也因為我實在稱霧裡薛圳稱得很習慣了，幾次試圖改口霧裡薛圳，害得聽眾動保人與電影人都茫了：「哪裡又來一條新水圳？」

離開基隆路圓環的瑠公圳第二幹線，大致與羅斯福路平行，過去的霧裡薛圳的河道較曲折，前段走在台大一側，後段才拐過羅斯福路至汀州路旁，及至整併為瑠公圳第二幹線之後，台大側的河道似乎就廢棄了，第二幹線自始至終走在汀州路的一側。

在舊霧裡薛圳流經台大校園處，原有一小丘名龜山，其形狀略像一「凹」字，日後剷平龜山興建的台大第二學生活動中心承襲此形狀，有了個不太方正的地基。這一段的霧裡薛圳河道曲折，正是因為繞行龜山的坡腳下，也一併繞過今日之尊賢館，經銘傳國小南緣，由羅斯福路四段 108 巷處扭過羅斯福路，經東南亞電影院來到汀州路邊。

第二學生活動中心偏隅、與尊賢館之間的小徑，森森樹蔭下尚有三塊饅頭狀的公館凝灰岩巨石，此種僅見於台灣北部的火成岩，說明龜山曾經存在過。龜山周遭有過土地公廟，有過曾是羅斯福路地主的林氏家族古厝，有過熱鬧的商圈，然而此一切在一九九四年興築第二活動中心時全數給劃平徵收了，林氏古厝兩百多年歷史，與芳蘭山下的陳家古厝相當，甚至一說「公館」地名便是來自此徵收地租的公廳，以今日標準觀之，如何不算是古蹟，如何不能保留？然而在古蹟意識尚未抬頭的那個年代，很輕易的就給拆了。如今存留的只剩土地公廟，是人們畢竟敬畏神靈之故，還會擲筊與土地公商量遷徙事宜，然而即便如此，土地公廟也歷經兩度搬動，如今坐落在公館凝灰岩旁，同一條小徑上的伯公亭，是二〇〇六年落成，是個考生間口耳相傳、抱佛腳十分靈驗的小廟。

我轉頭問台大校友的動保人，可還記得以前龜山的模樣？動保人尋思半晌惟記得，過去這一段的人行道側小吃攤雜亂，小攤後方確冒湧出一撮雜樹林，然而地勢低平，不太有「山」的感覺。

至於全然走在汀州路與公館觀音山之間的瑠公圳第二幹線新河道，至今仍在，夾在汀州路三段與汀州路三段200巷之間這一段露頭的水圳，並未受人珍惜對待，是段極其可怕的臭水溝，流過一排火鍋店餐飲店後門，再恰好不過的讓廢水排入其中，圳水縱使豐沛卻也濁綠髒汙，漂浮著七彩油膜與粉紅如嘔吐物的泡沫。故而尋找此段瑠公圳第二幹線，鼻子遠比眼睛當用得多。我與第二幹線的頭一次相遇大抵如此悲慘，伴我同覓水圳的動保人多年氣喘下來喪失嗅覺，不由慘呼完了完了要是她不就永遠找不到了！

汀州路三段160巷，是這一段水圳露頭的尾端，一道白鐵欄掛滿秋海棠、九重葛等植栽，隔著鐵欄綠葉最能看清臭水溝的模樣，然而某日，附近住宅大廈方便的築起水泥牆取代鐵欄，光潔厚實的一堵矮牆端正書寫著大廈名，大剌剌擋在水圳邊（應是不會有人介意擋掉一條臭水溝吧？），任憑我怎生擠在水泥牆邊角，也再看不見第二幹線了。無奈如我，只能抬眼上看，看看叢集的樓房間突然塌陷下去的那道圳路，與築在圳路邊有半圓孔洞爬滿藤葛的古舊紅磚牆，確信河還在著。

瑠公圳第二幹線在羅斯福路四段52巷口通過汀州路，走在公館夜市那一大堆建築物間，約莫與羅斯福路四段24巷12弄、羅斯福路三段316巷8弄這兩條斜路並行，在316巷口往西北流過羅斯福路與新生南路的巨大丁字路口，遙望藏在廣場後方、綠幽幽並不招搖的台大正門，自此沿新生南路北上，即便日後新生南路的特一號排水溝築成，兩者依然有些區隔，第二幹線走在西側，緊貼在新生南路邊，特一號排水溝則走路中央。無論第二幹線或者特一號排水溝，此二者皆與郭錫瑠興築的瑠公圳無瓜葛，「新生南北路的瑠公圳」算是台北市大半世紀以來最大的訛傳之一了。

在通過今日的浸信會懷恩堂之後，第二幹線略略西偏至建築群中，直到新生南路三段76巷上的10號矮屋才又浮現出痕跡，矮屋是成排精緻餐飲店，緊貼著稍不留意就會給忽視的新生南路三段6巷12弄，此幽徑如後巷，卻不髒亂陰濕，深院樹影摻著餐廳內昏黃燈光灑落路面，會讓人登時想起京都柳小路通。

第二幹線橫越76巷與之後的70巷、60巷、56巷、54巷，60巷與56巷之間的鳳城燒臘旁

夾在汀州路三段與汀州路三段200巷之間的瑠公圳第二幹線，是段極其可怕的臭水溝，圳水濁綠髒汙，漂浮著七彩油膜與粉紅如嘔吐物的泡沫。

畸零地，從畸零地底部的木質老電杆處通過。畸零地總有大群胖麻雀等著撿食燒臘店剩飯，如今隨著新生南路的人行道拓寬，與重現特一號排水溝的呼聲（市政府口中的瑠公圳復育計畫），此畸零地也在如火如荼整理當中，新鋪設的草皮一格一格還未長成一片，有尚無流水的小河道，庭石堆放一旁待安置。

越過56巷與54巷之間的最後一個街區，就是九汴頭，這在找河同好們口中最常被提及、最津津樂道的分水處，大約就在新生南路三段54巷7號與9號的公寓下方，這處公寓坐落在大片荒地中央，本身呈現西北東南與水路相同的斜向，霧裡薛圳在此一分為三，分別往東北西三方而去，即便被整併為瑠公圳第二幹線，這三條支線仍保有霧裡薛之名。

這三條霧裡薛支線我皆會一一踏及，在此且按編碼走第一霧裡薛支線。此河打九汴頭開始遽然往東，從荒地中央的公寓前門繞過，坐落新生南路上的佬墨日出餐廳（已停業）旁，

新生南路三段 54 巷 7 號與 9 號的斜向公寓，已經深埋的九汴頭分水處應就在公寓後方空地。

有些地基不工整的兩層樓房屋，推測應是第一霧裡薛支線穿出建築群通過新生南路的所在。第一霧裡薛支線繼續向東進入台大，通過操場北側、新體育館南半部，走全球變遷中心與海洋研究所前的校園路徑，打醉月湖經過，名字遠遠美過實景的這個小湖池，水色濁綠，舊名牛湳池，有一大兩小三塊水域，與一座已無法通行的湖心涼亭，絕大部分說法是瑠公圳的調節埤塘，但我也有看過部分反對論調，這部分我直到今日仍在查證中。

第一霧裡薛支線漸轉東北東，從海洋研究所東北角的尤加利樹群離開台大，通過辛亥路抵憲兵營與龍門國中旁的和平東路二段76巷，約從76巷19弄的巷口開始，這條路一分為二，夾著一塊紡錘狀的鐵皮屋街區，河流由右側較為狹窄的那條路通過，接上相通的和平東路二段90巷。

隔著這一小塊街區，可望見對面龍門國中校園內的龍安坡濂讓居，同為福建安溪型建築的這座市定古蹟與義芳居形貌相似，都是五開間的三合院，即正身帶雙護龍的建築，但比之義芳居更樸實無華，是一九九九年龍門國中建校拆除前搶先一步指定為古蹟保留下來的，免於芳蘭山玉芳居與公館林氏古厝的命運。濂讓居為黃家所有，黃家開台祖黃啟端，福建安溪人，來台後在淡水、三芝開墾，其後人遷往新莊，又給漳泉械鬥一路逼到大安庄落腳，子孫漸眾而在一八九一年傳至第四世時分家，在大安庄擁有五座宅第，濂讓居是其中之一，歸屬五房子孫，在日後隨人丁興旺不斷擴建，惟擴建部分未列入古蹟而在龍門國中建校時拆除，至於日據時代因事故填平的屋前半月池、光復後考量通行便利拆除的門樓、建校時一併拆掉的古井與過水廊，如今都一一復舊。

至於濂讓居所依附的「龍安坡」地名，應作「龍安陂」，是大安庄昔日的埤池之一，是我很想尋找但資料已然失考的一處水城遺跡。

如今位在校園內的濂讓居平時不對外開放，但替此書提供相片的電影人以我倆母系遺傳的大犯規精神，由龍門國中後門摸進去拍攝，我只得在門外數數半月池中層層疊疊羅漢曬太陽的巴西龜，從隔街望向那紡錘狀街區，從這兒就能輕易望見對街車下藏匿的貓食盤。第一霧裡薛支線是龍門里與龍淵里的界河，而龍淵里，是台北市最早的街貓TNR實驗里，十年TNR的實戰經驗下來，已是一完熟體系，有必然存在的不友善者（河右岸的教大實小警衛會搜人物品，確定無貓食飼料才放行入校），但亦有那非本地居民的修路工人們會在愛媽說服下，將工程圍籬略略上抬幾公分容街貓進出。

電影人溜出龍門國中，至對街訪問巧遇的愛媽，為她正進行的街貓紀錄片充實材料，那些街貓，剪了耳的貓們，不明白已是放飯時間也見著愛媽了，卻遲遲不見熟悉的貓乾糧貓罐罐，大呼小叫的在兩人腳邊繞來繞去。

剪了左耳的公貓與剪右耳的母貓，是已結紮放回的標記，若論剪耳，每位獸醫風格大大不同儼然註冊商標，目前作為我們家庭醫師的王醫生剪耳，剪去耳尖一小方角，則剪過的貓耳梢好似櫻花瓣故我們稱之「櫻花剪」，算是相當明顯的剪法，大多數的獸醫師剪耳，往往就削去耳尖一點點。

右／龍門國中旁的和平東路二段 76 巷，是離開台大並跨越辛亥路的第一霧裡薛支線。

左／龍門國中校園內的龍安坡濂讓居，是一九九九年龍門國中建校拆除前搶先一步指定為古蹟保留下來的。

「會注意的人，哪怕只一點點耳尖都會注意到；不會注意的人，把整個耳朵剪掉都不會注意到。」剪耳出了名的秀氣的吳醫師如是說。

淡水獨立書店「有河」的老闆娘隱匿所照顧的上百「河貓」，也是剪耳極不明顯的那一類，隱匿轉述其獸醫師所說，每每結紮了街貓並剪耳，「看那一小片耳朵孤零零躺在手術台上，簡直可憐到不行」。

神靈的胸襟非我們所能度測，我想河神必定不會在意，必定是欣然且樂見，讓那些剪了耳的貓兒棲宿在祂的河岸邊。

離開和平東路二段90巷與龍淵里的第一霧裡薛支線，由華南銀行與停車場間的長條鐵皮屋進入和平東路以北的街區，始終平行在瑞安街東側，貫串瑞安街155巷、149巷、135巷與和平東路二段107巷26弄，這段河道是一系列車庫與後巷，於地貌上堪為清晰，直到瑞安街214巷、有著卡通造型恐龍石雕的新龍公園處流入瑞安街，自此向東北流，經安東市場、開平餐飲學校、消防隊復興分隊大樓，通過復興南路後，在復興南路東側一重建物之遙繞了個弧形，瑞安街便結束在了捷運大安站，而江河滔滔，第一霧裡薛支線尚且漫長。

和平東路以北、復興南路二段左右的一帶地面，如同雲南省西緣，有著「三江並流」的地景，三江分屬不同水系，霧裡薛水系的第一霧裡薛支線走在最西側，瑠公圳水系的大安支線居中，上埤支流通過最東緣，後二者在抵信義路之前便先後東偏離去，第一霧裡薛支線則由

右／瑞安街的安東市場，前方的瑞安街大馬路即第一霧裡薛支線，「安東」之名則透露瑞安街本屬安東街南段。

左／復興南路東側的瑞安街北段，結束於信義路前，前方高聳大樓便是與文湖線捷運大安站共構的那一棟。

瑞安街接上復興南路，自此筆直北上，到了捷運忠孝復興站才偏離復興南路，從外型渾然青綠色、概念是為碧玉但更像是個未完工建物的SOGO復興館下流通，向北穿越忠孝東路流過安東街。

瑞安街過去是安東街南段，因信義路與忠孝東路之間的安東街中段在一九七五年拓寬為復興南路一段，方使與北段失去聯繫的這段路改名瑞安街，也因此，這一地區內部的新舊兩個安東市場，與清水宮旁的安東公園都還保有安東之名。至於瑞安街本身大致暢通惟些許不連貫，新龍公園與消防隊大樓兩度截斷瑞安街的路面，又有捷運大安站占去瑞安街北端，瑞安街門牌斷斷續續的現象要到復興南路東側方才較明顯。當年的老安東街如今算得上是柔腸寸斷了，然而實際行腳走過一趟，會發現瑞安街、復興南路的信義忠孝段、安東街與更北邊的舒蘭街仍是一條體系非常完整、連貫成一氣的路徑，因為它們是河流，是第一霧裡薛支線。

這一段河流，包括了更上游處，九汴頭分水前的瑠公圳第二幹線，舒國治以「安東街河」為其作傳：

> 先說「安東街」河。如今溫州街45巷，有一條河，只是一小段，又似看不出它在流動，幾如死水，令人摸不著頭緒。而它又與新生南路上原有的瑠公圳主渠互相平行，且又只隔了幾步路，這究竟是怎麼一回事？且別小看這條涓涓細流，它的南源或與汀州路底觀音山下的水溝（即今日「金石堂」背後）有些許關係；至若它的北流過程，則多半與新生南路瑠公圳不甚有關係。怎麼說呢？乃它向東跨過新生南路，在台大校園內

的今日新體育館（昔日11號宿舍）流經，再北穿今日辛亥路，在憲兵隊附近經過，而後在師大宿舍（不久前拆，改建成龍門國中）旁約當和平東路二段90巷行走，跨過和平東路，走瑞安街（以前叫安東街）、復興南路，北行至「正義東村」旁再西北走今日的安東街。

安東街過去，我們來至在舒蘭河上。

舒蘭河上

我之所以會尋找並挖掘舒蘭街及其下河流，純然始自不服輸的好勝心，不服的是舒國治一口斷言，在今日台北城，是休想找到這條街這一泓河水的。

舒國治這麼寫著：

> 所有的台北斜路，指出早年的河跡。短如齊東街、寧安街，長如延吉街、安東街、舒蘭街、五常街等皆是。今之舒蘭街，在浩瀚大台北，根本不易找到，它只得一百多公尺。然當年卻有兩公里長，約由今新生北路二段四十九巷左近開始，自西北迤向東南直抵今八德路安東街口，這一段波折起伏之路，今日不但在樓房密布、街巷修裁的實際地面無法看出，即使按索於線條或顯分明之地圖，也已不可能。

整整五年，一天五小時起跳，不分晴雨颱風都不曾間斷過的城市行走，我自覺算得台北通一名，而又豈能有一條街道，一條尚餘百餘公尺的街道——以台北的街巷而言，還不算最短的那一類——是我找不到的？

此為我尋找舒蘭街之始。

首先當然是大筆一揮，將地圖上的新生北路二段49巷口與八德路安東街口斜斜連在一塊，算是確定了舒蘭街的大致範圍，範圍內的南京東路三段89巷、松江路184巷與新生北路二段55巷是舒蘭街現存、未被建築物侵噬的路面，這三段彼此不聯繫的道路，加以坐落新生北路邊的中山區農會舊地址「舒蘭街11巷3號」，如連連看的一個個點，讓我連著連著把整條舒蘭街連出來。

舒蘭街於民國五十年八月十五日廢街，降格為巷弄，廢除降格之因，官方說是名稱不雅，不雅？我忙問母語閩南語的動保人夫，是有何不堪入耳的諧音來著？動保人夫尋思答以，該說「蘭」字結尾的地名多少都有不雅（我偏忘了問其家鄉宜蘭是否亦然），這真是語言隔閡，不然以我來看，以吉林省舒蘭縣命名的這條街，在台北市的道路名稱中實為典雅逸致的一個。

我在二〇一三年七月間，頂著彷彿在人脊背上澆下燒熔鋁汁的酷暑日頭，第一遭踏上舒蘭街，走著走著遂明白，與其是名稱不容於人

南京東路三段 89 巷，最後的舒蘭街。

耳，這一歪斜古舊的石子路街道不見容於柏油路嚴整如棋盤的現代城市，恐怕才是舒蘭街真正的消失之因。

舒蘭街是街道也是河，河水自溫州街的九汴頭遙遙而來，第一霧裡薛支線的河神掌理此一和平東路76巷與90巷、瑞安街、復興南路一段、安東街的悠長水路。舒蘭街與第一霧裡薛支線的主流重疊範圍其實有限，約莫自當年的中正路今日的八德路始到南京東路的範圍。那非常窄小的八德路二段267巷，可確定的是第一霧裡薛支線，但是否曾是舒蘭街的南端就不得而知了，畢竟在一九五七年紅通通的〈台北市市街圖〉（光復後第一張彩色實測圖）上，舒蘭街已不從八德路上起始，而是更北邊的朱崙街，第一霧裡薛支線也略改道，從267巷尾遽然往西，沿龍江路21巷抵龍江路後直角轉北，直到龍江路朱崙街口才回歸原本河道，順著舒蘭街往西北流，至南京東路上止。

這段路面今日完全消失，化作龍江路左右兩側的建築群落，我曾一度以為過走向相同的朱崙街53巷是其殘留，但真正的舒蘭街要偏西數十公尺。遂僅剩舒蘭街橫過大門口的中正國小校友們的兒時記憶，校門口有第一霧裡薛支線殘存水域形成的埤塘，是學童們玩耍與逃躲大人的所在，畢竟在出了事故淹死人後，插上繫著符咒的竹竿封閉了。有初出茅廬任教的年輕教師來到中正國小，就住在舒蘭街上，在他的印象中，這是條國小校門面對的凌亂街道，也許是為紀念，這位年輕教師的女兒也以舒蘭為名。

還有那名住在建國北路上日式房屋的小女生，一樣也是中正國小的學生。媽媽告訴小女生：「外面多少小孩子飯都沒得吃，你們有皮鞋穿，還要嫌東嫌西的吵。」可是小女生仍舊不愛穿鞋，往往脫了鞋襪，光腳踏著煤渣路和雞糞下課回家，趕在進家門前，就著舒蘭河邊洗淨雙腳，拉下裙子抹乾了，穿上鞋襪回家騙過媽媽。

我不免要問舒蘭河神了，曉不曉得那在祂的河水中日日濯足的小女生是何許人也？小女生名叫陳懋平，不過以她這個年紀的小孩子而言，那個「懋」著實難寫了點，故她寫自己的名字，總寫陳平、陳平、陳平的，久而久之，她的名字也成了陳平。這段舒蘭河邊的童年歲月，只占陳平那漂泊人生中的很小一點而已，她用去一生走遍西班牙、德國、美國、西屬撒哈拉、加那利的小島——也是在那裡，她失去那比她年輕許多、在她筆下總顯得很傻很傻的異國戀人，當時兩人相守不過五年，愛情正盛，離習慣了彼此的老夫老妻淡漠階段尚且遙遠，陳平完全承受不了如此打擊，她徒手為他挖墳，若非父母在旁支撐著，她一定就隨他一起去了，這是陳平的大姊在日後的回憶。

陳平回到台灣，最後的那十年，她過得堪稱精采，卻仍是竭盡一切方法尋覓、聯繫亡夫的歸去之處，哪怕隻字片語也好。然而上窮碧落下黃泉，那人始終杳然，終究她決定親身去至彼方尋找。

那是陳平的舒蘭河，是第一霧裡薛支線主流與舒蘭街重疊的部分。第一霧裡薛支線主流在南京東路上離開舒蘭街，因為某些緣故，我無法跟隨它到底，在此先大略交代它的去向。通過南京東路後的這條河，由第一銀行旁的南京東路三段 109 巷往東北流，穿越彼此垂直的龍江路、長春路與遼寧街，沿途在龍江路 155 巷 8 號、長春路 293 號、遼寧街 29 巷 25 號、長春路 327 巷 8 號這幾戶比左鄰右舍都要矮小的房舍留下河跡，在復興北路 190 巷口以北幾步路處穿出來到復興北路上，此處的第一霧裡薛支線與下埤的西端極其接近，兩者甚至相當像的，是一大一小倒著寫的 L 字。第一霧裡薛支線短暫繞至復興北路東側，兩者交會點應是在復興北路195號處，在兩側高樓間獨獨矮下去的195號很是突兀，正面看的白牆白頂是雅致的咖啡館，然背後鐵皮搭建的潦草建築仍是露了餡，加以一大片形狀並不方正的停車場，讓人十足相信這是第一霧裡薛支線所剩不多的殘留之一。根據二戰的美軍轟炸地圖，第一霧裡薛支線已近乎廢棄，水量很少，然仍有幾處河道埤塘，眼前就是一處，就在倒寫L字的轉角處，這處埤塘存在的時間很長，光復後的台北市街圖尚能見其蹤跡。

復興北路東側的第一霧裡薛支線，約莫走在興安街139巷、形如六足怪蟲的興安東區國宅後方，在復興北路與民生東路交口的民生大樓旁通過民生東路。大陸工程的民生大樓有台灣諾基亞公司進駐，玻璃帷幕與清水混凝土的大樓，動保人與我見此不免又要笑，看哪是安藤忠雄設計的大樓！這是我倆的老哏，跑日本跑了許多年，近些年眼見美術館之類的公共建築越來越多出自安藤忠雄之手，我倆是有些受不了其風格的，難免要拿他標誌性特色清水混凝土來取笑一番，看哪這個房子是安藤忠雄的看哪那個工地也是安藤忠雄的……到頭來發現安藤忠雄設計了最多的東西就是公廁，還有道路分隔島。

過了民生東路後，第一霧裡薛支線直到復興北路313巷口左右才又回到復興北路西側，不過此處於我而言是盡頭了，我無法再追下去，只能目送它進入龍江路與錦州街切劃成四個象限的那一大片街區，那是動保人與我在這座城市中永遠無法再踏入的禁忌之地。

故我以舒蘭河代替第一霧裡薛支線的主流去追索，第一霧裡薛支線於進入南京東路三段109巷前一分為三，一條主流與兩條小給水路，其中往西北的小給水路便是舒蘭河，它一路行走直至新生北路上、比它龐大得多但也年輕些的特一號排水溝邊結束。

舒蘭河首先走南京東路三段89巷，儘管舒蘭街於民國五十年廢街，這一小段巷道卻以舒蘭街之名存續到世紀初，也許就是舒國治所說的，那最後的一百多公尺的舒蘭街了。這段舒蘭河，河岸荒涼，的確很難夠格稱得上是街，除卻前段的咖啡館與公寓，放眼便是蔓生著瓜藤的荒地與停車場，由紅磚斷垣區隔著。在這段路結束於建國北路二段11巷前，右邊幾棟日式老房在構樹與血桐斑駁的樹蔭下。老房木材碳黑風化，環繞以二丁掛與鐵皮的加蓋部分，與它們一街之隔的華固雙橡園豪宅區，過去也都是相似的日式房屋區，至少在動保人為她的《古都》踏查時都還是如此。

在舒蘭河流經的89巷口，若稍稍偏離河岸，西行數步，一棵雀榕、幾株尤加利、一蓬亂竹後，是一圍牆環繞的兩層樓米白色建築，呈長條狀的此建築分作兩區，以龍江路120巷為區隔，兩者接鄰著種咖啡樹的復華公園，彼此垂直。此大院似的米白色建築名叫如意新村，我很早很早就來過，彼時我尚且不知舒蘭河，不識河神。

那是深居簡出的外公除幾年一度的海峽兩岸京劇盛會之外，少數會出遠門的時候。極其尋常的外公牽著孫兒的背影，我們一塊來到如意新村，從還算不上玄關的進門處上了二樓，長走廊盡頭的房間，是舒暢舒公公度過下半生的斗室，即便當年我以小學生的視角，也著實訝異於那間斗室之狹小得不可思議，一床一桌一書櫃，便塞得斗室只剩得一條過道。即便是倆瘦弱單薄的老人與一小學生，在那點空間中也狹擠到難以旋身，故我們都出至如意新村外，到舒蘭河邊的咖啡館略坐，多年後舒公公與小苗許是太常光顧那些咖啡館，讓混得熟絡的小苗竟取得咖啡館的大陸加盟經營權。

我看外公與舒公公暢敘，不曉得更多年前、我出生之前、甚至動保人與彼時的我還同齡的舊日裡，外公與舒公公也是這樣的往來，惟場景略不同，多是在我們內湖眷村的家中，而數十年如一日，中間那十九年之久的絕交，也彷彿不存在過。

舒公公記述過如意新村，那是政府安置退休士官們之處，住在這裡的老士官們，皆單身無家，連眷村都沒得住。那時的如意新村還未改建，是座紅磚牆內的三排幾十間相毗鄰的隔間。彼時長春路這一帶還荒涼得被稱作市郊小鎮，過去是日本人的重要軍事設施區，二戰期間受美軍密集轟炸，我不免想起那張有些不精準的美軍城市地圖，想著這一片地面在那張灰色圖紙上的模樣。改建前的如意新村與其周遭都是我想追尋並在腦海裡重建的，如村外的水泥路與停車場，如老兵們口中買日用品或請喝酒或上教堂的「鎮上」與菜市場，如可眺望的有著大覺寺的後山，如總有著

舒蘭河畔的退休士官宿舍、舒公公與小苗的如意新村。

奇異甚至鬼魅般故事的「號外」——那間大院邊緣，沒有編號的魚鱗板的孤零小屋，屋外是夾竹桃的影影綽綽……我時常想著這些早已找不到的東西究竟錯落在何處，只因今日的如意新村周遭，水泥路已成柏油路，停車場還多著，但多為養地之用，應早已不是當年的位置，小鎮被蔓生的都市吞噬下去、融成一片了，原本隨處可見的夾竹桃因劇毒而幾乎從這座城市中被剷淨，改建後的如意新村逐漸空蕩，這裡的居民是只有離開而無遷入的，老兵們都太清楚了，當隔房的鄰居數日未現身又房門深鎖時，就該是找人來破門的時候，然後便是退輔會的人來，在老兵的身上跨來跨去，頭一個就是搜走抽屜裡的印鑑存摺。

及至外公去世，我與舒公公仍往來不輟，是為戲友。

是的京劇，我始終是個興趣狹隘之人，長久我只聽京劇（其中九成九是老生戲）與搖滾樂（其中九成九是披頭四），曾圖收聽之便將兩者燒錄在同一片CD上而慘遭眾人口誅筆伐：「為什麼聽完了〈坐宮〉之後會是〈I Want To Hold Your Hand〉!?」（因為是我最喜歡的兩個段子。）

舒公公與我的戲友交流，多半是我將從三台或重慶南路秋海棠影視挖寶來的京劇錄影帶借給舒公公轉錄，就在那狹小斗室的臨窗的書桌與貼牆的床鋪之間，那一櫃子的京劇錄影帶，是舒公公多年蒐羅、製作的，我非常榮幸能為充實其內容盡一分力。舒公公的京劇錄影帶製作得深具質感，手撕的兩長條棉紙糊上錄影帶脊背，那兩張手撕紙一大一小相疊，相疊處紙厚棉白，毛筆字寫上戲名與劇團，外圍的單層紙隱透著錄影帶的漆黑，宛若一圈不規則鑲邊，每一圈鑲邊，都是手工業才有的獨一無二。

世紀初兩千年左右，舒公公生病住院，因此遇上奇女子小苗。小苗苗青，本名苗維香，在大陸有著精采極了的人生（如她最常跟我們說起的，她曾做過的中越邊境走私生意，還因此被拘捕進警局）。沈從文說：「我讀一本小書同時又讀一本大書。」小苗歲數介於動保人與編劇大姊之間，那般人生閱歷卻是兩人的大書，聽得排排坐乖如小學生的兩人瞠目結舌。我仍好奇是什麼樣的困境讓她必須捨棄這樣的人生，來到台灣做一名看護。她是醫院中公認對付難纏病人的好手，也是唯一願意看護臨終者直至其離世的。小苗說，那都是作功德，她說起人臨終的種種跡象，讓動保人嘖嘖稱奇不已的是人之將死，最明顯的是舌頭會縮水變短，此不明原因的徵象，與我大學時在民俗學課堂上學到的殯葬冷知識並無二致。舒公公便是小苗擅長應付的難纏病人，A型處女座的舒公公，彆扭執拗起來連我們都受不了，往往暗罵幾聲：「這個A型鬼！」小苗給派去看護兼應付舒公公，卻是一眼就看出舒公公的不同於常人，並非只是個鄉音重到聽不懂、脾氣古怪的老頭，兩人於人海中的相遇，彷彿孔子與麒麟。

舒公公出院返家，小苗也跟著回到如意新村，那時如意新村人口已稀，小苗得一空房安身不難，仍繼續看護工作，同時跟著舒公公學，學讀書，學棋，學書法。小苗亦照應院中老兵們，老兵們見其人可信，也樂於將自身珍視、於他人眼中無甚大價值的收藏委託她處置，如郵票，如剪報，或是像舒公公那一櫃子的錄影帶，以免到退輔會人員破門進來、在自己身上跨來跨去的那一日，給當垃圾收拾了去。

二〇〇七年舒公公就在如意新村外跌傷，到一個月後於安養院中去世為止，沒能再回到那如意新村二樓邊角的房間過。編劇同著國家文學館人員至那斗室收拾舒公公來不及整理（甚或滅證）的遺物，細細裝箱封存，將捐贈與國家文學館。房中仍是我幼年時見過的，一床一桌一書櫃，任何人這般蝸居大半輩子，房中總有些私密甚或不堪之物，而舒公公的房間卻不然，這好叫我們感嘆，舒公公真就是個清峻、表裡如一的君子。

那之後的六年，小苗仍是過著琴棋書畫、物質生活降至最低的半隱居日子，彷彿舒公公尚且在世，她仍有著許多闖蕩的機會，如同她在大陸時的前半生。她是在二〇一一年得知罹癌的，於是返回大陸過了兩年，在深山中修行，一貓一狗為伴，如此直至她二〇一三年辦妥一切後事回到台灣，五月住進醫院做安寧療護，六月離世，過程中沒有麻煩到任何台灣的親友包括我們家。她並簽妥了捐贈遺體供作大體解剖教學的同意書，她說台灣社會惠我良多，理當有所回報。也因此，醫院護理人員對她皆多一份敬重，悉心看護她直到最後一刻。此一切，每天帶著上市的水梨或著新燉的魚湯、花樣天天翻新前去探望的編劇，全都看在眼裡。

那個六月的日子，我在偶爾還會飄雪的內蒙古，當時《刺客聶隱娘》拍攝得正如火如荼，我們陪著聶隱娘與精精兒這兩位俠女在白樺樹林子裡悶頭打了半個月，打得天昏地暗日月無光，一日收工接到台灣來的簡訊，從我們這兒熟知小苗生平為人的侯導於是乎感嘆，這世間又少了一名俠女。

我們是在小苗走後才識得她來台的結婚對象李伯伯的，李伯伯也是退伍老兵，九十多歲的人，硬朗極了的身子惟是耳朵不靈光了。小苗始終照應著李伯伯，並非像一般假結婚的夫婦來台後便不聞問。及至我們一同作為親友，與李伯伯出席陽明醫學大學的結業典禮，典禮上播放的感謝投影片，羅列大體老師們生前種種，生平、與家人的生活照，為讓學生們深切體悟到他們都曾經是活生生的、有親人有名字的有人生的人，而非做過防腐處理失了模樣的大體老師。在投影片中，大體老師們的一生皆充實多彩，唯獨小苗，只有名字與生卒年，一張照片而已。李伯伯對此耿耿於懷，覺得「她這一生顯得太冷清淒涼了」，乃著手蒐羅小苗生前種種，編劇則充當耳朵不行的李伯伯與醫學院的聯絡人，一點一點將小苗本來寥寥兩頁的投影片充實起來。

我想李伯伯對小苗，是見過她極其豐富精采的一生，不願她留給世人的印象是路倒的無名屍。而我對舒蘭河何嘗不是如此？不願它在他人眼中，只是一條臭水溝。

故南京東路三段89巷的舒蘭河，我們說是舒公公與小苗的舒蘭河，難免的也刷上一層灰。我仍會在日暮時去往如意新村，數數米白色大院亮起燈火的窗戶，那戶數是越來越少的，錯落在漆黑沉沉的大部分窗扉之間，也許當最後一盞燈火熄滅，這裡也要都更改建了。

建國北路與松江路之間的舒蘭街早不存在了，舒蘭河斜斜穿越長春國小的校園內，國小操場與球場間的有樹蔭的斜路，由上俯瞰缺了東北角的國小活動中心，或可看出些舒蘭河存在的端倪，當然這些痕跡也可能是更北邊的水系遺留下來的。長春國小段的舒蘭河，與稍北邊些自然水系並行過一陣子，此自然水系約在過去的西新庄子與下埤頭一帶千迴百轉，以今日而言是東建國北路、西新生北路、北民族東路、南民生東路間的廣大土地。就是動保人也記得十分清楚，從民生東路上那個我老要攀著玻璃窗看飛機模型的長榮大樓，一路往北到行天宮都是淹水熱區，此曲折複雜的自然水系記載不多，應是上土地公埤（今之濱江街與五常街處）的上游河系。

這一段的水流，有在地耆老回憶起，是非常乾淨可戲水的，還能抓青蛙回去加菜。然而也是此河，在八月淹水的颱風天過後，會成為讓整條長春路臭烘烘的水溝，冒出一窩窩爛得生了蛆的死雞死貓，硬邦邦的像隻四腳朝天大烏龜的秦癲子，裹得一身汙泥，給衛生局從溝底鉤了起來，那是花橋榮記的老闆娘親眼見過的。

家鄉在桂林漓江邊的老闆娘，祖父在水東門外花橋頭有著一爿響噹噹的店面、賣兩個小錢一碟的馬肉米粉。老闆娘早早喪夫，隻身流落在台北，也在長春路底、舒蘭河邊開起了她的花橋榮記。我時常想著要找到這爿店面，想著她在行走過舒蘭河邊，看著盧先生領著一大隊小學生，極有耐心的護著那群小東西過了街，叫她想起飼養過的那頭溫順大公雞。伊通街的建國市場，是不是盧先生過年時賣雞的菜市場？站在菜市場中央的盧先生，手捧著鮮紅冠子黑白點子的蘆花雞。也是相同的菜市場，盧先生提著菜籃跟在洗衣婆阿春後頭，對擦肩而過的老闆娘，把頭一扭的裝作不認識。當然更有那長春國小（當年還是長春國校）旁的公共汽車站，老闆娘最後一次看見盧先生的地方，盧先生斯文乾淨、一身孑然，落得最狼狽不堪的下場。

盧先生與老闆娘一樣，都對桂林家鄉有著深切思念，眷戀桂林的山水，至為美好的是那般山水養育出的那般秀淨的人們，相較之下來到這個城市所遭逢的種種不堪，我更願意相信是人與人相遇總會有的悲劇，因為有了悲劇與遺憾，故事也才得流傳下去。我輩年輕學者曾以此批判白先勇，盧先生至死惦記的羅家姑娘，代表了對原鄉美好純淨的想望，相較洗衣婦阿春則是粗鄙現實的本土，以此作文章。誠然，原鄉往往代表永恆的失落與永恆的想像，不需要（通常也無法）受到現實的檢驗，而本土則總是粗礫與充滿了現實的不堪，惟我們不妨想想，台美人遙遙隔海仍對斯土斯民有所眷戀，我們敬佩那些人對台灣故土的情感（儘管也有人稱他們為周末革命家），卻不容許或多或少被迫來到這片土地這座城市的人們有一絲半點對原鄉的懷念，這真是再弔詭也再蠻橫不過，更何況，他們已選擇了留在這個地方、死在這個地方，有親人埋骨的地方，就是故鄉。

在花橋榮記的舒蘭河上，一樣是秋老虎的大熱天，我想找到那有著大榆樹與石凳的公園歇歇涼，那裡曾有著盧先生拉起弦子，清潤的嗓子唱起〈薛平貴回窯〉，老闆娘聽著咿咿呀呀的弦音，昏朦朦睡了過去，夢中的薛平貴變作丈夫的模樣，騎著馬跑過來，夢醒時滿天星斗，盧先生收了弦子起身……我找著這樣的公園，沿長春路摸索到松江路西側，這一路上公園不少，四平公園、一江公園、中吉公園，但總少了那棵小說中的大榆樹。

松江路西側的舒蘭河又浮現於都市紋理中，是為松江路 184 巷。在我追尋的過程中，這條河始終是如此時隱時現。此地屬中吉里地界，公園也就命名為中吉公園。我必定得在深受好萊塢片名洗禮的人們只聞其發音而面露困惑前搶著解釋：「是『中吉公園』不是『終極公園』啦！」

松江路 184 巷通過中吉公園不過數十公尺，路當央是座前不巴村後不著店的小廟，小廟倚著淺綠浪板的鐵皮屋，廟前幾棵小樹，樹下雜物堆置。舒蘭河過了這座廟後成為吉林路 123 巷，向西北來到吉林路上後，此約莫是舒蘭河最北的頂端了，舒蘭河由此一改西北的流向，轉為偏向西南，大約在吉林街 168 巷的南北側流經。吉林路 174 巷 1 之 1 號對面那片染鏽的工程圍籬包圍的空地，隱約可見瓜棚架，一落一落堆疊排放

右／長春國小過去是長春國校，校園內存在著過去的舒蘭河與應是上土地公埤體系的溪流。國校門前，盧先生領著一大隊小學生，極有耐心的護著那群小東西過了街。
左／松江路 184 巷與吉林路 123 巷交界的舒蘭河一景。

的椅子，椅背整齊竟似碑林。這片雜亂空地向南穿越至吉林路168巷17號旁，也是舒蘭河的遺留。

舒蘭河的末了一段，是中原街到新生北路間的新生北路二段55巷，巷尾便是地址曾為舒蘭街的中山區農會，河對岸是加油站與大榕樹樹蔭下的回收場。55巷路邊一株營養不良的瘦弱桑樹卻有甜得齁死人的桑葚，動保人難免要回憶起幼年時長在公墓邊最大最甜的野草莓，其實兩者相差不遠——此一帶是日據時代的舒蘭街火葬場，火葬場沿用至光復後，如今當然已不存，其位置大約比回收場與加油站更北些，是今日勞工育樂中心的位置，正隔著特一號排水溝與過去的三板橋墓地（今十四、十五號公園）遙遙相望。

我遂想起很小很小的時候，編劇向我描述過的日本齋場（即火葬場），肅穆、敞淨明亮，並無死亡的恐怖陰暗感或數年後我們在第二殯儀館送走外公時所見的兵荒馬亂。編劇說日本齋場，一樓光鑑的大理石廳，水晶燈，更像是飯店進門處，兩座焚化爐是壁上的兩扇黑錚錚門有著黃爍銅把子，送葬的親友們會給領至二樓的榻榻米間待茶，靜候燒完。

又或者，更像是她同樣詳述過的恆河火葬場？聖城瓦拉那西的恆河畔，清晨大霧的河面，一盞一盞亮黃的蠟燭金盞花。橫亙長岸的巖黃聖階，生者到這裡沐浴淨身，死者滌魂升天，胚布密裹的香油屍身，女是

新生北路旁，新生北路二段45巷與55巷間的中山區農會，舊地址「舒蘭街11巷3號」，是尋找舒蘭街的線索之一。

橙紅桃紅，男是白，孩童黃，擔來聖河泡淨，之後於岸邊架起柴草焚燒燒個五、六小時畢，骸燼用竹帚攏進畚箕倒到河裡，殘餘連渣連灰一併掃掃都入河去……恆河是世界上汙染程度前五名的河流，聖河之水既髒且濁，卻也是這麼的容納了人的生與死。

我與河神並立在舒蘭河上，想像著火葬場還在著，想像我們仰看目送著火葬的那縷輕煙如升魂回歸天際。悠悠長歲中，舒蘭河神便是這麼的送往迎來，一個一個送走了河岸上的居民，送走了陳平，送走了舒公公與小苗，送走了盧先生……而今，河神面對著自己的行將離去。水城的河神們，即便水流不再，總還保有著各色各樣的路名街名讓人記得和追跡，而舒蘭河神就連這僅有的名字都失去，作為第一霧裡薛支線，它消失了，作為舒蘭街，它又死去一次，消失了兩次的這條河很快會離開人的記憶，那便是河神真正的死亡了。

我遂告訴河神，我會一直一直來到舒蘭河上，以我自身的行腳與記憶證明祂存在過，證明祂在這座城市中，並非枉然一場。

我們家在康樂里

且容我們一下子拉回溫州街的九汴頭，去追尋另一條霧裡薛支線。

新生南路三段54巷7號與9號的斜向公寓稍往北，有一條死巷子般的溫州街45巷，不過三十餘公尺的這條小巷，一側是台北好好看綠地，一側便是幾如靜水不流動的瑠公圳遺址，其實那是第二霧裡薛支線的遺址。這一小片水域有白色水泥墩護岸，蕨草垂水，比鄰的房舍紅磚牆也是藤葛附生，有突出於水面的楊柳與涼亭，水中游魚與巴西龜，碧玉色算得上乾淨的水源，應不是來自其上游的瑠公圳第二幹線臭水溝。幾年前在這兒定居的一頭番鴨，寶石藍的羽色，遍生紅疣的臉孔多白毛，在我們喊牠「丫俎」時會頻頻點頭，已有兩個冬天不見，我們希望不是成了哪家的薑母鴨去了。

第二霧裡薛支線由此遺址處沿溫州街往北流，通過大學里公園，公園角落臨河處是一小土地廟白靈公祠，河流打廟前通過建國高架道路與辛亥路，來到辛亥一號公園，這個在辛亥路邊狹如畸零地的小公園，過去矗著比人高的原住民木雕，如今換作一尊具體而微的復活節島石像。公園後方是一區凌亂矮屋，在扶疏的梧桐與雀榕樹影下，有磚瓦屋有鐵皮屋，皆有門牌非違建，牆根下是細小的桂樹、薔薇與扶桑，緊鄰著看似公園小徑實則有巷弄編碼的溫州街30巷。第二霧裡薛支線就在那些屋舍邊緣流過，通過雲和街與溫州街22巷，從溫州街22巷8號日式大屋的院落左側開始，有著成排西北東南走向的鐵皮屋，緊挨著殷海光故居的西南緣，此一帶狀的鐵皮屋前如後巷的泰順街27巷便是第二霧裡薛支線。

如今已是市定古蹟的殷海光故居內，庭院一隅是殷海光親掘的愚公河，愚公河就在西南角的牆根下，雜草叢生的淺淺一水，野薑花與姑婆芋掩映間，水色如玉，看著和溫州街45巷的露頭遺址很像。愚公河掘成之初，確實引用了第二霧裡薛支線的水源，畢竟兩河僅隔一牆的緊緊相偎。我試圖想像著殷海光在河畔佇立的身影，在他那其實還算不上晚年的生命最後十年（畢竟其人鬱憤病逝時，不過半百而已），是給斷了一切版稅與補助，失去教職並受嚴密監視，近乎受到軟禁的在此屋度過。殷海光故居實則小得驚人，難容得下一個如此昂然、桀驁不馴的靈魂。

我也不免想起另一群人，那些萬盛街瑠公圳邊的台大哲學系學生們，殷海光的徒子徒孫們，承其一脈相傳的理想，有過一段野火歲月，也是差不多的狼狽收場。兩個世代的人，居住在河畔流水邊，一樣的精神，遙遙相望。

第二霧裡薛支線由泰順街27巷穿過殷海光故居旁的泰順公園來到泰順街上，大安社區大學的走讀水圳活動提供了非常細緻的踏查路線，一路上的線索從未間斷。泰順公園西南隅，地上水溝蓋大過正常尺寸，呈與河道相同的斜向；泰順街38巷口的雜貨店，冰櫃前的柏油路面微凸，有一小段水泥基座，約莫腳踝高，長度不超過一台機車或腳踏車故而時時遭遮擋，那是橋墩殘跡；泰順街26巷8號車庫旁的理髮院特別低矮，是河道通過處，也是過去埤

溫州街 45 巷的「瑠公圳遺址」一景，更精確的說應是霧裡薛圳整併入瑠公圳後成為瑠公圳第二幹線、於九汴頭分汴後的第二支線遺址。

塘「龍池」的東緣，是因為河川地歸屬不清的緣故嗎？理髮院與左鄰右舍的土地糾紛已持續多年，各類或好言相勸或幾近威脅的手寫啟示貼滿門廊；泰順街16巷8號的日式大宅，左側院落為河道，庇蔭了整段街道的大鳳凰木長在河邊；泰順街2巷7號的大宅，灰色漣漪紋路的外牆下，路面明顯隆起，過去是小橋，第二霧裡薛支線從此橋下進入泰順街2巷以北的街廓，在今日正由潤泰集團承包、拆除重建的和平東路修女會圍牆內急轉向西，走完龍泉街5巷後，從師大宿舍與美術系館處通過和平東路，向北穿越師大校園，近來師大校園因連日豪雨淹水，綜合大樓的地下餐廳驚見土虱，據說便是第二霧裡薛支線帶來的。

第二霧裡薛支線途中的龍池，是一橫跨泰順街16巷至38巷、西緣直抵師大女一舍的長方形埤塘，民國四十幾年一個寒流來襲好冷的冬天午後，八個龍安國小的學生划著沒人看顧的竹筏玩水，卻划翻了竹筏。淹死的那個學生，如今或許只剩青田街七巷六號馬家的兒子還記得其人，馬家兒子並不知其姓名，僅稱之為「喂」，「喂」是佃農之子，黑臉膛的佃農在青田街六巷八號再過去的水田租地耕種，耕稼之餘沿街為人家挑糞，「喂」幫著推糞車；佃農迫於生計，也賣餛飩或魚丸湯，赤著大黑髒腳的「喂」就跟著敲竹片、為客人收碗，彼時義務教育已經實施，但如此的佃農家庭不認為識字能助生計，「喂」

右／泰順公園西南隅，帶狀的鐵皮屋旁如後巷的泰順街 27 巷便是第二霧裡薛支線，緊挨著殷海光故居。

左／泰順街 38 巷口的雜貨店，冰櫃前的柏油路面微凸，有一小段水泥基座，約莫腳踝高，長度不超過一台機車或腳踏車故而時時遭遮擋，那是第二霧裡薛支線的橋墩殘跡。

十一歲才上了學讀一年級，就這麼沒了。

出了師大校園的第二霧裡薛支線，在麗水街33巷與17巷之間，是段長逾百公尺的無名弄，途中更曾跨越潮州街。當地居民有意將之命名為「霧裡薛弄」（或者『霧裡薛弄』？）。這條小徑由市圖館龍安民眾閱覽室旁的137號小屋開始精采起來，小屋臨著霧裡薛弄的白壁漆著色彩濃麗的塗鴉，再過去是片改造重生的畸零地，由破損的紅磚矮牆包圍著一方草木雜生的庭院，芭蕉葉環繞著樹葉形狀的矮几，是社區老人家沏茶閒坐之地，紅磚牆上的雀榕鬚根交錯如畫，一座生鏽鳥籠模樣的藝術作品。

空間感隨著時代變遷，在現代都市街區的細碎切劃、建築重重阻隔下，麗水街的油杉社區與梅門德藝天地彷佛離河很遠，實則在它們建成的年代，是比鄰河岸而居的。梅門德藝天地外牆一幅水墨畫，描繪日據時代此處地景，映著夕陽餘暉的第二霧裡薛支線明亮如緞，蜿蜒過日式聚落間，在許多老一輩居民的回憶中，這樣的聚落必定是青瓦房頂配備著矮冬青樹籬，日常作息進進出出總有大小水溝得跨越，溝中是紅豔豔的血絲蟲。

油杉社區是日據時代總督府山林課的宿舍群，或許就是社區內至今仍多珍稀老樹的緣故，橫貫其中的金山南路二段203巷，是條總氤氳著樹木清香的巷道，讓此聚落得名的那棵油杉就生根於203巷22號

右／泰順街 16 巷 8 號的日式大宅，左側院落為河道，庇蔭了整段街道的大鳳凰木長在河邊。

左／泰順街 2 巷 7 號的大宅，灰色漣漪紋路的外牆下，路面明顯隆起，過去是小橋，第二霧裡薛支線從此橋下進入泰順街 2 巷以北的街廓。

的院落中，此樹中等大小——至少30號院中的受保護樹木芒果樹就要大得多——，是冰河期孑遺物種，由日據時代林務局官員自山中帶回栽種的，至今樹齡約七十年，也是因它珍貴且移植不易，當地人保樹之餘，也連帶促成整個日式聚落的留存。今日之油杉社區，五棟半的單棟雙拼建築，其中兩棟保存良好為古蹟，其餘登錄為歷史建築，都尚有人居住，有人居住的房屋便不會壞圮，反之，人去樓空的房屋腐朽就在幾年之間，更別提文資團體都很熟悉且津津樂道的，台灣老屋常有的「自燃」現象（提報登錄為古蹟或歷史建築的老屋，往往會在文資會議討論前夕，於月黑風高之夜一把無名火燒掉）。

梅門德藝天地因位在麗水街

錦安里居民自行命名的霧裡薛弄，這條小徑由市圖館龍安民眾閱覽室旁的 137 號小屋開始精采起來，一旁是河道切割的畸零地。

38號也稱麗水38，離油杉社區幾步路的距離，是台鐵老宿舍，荒廢多年即將成為社區毒瘤之際，於民國九十八年由梅門創辦人李鳳山領弟子義工整理重修，歷時兩年多完成，是一精緻的複合文創空間，有食堂、茶飲處、文化教室、展覽間與時尚店面，庭園曲水與卵石，許願池與綠樹，於喜愛野趣之人如我而言，太過精雕細琢了些，如同油杉社區有那棵台灣油杉坐鎮，此庭院的核心也是受保護老樹，六十餘歲的白玉蘭，外公的鄉野傳說中，說此樹性陰，與活人陽氣相剋，樹強則人會多意外傷病，人強則樹會無病枯亡，如家中曾有那兩層樓高的白玉蘭，在三三書坊開辦、家中人丁猛烈壯盛起來之際，一夕驟死了。不論此說是否為真，白玉蘭確

霧裡薛弄旁的畸零地，在不知是誰、不知為何的將紅磚牆上的雀榕整株刨除後，變得沒那麼好看了。

屬脆弱易亡的樹種，能長到這般歲數著實罕見。

麗水街38號的台鐵老宿舍，居住過的名人不少，最為人知的莫過於齊邦媛夫婦，但出我意料之外的是鐵路局副局長單偉儒。

龍泉街巷道中的蒙特梭利幼稚園，是我念過的第二所幼稚園，我遠從文山區負笈來此，是因我的第一所幼稚園、坐落於瑠公圳第一幹線河畔的小蜜蜂幼稚園關閉；也因當時我唯一的朋友，那位新銳旅英服裝設計師當年念的就是這所幼稚園，遂來此投靠之。彼時會在幼稚園結業典禮出現、會與打著紅色小啾啾或穿公主裝（啊，我一生的恥辱）的小畢業生合照的，我們口中的「單爺爺」，原來就是單偉儒，是了，解說牌上的慈藹長者便是我幼稚園畢業照上的同一位，下方文字並有說明，蒙特梭利啟蒙研究基金會董事長，是將蒙特梭利幼兒教學法引進台灣者。

油杉社區旁的錦安公園亦留存了我幼時記憶，此公園是那其實並不符法規位在公寓三樓的幼稚園讓成群小鬼頭放風之所在（另一處是第三霧裡薛支線邊的古莊公園）。若由此略往西北行，渡過第二霧裡薛支線，永康街巷弄中是服裝設計師與父母及其母系親人共住的公寓一樓……時至今日，設計師一家子已遷至捷運大安站旁，那裡恰是大安支線河岸邊，而我們仍留在了第二霧裡薛支線流過的這片地面，我曾提及此書有一半完成於上埤河畔的 **Lavazza** 咖啡館，則另一半便是在第二霧裡薛支線流域的永康街二號咖啡館寫就。若算入我幼稚園前的那段日子，動保人把台大當作大型遊樂場時時攜我前去，草坪上打滾捉螞蚱親近大自然，同時也揠度育幼時光的冗長無止盡。那簡直是，我至今的生命史就是順著第二霧裡薛支線長流而下的。

那麼二十幾年間，河岸邊改變了什麼？

最直接的印象，就是日式老房子的消失。在幼稚園時期，這種多半單層至多兩層樓的青瓦老房還相當多，往往隱匿在深院幽密的樹蔭中，或許早已不如梅門德藝天地外牆上那幅水墨畫中之密集，倒也隨處可見。幼稚園下課後，我總要動保人領我去至不遠處的泰順街市場看現宰活禽（那時的我倆可真不動保！），年幼之人是不仁、沒有憐憫之心的，僅只是好奇一隻毛羽鮮亮的活雞何以通過那個大鐵桶後就成了我們熟悉的雞肉模樣，一再想要弄懂那個過程。

去往市場的路上，那時還多得是那些老房子，夾雜在水泥公寓之間，兩者數量差不多，相處和諧。這樣的老社區，特別能感受到時間與歷史那份沉甸甸、有質感的重量。然而在我為了第二霧裡薛支線，時隔多年後重回此地踏查時，老房子已寥寥無幾，剩者有再活化經營而妝點得十分美觀的，也有廢墟狀將要傾頹的，更有房子已拆，但院落中皆是動不得的受保護樹木，呈現一圈大樹圍繞著斷垣殘壁的怪景象的。

到頭來，我們發現護老屋比護樹難太多了。〈台北市樹木保護自治條例〉由當年的文化局長龍應台一手催生，無論乎是真知灼見或者歪打正著，時至今日，看似與文資無關的老樹已保護住無數的老房子老村落，如油杉社區，如麗水38台鐵老宿舍，如煥民新村。老樹非不得已不能移植，以就地保護為主，老樹扎根處連帶將土地切割得破碎，即便拆除了建物也無法開發，老房子往往就這麼僥倖留存下來，苦撐直到終得人們重視，或是自行朽壞坍塌。

第二霧裡薛支線流貫日據時代之古亭町、錦町、福住町、東門町，沿岸風光大致如此。當它通過霧裡薛弄，由不見歷任行政院長入住的行政院長官邸旁流過，約莫是官邸東緣的車庫處，隔著金華街的相對位置則是品悅糖法式甜點專賣店，此一片潔白店面像是臨時建築般低矮，擠壓在兩側樓房間，對應隔巷麗水街13巷上串門子茶館旁寬大的樓房間隙，從空照圖看去，尤其會發現這一連串零碎間仍非常有河的樣子。

第二霧裡薛支線繼續向北流貫麗水街9巷、7巷，永康街14、12巷，於永康街10巷口流入麗水街。永康街12與14巷間的永康大廈，地基呈現梯型，大廈西側的斜邊就是河流過處。河沿著金華國小西北隅繞了個直角彎，至金山南路二段31巷的東門餃子館旁繼續北流，餃子館旁鐵門攔住、搭著塑膠雨棚的走道便是河了。

第二霧裡薛支線徐徐由信義路二段148巷口過信義路，一過馬

金山南路二段 31 巷的東門餃子館旁，鐵門攔住、搭著塑膠雨棚的第二霧裡薛支線。

路又是兩個直角彎，繞經渣打銀行的南、西兩面，向北通過東門市場，信愛公園西側弧形的鐵皮屋與東門正德宮街坐落於昔日河道上，河流由臨沂街71巷與71巷15弄口、樓房背側的木蘭樹下流入臨沂街71巷19弄。呈平緩圓弧形的71巷19弄流貫新生南路、金山南路與仁愛路之間的這個街區，曾在此間留下一連串的小橋，也因如此形狀，教沿河而走的人極易產生空間迷向，往往篤定了依稀可見的大馬路是仁愛路無疑，走出了街區才知眼前是新生南路或金山南路。與之歪斜並行的連雲街，是永康街於信義路以北的延伸，動保人十分記得她在《古都》寫作時期踏查連雲街，也都還是個老房子遍地的區域，如今老房子已不多，剩下的幾棟漸受重視並得保護。第二霧裡薛支線河岸的兩棟老房子，大榕樹下的臨沂街65巷11號有人居住維護，除了一道宣示現代化的突兀雨棚外，保存得完好；屬於鐵路局宿舍的臨沂街63巷19號則加入台北市政府文化局主持的老房子文化運動，正公告招標中。老房子文化運動目的在「結合民間經營團隊資金與創造力，協助修復屋主提供之老房子，並減免部分使用費，以作為文化創意工作者創作、展演、營運之空間，再現城市歷史的記憶與風華」，以再利用使老房子不致閒置朽壞，如同在煥民新村獲保留後，好蟾蜍工作室的發起人鼎傑一心想推動的「以住代護」方式，無非是如同我們走過的油杉社區與梅門德藝天地，人的氣息與活力，就是老房子得以存續下去的靈魂。

老房子文化運動自二〇一三年推行，至今已有多個文創團隊接手老房子並成功活化的案例，如杭州南路的錦町日式宿舍、臨沂街的幸町日式宿舍，然而此計畫也引來質疑，認為接手的文創團隊皆非平民之流，背後多有財團撐腰，甚至根本是財團的幌子，仍是個有錢人才玩得起的遊戲，況且上述媒合案例中，許多以高價、預約制等理由拒大多數人於門外，理應屬於所有市民的文化資產，卻非所有人皆得親近接觸……至此，我不免想到外曾祖父在苗栗銅鑼火車站前的重光診所，兩層樓的木造日式房子，如今已攀升至上億元的地價，上千萬的檜木建材，這棟老房子的去留在親族內部爭論多年，多數人尤以對家族情感逐漸稀薄的第三代甚至第四代，大多主張拆了賣了分了散夥了從此再也不用往來。光是說服各家子孫放棄上述眼前的巨大利益，已是屬保留派的我們家所能做到的極限，而今不僅得不到賣房的利益，甚至還得花錢修繕維持、雇人灑掃看顧，若是有文創團隊或民間經營者願意接手，我們當然樂見其成，恐怕也是讓已指定為歷史建築的重光診所存續下去的唯一辦法。

因此對老房子文化運動，暫不論公有的建築，我想光是要老房子的私人擁有者放棄拆房賣地的利益，已是最難能可貴的了，一旦改建為豪宅，那才真是少數人、有錢人才得享有。老房子與文創團隊的媒合方式、再造與經營手段，當然可以也該檢討改進，但不應尾巴搖狗，反過來全盤否定此計畫的原初精神和價值。

我們瀏覽貼在那些斑駁外牆的老房子文化運動公告，71巷19弄底的梯形街廓稍稍阻斷第二霧裡薛支線流向，此河在街廓後方的仁愛路二段98巷再度浮現，這巷弄幾不可見，看著更像仁愛路二段98號杏林大廈與停車場間的水溝蓋。第二霧裡薛支線以此過仁愛路離開東門町，流入濟南路二段62巷，一望到底乍看是個死胡同的此巷，位在兩側建築背向，其中一側更是餐廳廚房時有油煙，熱風吹得一旁矮竹牆娑動不止，是條不討喜不會吸引人走的路，所幸往內沒幾步，62巷就往一旁轉向去了，第二霧裡薛支線則繼續筆直北走，穿越62巷轉角處的車庫，在通過新生南路一段120巷時，路面處留下一丘近乎坡道的明顯隆起，就在120巷6號與其對門的3號之間。河流通過3號斜後方的停車場，由臨沂街33巷38號公寓旁的小徑穿出，走臨沂街33巷以北的一小段無編碼巷弄，過濟南路進入忠孝東路二段134巷，這條く字形的道路最終通過捷運忠孝新生站2號出口及其周遭綠地，在忠孝東路以北的延續是忠孝東路二段121巷，河邊一排營養不良的落羽松襯托的幾個大字，歡迎人來到光華3C商圈。

3C商圈因過去的光華商場聚集形成，光華商場依偎在跨越縱貫線鐵路的光華陸橋下，本為二手書、古董攤商聚集地，及至台美斷交，美軍撤防後留下的電子器材流入市場，加以鄰近的台北科技大學昔之台北工專有大量市場需求，方才轉型為電子零件集散地。至二〇〇六年因鐵路地下化，光華橋早沒了實際功能，加以年久老舊而拆除，橋下的老光華商場一併消失，

作為第二霧裡薛支線在忠孝東路以北部分的忠孝東路二段121巷，河邊一排營養不良的落羽松襯托的幾個大字，歡迎人來到光華3C商圈，攝影師電影人不務正業的跑去逛3C店了。

如今取而代之的光華數位新天地，是矗立在新生北路市民大道口的嶄新大樓。到此好讓電影人與我荒廢踏查正業的分神的東逛西逛，旁邊跟個學3C其實頗上手但興趣不高的動保人。電影人受她二手舊貨商老爸影響，尤其對此類地方流連忘返，我們不免提醒她二手商思維「我花幾十塊買了這個修好後可以轉手賣個幾百塊」，即放任屋子給破爛淹沒卻從沒修過沒賣過。

第二霧裡薛支線就流貫在3C商圈中。121巷底是一串相連的鐵皮屋小吃攤，第二霧裡薛支線初為鐵皮屋旁小徑，此徑愈行愈窄，到末了竟是兩店鋪間暗不見天的摸乳巷，它在八德路上的穿出點不好找，卻倒也還可見，就夾在話題墨水匣與尖視公司監視器兩家店面之間，有時更受桃子燒的小攤遮擋。穿出後，走落羽松遮道的八德路一段43巷，入新近完工開幕的三創園區。

仁愛路以北的第二霧裡薛支線極易與特一號排水溝混淆，兩者接近且流向相同，但若以它們今日化作的道路，新生南北路比之忠孝東路二段134巷、121巷與八德路一段43巷等，不難看出兩者區隔，第二霧裡薛支線始終在特一號排水溝西側數十公尺處，規模也小得多。至於光華玉市面臨的新生南路八德路口，那更是有三條水系流通，東側者是上埤盡頭，遠從六張犁深山到此的河水匯入特一號排水溝，居中的特一號排水溝遽然轉西北，造成新生南路與松江路相通、卻與新生北路不連貫的現象，最西邊的第二霧裡薛支線則以幾乎一樣的形狀轉往西北流，穿越金山北路市民大道口。於是我讚賞北科大外圍的水圳復原綠化做得十分精采之餘，也不得不對解說牌上的說明有點微詞，通過北科大的這三條河流，沒有一條是解說牌上的瑠公圳。

第二霧裡薛支線來到市民大道以北的街巷內後，仍走新生北路以西，約是長安東路一段56巷7弄與市民大道二段67巷間的兩排房屋寬縫。特一號排水溝與第二霧裡薛圳在此拐了個超大彎，昔日的大竹圍埤便在此彎處，此埤記載極少，我僅有的資料來源就是師大地理系教授洪致文的部落格，是個一七五八年即存在、「開口向東北之彎月狀」的老埤塘，長安東路在通過新生北路時那個略顯突兀的彎角是排水道遺留，是因大竹圍埤在一九一〇年收歸瑠公水利組合，與其他埤塘一般，放水填平為農地，僅留圳道與排水路。

離開長安東路一段56弄7巷與市民大道二段67巷的夾縫後，第二霧裡薛支線流入正守公園西南側的畸零地，這處畸零地在正守公園的後方的榕樹蔭下，有紅磚牆與工程圍籬區隔，過去多雨棚違建搭在河道上，今已拆除，但仍留下了室內的磨石子地磚。第二霧裡薛支線斜斜出至長安東路上後，流通在日據時代屬官員住宅區的大正町，向西北貫串昔日的四至九條通，分別是長安東路、林森北路85巷、林森北路107巷、林森北路119巷、林森133巷與林森北路145巷，這些地名至今因觀光之故仍保留在街巷中，加以處處居酒屋與日式料亭，路面為石坪而非柏油，恍然頓生異國之感。長安東路77巷4弄4號的三角形鐵皮屋、林森北路85巷91號旁的車庫、林森北路107巷88號與90號兩樓房相接處的奇怪轉折、林森北路119巷75號左右樓房紛雜的地基形狀、南京東路一段132巷20號在都更蓋起新樓前的後側斜邊、林森北路159巷45與47號旁搭著棚頂的停車位……皆是大正町內的蛛絲馬跡，是一個一個的錨點，把町內河流完整連貫出來。

第二霧裡薛支線由國王大飯店與新落成的豪宅頂高豪景間流過南京東路，縱貫十四號林森公園中部。河道往東幾步為設置於公園內的長安抽水站，排水入新生北路特一號排水溝，特一號排水溝自此起打開箱涵見天日，北到基隆河為止都可見其河面，可惜臭不可聞難引人駐足，深闊河面在高架路陰影下幽暗難見。因這些年來水圳研究者們大力推行的特一號排水溝正名（許多找尋水圳的前輩們已達每聞「新生南北路的瑠公圳」必抓狂的境界），通過特一號排水溝的各橋面上的解說牌已不見瑠公圳三字，但內容仍以灌溉面的水利知識為主，不符特一號排水溝的排水性質。

過了十四號公園，第二霧裡薛支線由欣欣百貨流入林森北路西側的街區，河畔是氤氳著粉味的溫柔鄉，教此綠化良好的道路，路邊樹蔭下總添一抹豔譎色彩（動保人又要釘我一個人時別走這邊）。在與排水小溝渠中山北路二段77巷（這條小排水溝的上半段為中山北路二段84巷，就是最受舒國治喜歡，很「電影」的那條巷子）交叉後，於匯豐商銀分作西新庄子支線與牛埔支線，一向東北，一向西。

西新庄子支線流過林森北路383巷、台灣手藝學園旁樹木蓁莽的荒地，向東北接上構樹與停車場夾道的林森北路399巷30弄，由399巷底北行新生北路二段直至基隆河邊，但並未結束於該處，反倒繞至新生北路東側（這一彎角在新生北路的特一號排水溝築成後應就此截斷不通），走濱江街，經花博時期超級熱門需天亮前就排隊卡位的夢想館，經新生公園、新生棒球場，走德惠街193巷，一路平行松江路至行天宮附近，西新庄子支線末端的排水門約莫便是松江路西側的行天宮站公車站牌。無論林森北路399巷與其西側延伸的民生東路一段23巷，或者新生北路以東的西新庄子支線河道，過去的皆屬五常街，五常街雖不似舒蘭街那般徹底消失，也是柔腸寸斷，如今只剩建國北路以東的八百餘公尺，且分作三截，中山區與松山區的五常街門牌各自獨立編碼，因此混亂不連貫。

牛埔支線西走民生東路與西路、民生西路45巷3弄、萬全街8巷、雙連街1巷、承德路155巷至承德路往北，再由歸綏街與興城街口的鐵皮屋群圓滑的北緣向西北流，經此日據時代流傳至今的打鐵街、經蔣渭水紀念公園，走錦西街、錦西街53巷，整體呈現出如階梯向西北拾級而上的形狀，末了由民權西路160巷穿越民權西路，結束於民權西路185巷與蘭州街61巷的直角轉彎處，這一帶已是曾經的人字形大埤塘雙連埤的地界。

我追踏第二霧裡薛支線，大多都到十四、十五號公園即止，此地舊名三板橋，日據時代屬三橋町，町內設有日人公墓，大約就是這兩座公園的位置，墓區坐落為東北西南斜向，並未涵蓋兩座公園完整的範圍，其中較小的十五號康樂公園，其西側邊緣不平直、有一小小突出，應就是墓區西隅了，周遭多與墓葬相關的設施，如位在兩公園入口處的台北市役所葬儀堂（光復後成為民營極樂殯儀館，沿用至一九六五年一殯設立後方才廢止），如相隔特一號排水溝的舒蘭街火葬場。正因為這一區的喪葬性質如此強烈，乃在日據時代有「去三板橋」一說，中性意涵如今日之「往生」，當然更可用作罵人話「去死」。

日人墓地長居著第三任台灣總督乃木希典的母親壽子，與第七任台灣總督明石元二郎。乃木壽子為安定人心，以近七旬高齡隨子來台赴任，抵台不及兩個月即染瘧疾去世，遺言葬於台灣；明石元二郎於總督任上病逝於日本福岡家鄉，一樣遺言要還葬台灣「能成為護國之魂，亦可鎮護吾台民」，是唯一埋骨台灣的總督。墓前有大小鳥居兩座，屬於明石元二郎與其祕書官鎌田正威所有，兩鳥居曾遷至二二八紀念公園安置，如今又回到了十四號公園的草坪上。明石元二郎墓地則遷葬三芝，至今仍有日人祭祀；乃木壽子之墓遷回東京六本木青山靈園，二〇一五年四月初，我們在漫空如吹雪的染井吉野櫻之下，見過她一次。

鳥居遷走又遷回，乃因為十四、十五號公園的建設。曾是高級墓地的三板橋，在一九四九年國民政府遷台後，成為舟山、海南島軍民的臨時安置所，後也加入自中南部北上都市的謀生者，是一連眷村都算不上的違建區，稱作康樂里。居民們生活困窘，加以彼時仍堅信有朝一日將反攻大陸，故建材極其簡陋，沒有任何整體規畫，甚至以墓碑為牆，墓石作階，明石元二郎的鳥居就淹沒在大量的臨時建材中，甚至是現成的晾衣架，直到多年後康樂里拆遷，才又浮現出完整的鳥居模樣，那是人鬼交雜、詭異又有說不上的自然而然的一幅畫面。

這些居住在墓區的人們，只因隨國府來台，有人稱他們為「既

昔日的日人墓地，今之林森公園內，草地上一大一小的鳥居，屬於第七任台灣總督明石元二郎與其祕書官鎌田正威，曾埋沒在康樂里的雜亂違建中，也曾遷至二二八公園暫時安置，如今回到第二霧裡薛河岸邊。

得利益者」、「統治階級」，更有那熱愛且擁抱殖民母國甚深者譴責他們「褻瀆日人墓地」，我實在以為，應當譴責的，是何以讓他們必須以墓地為居的政府吧！會淪落到此自行搭蓋違建居住的居民，是連眷村或者芳蘭山退舍及如意新村之屬的單身退休士官宿舍都住不起的，他們很多甚至不具軍人身分，連榮民都算不上，僅只是隨政府撤離的難民而已，對於將他們身陷於此的國家與政府，卻總是寬容而感激、沒有任何怨懟，他們仍相信天下國家先於個人利益，相信政府已經對他們夠好夠照顧他們了。

就好像多年來定期來到我們家門口替鄰里修鞋的退休老士官，年邁之人仍腰桿子直挺，中氣十足，宏亮嗓音一喊整條街都聽得到：「修理皮鞋呃——！」修鞋既是他的謀生之道，也是他活一天工作一天不言退休的尊嚴。我們憐惜這位修鞋匠老士官，但曉得以其人自尊心之強，絕不接受工作酬勞之外的任何餽贈。於是抱著淑世精神老想以一人之力撐起他人生計的編劇（對象如好幾位定期來收破爛的退休老士官、住家巷弄中連店面都沒有的小雜貨店、家後方社區乏人問津的福客多加盟店、每週四到巷口賣紅糖餅楨子頭的小攤、偶爾出現的賣蜜蘋果的年輕小夫妻）每聞老士官修皮鞋的呼喊，便抱了一段日子積累成山的破鞋奪門而出，更滿屋子搜刮哪怕只稍微損壞的鞋傘讓他一次修足，甚至猶不滿意的，目露凶光逡視人人腳上鞋，我們還真怕她要強脫了我們的鞋、打個洞給老士官修去。

老士官就住在如今成為國際藝術村而十分精采、有些精采太過彷彿與眷村不甚有關的寶藏巖，彼時寶藏巖正面臨拆除，老士官眼看將流離失所，面對我們的關切猛問他日後的落腳處，卻是坦然一笑：「沒辦法，國家要發展進步。」

若是搜尋十四、十五號公園的歷史，大概不脫「一九五六年，台北市政府進行第一次

『都市計畫通盤檢討』，將康樂里之地依照日治時代的都市計畫用地編訂為公園預定地。一九七五年，台北市政府著手規畫十四、十五號公園，並與當地住戶協調，但無結果。一九九七年三月四日，經數度抗爭波折之後於正式拆除。」這段官方文字，平和而無痛感的敘述，然而此為台北市直轄市長民選後的第一樁拆遷案，以今日標準來看，是個推土機式的拆遷。

康樂里拆遷案之時，我小學三年級不知世事，能深入了解，要待十年後的苦勞網鐵馬影展播出記敘這一段事實的紀錄片《我們家在康樂里》，是通過此片，我也才得見那片早已從現代都會中消失的地面，一睹那些如今不知流離何處，甚至我不太願意去想的，是否還在世的人們。

那樣的康樂里，從空照圖看是片黑壓壓、屋頂密麻如魚鱗的聚落，更老一點的照片中，能見前景還襯著極樂殯儀館氣派的屋頂。有聚落中的居民說，康樂里一住半世紀，不曾踏出過其地界一步。是因為四面八方那個太繁華的天地，無他們的立錐之地吧？康樂里南臨南京東路，台北的華爾街；西側是延續了日據時代北接潔白優美的明治橋（今之中山橋）、直通劍潭山台灣神社、相思樹夾道的敕使街道之繁華的中山北路，無論何者，都是他們根本無法消費，甚至稍堪想像的世界。於是我們看到一九九七年三月三日開拆前夕，他們徹夜堅守家園，不是不願離去，而是這一方貧民窟，是他們在這座城市這個海島這顆星球上僅有的安身立命之地，他們根本無處可去。

違建不是不能拆，市容不是不能更新，若問我如何看待康樂里的拆遷，我認為康樂里並非牢不可動，不是所有古老之物都具歷史價值應被保留，如今日台北市仍遍地都是的，民國六、七十年代的混凝土二丁掛無滋無味四層樓公寓，如今也近半世紀都是老東西了，在人口老化、居民也都同意的狀況下，要都更為嶄新的電梯大樓，我認為並無不妥。至於康樂里的貧民窟，是中產階級眼中的都市毒瘤，也有消防安全顧慮，更重要者，是任何人都不應過著如此貧窮線下如此狼狽的生活，是可以拆遷，但要如何拆遷。康樂里這類的聚落，因為貧困，居民間相互扶持形成的人際脈絡，非一般中產階級「遠仇不如惡鄰」的淡漠鄰里關係能比擬。歐美國家對拆遷的安置計畫之慎重其來有自，是經歷過無數慘痛教訓而成（如一九六〇、七〇年代美國都市高速發展期，發生於芝加哥等大城的推土機式迫遷案例），安置計畫須對居民再再訪視，以其意願為安置首要考量，對許多年邁居民而言，在意的往往不是我們眼中現代化而舒適的新居，而是拆遷後仍能與老鄰里相依而居，如紀錄片中訪問的一位八十多歲老者，半癱瘓行動不便，是由同樣八十多歲的鄰舍定期揹去理髮的，相信對這位老者而言，在安置後能不與其鄰舍拆散，比電梯比暖氣都還更重要。這也是當年聲援康樂里拆遷的學者們如台大城鄉所師生，所一再疾呼的。

最終北市府對康樂里違建戶的拆遷，違反自身「先建後拆」的承諾在先，也不理會學界提出應以就地安置為優先的建議，當初的做法，便是將老榮民扔進安養院，其餘居民領了補償金便草草驅散（且抗爭者一概不發補償金），粗暴打斷居民間的人際網絡。官方資料所說的「數度抗爭波折」包括老榮民翟所祥之死，翟所祥七十六歲，單身無親，因車禍行動不便，眼見拆遷在即，鄰里一一離去，自己則因借住在此、非康樂里原居民，可能因此無安置資格也沒任何積蓄租屋，眼看將要無家可歸，遂上吊死諫。

翟所祥之死是當時學界、市府決裂點，一週後，康樂里如期拆除，彼時十四、十五號公園僅有水池等零星設施的初步規畫，北市府如此急於拆除之因好讓人費解。當時的都發局長，與聲援的學生教授們同樣出身台大城鄉所的張景森說：「老人不搬也會死。」市長陳水扁逢人抱怨：「（翟所祥）別的地方不死，死在這裡，我真夠衰，而且也沒證據是因市府要拆遷才自殺的。」副市長陳師孟與市府發言人羅文嘉同聲對城鄉所學生喊話：「學生應努力念書，不應搞運動。」（二十年後的太陽花學運？）

都是二十年前的事了，時代流轉，也許在都更為髒名詞、拆遷是萬惡、學生應努力搞運動不應念書的今日，能得更多人的注目與聲援；當然更可能是一再重複的悲劇，以中產階級利益為優先的市長大人們，總是或強硬粗暴或溫和規勸的，將這些他們認為不合時宜的破舊東西清理出乾淨美麗的現代都市，這倒是二十年來的哪一任市長皆然。

「為了下屆市長選舉獲取更多的選票，市府於是迎合中產階級的生活品味，透過一連串的強勢措施，要將台北市塑造成為乾淨而充滿秩序的城市。」原台大城鄉所所長畢恆達在康樂里拆遷時，便批評過此類「淨化」的城市政策。

如今的康樂里故地，大公園十四號林森公園，小公園十五號康樂公園，隔林森北路相望，綠樹扶疏，草坪茵然，早已看不出違建群落的丁點痕跡，遛狗遛小孩的、擲飛盤跳國標舞打拳的、匆匆途經顯然要去往別處的、與光影一塊斜倚著涼亭小眠的，形色各樣的都市居民，是否還記得此一現代都市中綠意盎然的天地，是經歷何等歷史悲劇才得於此。林森公園東北角，遍植楊桃、西印度櫻桃、金桔，渾然若果園看得同行兩位摘果狂心癢難耐，由果園處可望見回到故地的兩座鳥居，一大一小，明石元二郎的大鳥居堪稱完整，鎌田正威的小鳥居則略有損壞，矗立在光斑點點的綠草地，擎舉夏日透著碧綠的晴空，已經看不見的河從他們腳下流過，侵略與殖民是無可辯駁、沒得美化的深罪，但也許這樣的罪該由國家而非個人承擔，他們在此活過一遭，選擇了埋骨斯土，這是我所見的真實。

「三與三」

讓我們再一次回到溫州街九汴頭，最後一次，我們向西追尋第三霧裡薛支線，這條河是三條霧裡薛支線中流域最小的，恐怕也消失得最早，在光復後的市街圖上已看不到，因此本該是記錄第三霧裡薛支線的本篇，我得偷渡另一位河神進來，被稱作「赤江」、「無尾港溪」或者「特三號排水溝」的河神，也因為兩河相連，我很習慣了把它們列入同一條踏查行腳路，及我戲稱的「三與三」行程（第三霧裡薛與特三號），寫作時也難將之拆成兩個篇章分別記敘。

在九汴頭的公寓分水後，第三霧裡薛支線由「路上撿到一隻貓」咖啡館的南緣通過，走在溫州街52巷1、3、5號的日式宿舍後方，那些在52巷口的日式宿舍群，從一九四五年的美軍空照圖看去，規模是今日的五六倍有餘，散布在田野阡陌間，台大以西、羅斯福路南北兩側直到水源路的平野大抵皆是如此風貌，自不是今日繁華的大學商圈可想像。

公館這一帶的水田間，有過一棟日本房屋，庭院中青色的飛石一塊一塊整齊排出門外。過去這棟房屋的女主人，一位戰死在南洋的騎兵中佐的遺孀，她輕盈的身影與一雙白襪跳在一塊一塊飛石上。在門口，她將比河邊的蘆條還要柔弱的身子徐徐向前彎下來道別，九十度的鞠躬，將這棟房子交給即將成為新娘的文惠。

日本房子前門是條碎石子的巷道，走起來碴碴有聲的一截路，人們出了門的身影總是會消失在巷口的冷杉裡。巷子出去，過了馬路的小教堂，閣樓上有鐵敏一夥左翼知識分子裝設的電台。房子後院，一畦菜圃翻起油亮滋潤的泥塊，牆角下丟著螢火蟲的籠子，有二二八時埋藏慌張的日本軍刀，牆外那叢密密層層的蒲葵之後，便是平平鋪向新店溪的一片曠地，那時的天地一望無際，一眼就能望見溪水向夕陽的方向緩緩流去，水到了石墩就戛然收煞，被一叢蒼鬱鬱的長青樹掩沒了，遠處的山脊，綠蔭款款描繪著山的輪廓，鳥從頭頂上掠過，然後飛過新店溪，返回後山。

包圍著日本房子的田野，綠色的稻子在風中低頭，大部分時間的田野是闃靜無聲的，有的是黃昏時遠處幾聲牛哞，與兵營裡的雄壯的

汀州路二段178巷上的同安街69巷口人家，牆根下有通風管相連的鐵架方格內的小水溝，很可能就是特三號排水溝的極上游處。

喇叭聲。縱橫在那片田野間的渠道，儘管在居民們，如文惠與鐵敏眼中，它們更像是水溝，卻應皆是來自於霧裡薜水系的河流，河邊生著麵包樹，落下肥肥的樹葉擦在泥地上；牆根下的河裡剛剛孵出來一群大肚魚，文惠是如何的赤著腳，撩起裙子，走進河裡去撈這些小魚；春天裡，鐵敏每天匆匆忙忙，早出晚歸，將文惠整個人忘在一邊，寂寞慢慢包圍了她，她才哭出聲來，就趕忙下了院子。進來時手裡滿滿一束河邊的小野花。她把小花插在銀花瓶上，然後自己這邊看看，那邊看看。

身畔長著麵包樹與小野花，懷中孵有一群大肚魚，河神陪伴了他們的這一段生活。祂與寫下這段故事的郭松棻一塊兒，目睹過他們搬進這棟日本房子，那時的鐵敏病重咯著血；目睹過華髮風美的蔡醫生進出這棟房子；目睹過文惠與鐵敏共騎著腳踏車，駛向碧潭去釣魚，傍晚揹著一天的陽光與滿滿一籮閃著鱗芒的香魚回來；目睹過晌午驕陽下的楊大姐，亭亭站在門口，偏著頭微笑起來；當然祂也目睹過下雨的那日，一同躲在有著桐油香氣的板栗色油傘下的鐵敏與楊大姐，磕磕走著碎石子路，兩個人的背影消失在風雨中、在巷口的冷杉裡，文惠急急跟著跑了出去，在雨中奔跑，一直奔到了派出所；目睹過派出所來了人帶走鐵敏，兩個壯漢，一邊一個把瘦小的鐵敏挾在中間，同樣走得磕磕響的碎石子路，背影消失在冷杉裡……

如今田野已是屋舍櫛比的地面，遙遙的新店溪與山巒再難以望見，日本房子剩下52巷1到8號寥寥幾棟，南洋風情葉片肥肥的麵包樹倒還是溫州街一帶常見的樹種，河渠則成為地下伏流，由鄰接日本房子的19號公寓背後車道穿出，向西直貫辛亥路。於泰順街62巷口流入龍泉街93巷，便是那古亭國小後方，緊鄰著國小圓洞紅磚牆的幽森小徑，通往古風公園與龍泉市場。古風公園只比路間槽化島大上一點點，龍泉市場亦不算大，色彩豔麗的蔬果攤在公園北側的龍泉街上沿邊擺開，早市應是熱鬧的，到了我踏查的過午，往往人跡已稀，爛菜爛果成簍的堆置路旁等待收走，一地的樹影光斑迷離滿目。

第三霧裡薛支線通過龍泉市場後，是師大路左右側的師大路117巷、102巷，在走讀水圳活動中，特別標示此區曾為低濕的茭白筍田地。茭白筍田接鄰古莊公園，公園西南緣實則已近羅斯福路，可見大馬路上的高樓大房，那些高樓卻彷彿一個殼子，包裹住它們後側到古莊公園之間的雜亂鐵皮屋區，這一大區鐵皮屋中暗藏小徑，不少可直接通往羅斯福路，惟要抄捷徑得當地人帶路，外人是看不出任何端倪來的。

那層外殼似的高樓，其中之一是土地銀行古亭分行。一九八二年四月十四日，河神必定察覺了走在河岸上的那位老兵的異樣，老兵戴鴨舌帽與假髮，口罩蒙面。河神曉得老兵意欲何往，惟祂靜默陪著老兵走過河邊最後一段路，目送老兵闖入古亭分行，老兵亮槍高呼「錢是國家的，命是你們自己的，我只要一千萬元，你們不要過來」，跳上櫃檯洗劫了五百餘萬台幣。警方於案發幾分鐘內趕到現場，依當地里民的指路，由鐵皮屋區的一條防火巷抄捷徑往古莊公園追捕，然而老兵已逃逸無蹤。

那是治安史上首件銀行搶案，彼時之社會不似今日對搶銀行習慣到近乎麻痺，當時就是路邊搶案都屬大事，何況此大方挑戰公權力之舉！此案於後世，則彷彿打開潘朵拉魔盒般，人們從此才知有搶銀行這一生財途徑。舉國震動下，警方頂著高層限期破案壓力，逮捕一身形口音皆相似、也是計程車司機的退休老兵，屈打成招，老兵在藉口領警方起出贓款的途中投河明志，數日後，真正犯案的老兵落網。

老兵李師科，聲稱自己是「看不慣社會上許多暴發戶，經濟犯罪一再發生，早就想搶銀行」，軍事法庭速審速決，於案發一個多月後槍斃。當年李敖是這麼的形容他的：「當他看到國家銀行千千萬萬的鈔票放給特權、成為呆帳的時候，當他看到他犧牲青春、犧牲自己與家庭來捍衛的國家竟這樣對待他的時候，當他看到這個國家如此缺乏公平與正義、公理與正道的時候，他湧起搶劫銀行的念頭。」這篇文章寫於李師科槍斃之前幾日，不無為其人喊話的意味，當然沒能留下李師科一命。我雖無意正當化其人搶銀行以及更早先殺警奪槍以預謀行搶之罪行，但說實在的我無法苛責。

李師科確有痛恨國家的理由，他念小學時抗戰爆發，因此輟學入山打游擊，抗戰勝利卻沒能等到解甲歸田之日，便因繼踵而來的國共內戰，隨國民黨撤退來台。來台後，礙於當年軍令無法成家，也因此在傷病退伍後得不到眷村的居住資格，他只能棲身在三坪大的斗室陋巷，開計程車維生，有時開車稍一不慎，一張罰單便讓幾天的工作辛勞全數化為烏有，這樣的他卻紀錄清白沒有前科，除了孑然單身有必須解決的需求而上綠燈戶之外，沒有任何賭博酗酒的習性，是鄰里眼中的大好人，老實、客氣、和善、喜歡也疼愛小孩子，他搶來的贓款中，絕大多數的四百萬是要留給友人的兩歲女兒的，供其小學至大學的學費，也因為這筆錢受友人檢舉，才會犯行曝光。

李師科是山東人，我對山東人一直多帶著一份同情，是同鄉之故，也是山東人實在傻，是種憨直不會變通的很可愛的傻，縱看歷史，種種起義革命，往往主事者並非山東人，山東人卻總是死傷最慘重的一群，山東人直頭直腦衝在最前面，為他人兩肋插刀，殊不知主事者早已逃到天涯海角不知何方去了；再看看自家，動保人仍保持著一日數犯傻的習性，我們為此屢屢吐槽：「不必為了證明自己是山東人而這樣自我犧牲吧？」山東省簡稱魯，魯在甲骨文中是為盛裝在器皿中的美味鮮魚，如今卻作愚鈍笨拙之意，我們便懷疑，是山東人太傻，傻到連累了魯字轉為今日字義。於是我們一家子山東人皆愛波蘭人笑話（波蘭人、金髮妞、律師，實為洋人三大笑柄也），波蘭人之於歐洲，就好像山東人之於中國，傻頭傻腦成為其他人群樂此不疲的取笑對象，我們每每以之自嘲。

李師科這樣的外省老兵，被稱作「既得利益者」的一群，人們刻板印象的總認為他們必定忠黨愛國，我想反問的是，他們究竟得了什麼樣的利？他們為何得要忠黨愛國？他們應該比任何人都有資格痛恨將他們帶到異鄉陌土便棄之不顧的政府，他們大多教育程度不高，甚至未曾受過教育，更有許多人是遭拉夫，不明不白的被迫加入軍隊，被迫離鄉背井來到這個島上，他們之中好一點的，有幸在台成家者能分配到眷村；單身士官就只有住在芳蘭山退社或如意新村之屬的大雜院宿舍；悽慘淪落到康樂里的墓區貧民窟者亦有之。他們歷經了維繫著他們返鄉希望的戰士授田證化作廢紙的種種衝擊，他們能感受到今日社會對他們日益升溫的隔膜與敵視，他們之中不少人至今仍抱持著困惑，莫不是他們的槍桿，才保護了這座島不落入共軍之手？（這難道不是事實？）

東海大學社會系教授趙剛在著作《四海困窮》〈「四大族群」提法之商榷〉一篇中提及：「李師科與蔣中正都是『外省（漢）人』嗎？羅美文和吳伯雄都是『客家（漢）人』？顏坤泉和王永慶都是『福佬（漢）人』嗎？」提醒了我們如此分類法的荒謬不堪與解釋現實的無效，經歷了六十年，各色各樣活生生的人走過眼前，難道我們還要繼續堅持外省人與本省人這樣鐵板二分法？

一九八二年至今，我們已歷經一次又一次銀行搶案，其中包括犯下七起搶案、最出名的銀行搶匪雨衣大盜，搶銀行的始祖李師科則漸漸退出一代之人的記憶，如今剩得新店深山裡立著李師科金身的李師科廟，與當年里民指點警察追捕李師科的小防火巷，這條巷子由當地人命名為「李師科巷」，也只有當地人找得到且會走，就在第三霧裡薛支線河岸邊的古莊公園。第三霧裡薛支線約在離李師科巷不遠，浦城街口的錢都涮涮鍋處通過羅斯福路，於台新銀行旁的店面抵羅斯福路西側，過金門街。金門街與晉江街口處圈起來的大片工地應屬都更案，幾乎占了三分之一個街區大小，在估狗地圖中，尚可見這片地面是個綠樹環繞、有著青瓦的老屋，周遭則是較雜亂的矮屋區，第三霧裡薛支線在這些屋舍間通過，接上南昌路二段236巷，這也是台北市的一條隱藏版巷道，幾如後巷般難以發覺，然而巷道本身倒是有規畫的鋪設了徒步區地磚，也有植栽夾道，雖不若後巷文化發達的民生社區那般精采，倒也不顯陰暗潮濕，難以通行之因純粹是停滿了機車。

由南昌路二段202巷開始，第三霧裡薛支線平行於南昌路，走在路面以南的建築群中，如此直到南昌路上的真心素食店，從上空可見其不規則形的地基，是過去第三霧裡薛支線的排水門，第三霧裡薛支線在此銜接上特三號排水溝的支流，此支流即今日同安街8巷口到長慶廟之間的晉江街，呈現圓弧形，並由長慶廟後方繞行至側面，匯入牯嶺街95巷的特三號排水溝主流。

特三號排水溝是一拉直拓寬後用於排水的自然河流，過去在地人稱無尾港溪，日人則喚它赤江。特三號排水溝上游或可追溯到辛亥路底的國防部替代役中心，與林口支線極近但不確定是否相連。林口支線是灌溉體系，約蜿蜒在台大水源校區與汀州路三段，末端至晉江

右／長慶廟，廟前有著弧度的牯嶺街95巷即特三號排水溝。

左／特三號排水溝一景，今為牯嶺街84巷。

街124巷8弄止，其水系歸屬仍有爭議，一說是由瑠公圳第二幹線分出來，故應屬於霧裡薛水系；另一說根據《淡水廳志》卷三有關瑠公圳記載「到公館街後拳山麓內埔分為三條：其一由小木梘至林口莊及古亭倉頂等田，與霧裡薛圳為界；其一由大灣莊至周厝崙等田，水尾歸下陂頭小港仔溝；其一由大加蠟東畔之六張犁、三張犁口過見直至車罾、五分埔、中崙前後上搭搭攸等田」，彼時瑠公圳與霧裡薛圳未整併，兩者區隔仍明顯，記載中的三條分支之一、由小木梘至林口莊及古亭倉頂的，該就是林口支線了（另兩條推測則是大安支線與後來的瑠公圳第一幹線），故應歸屬瑠公圳水系。

惟特三號排水溝較明顯的河跡要從師大路上的金門街11巷口找起。特三號排水溝沿金門街11巷、12巷通過河堤國小，出至國小西北側之汀州路二段178巷，178巷上的同安街69巷口，極有可能是特三號排水溝至今僅有的露頭之處。巷口轉角處的石砌牆根下，有個鐵架子籠著的小洞，一旁更有通風管相連，臭水溝味透過鐵架方格撲出來，往內看去便是特三號排水溝極其汙濁的水面了。

特三號排水溝向北通過汀州路，汀州路二段189號是棟簇新樓房，樓房旁木條牆後就是填埋過的水路，由此隱約可見樓房後方的樹木幽森，想看清楚得繞遠路由同安街43巷與43巷6弄逼近。43巷6弄底的停車場，是編號三十九的台北市受保護樹木，那麼大的樟樹著實罕見，早先我在汀州路大街上窺望見彷彿如林的綠意，原是全然來自於它一樹。這些年間，動保人幾乎成了萬物有靈論者，見此不免上前去拜祈一番，相信如此大樹必然會庇蔭往來街貓。一神信仰的我站遠了，看著她的背影。

大樟樹約莫就生長在特三號排水溝的轉彎處，樹下庇蔭的成排青瓦屋舍隨之轉向朝西，穿出至同安街上，小巷口兩樹，春是羊蹄甲的粉紫，入夏則有鳳凰木的豔紅。特三號排水溝由樹下經過同安街進入牯嶺街95巷，從此開始是板溪里地界。此地於日據時代是川端町的一部分，光復後改置板溪里，不論哪個名字，都有強烈的河川印象。牯嶺街95巷往內沒幾步就是長慶廟正門，長慶廟主祀福德正神，算是很大型的土地廟。與第三霧裡薛支線排水門相接的特三號排水溝小支流由廟旁匯入，相對位置的廟另一側則立有「鼓亭莊舊址」的黑底金字石碑

牯嶺街95巷還保有河的模樣，蜿蜒橫貫板溪里。很多在地人都還稱它為小溪，而非水溝或者大排，可想見它野生野長的模樣應到相當晚近都還如此，溪上小木橋，曾有那約莫八歲的小男生，走下水泥階陛，經過亂草蕪衍的廢地，步上小木橋，過了小橋他行過竹林子、行過一家農房，他走入田間仄道，各方傳來的蛙聲宏苗揚抑不同，突然一股陰風渡傳，他大懼起來，拔腳向後飛離掉。

小男生范曄，父母喚他毛毛，他們的居處離小溪較遠，更近那河水發出蒼色的大河邊，

從他們家穿出巷子朝右便登上河堤，堤路的西末有一橫長橋架往對岸，十二號公共汽車經過堤路，在他們家窗之外立個車牌，河堤之上有一些著藍裳白碗帽的小女學生。他們家是座三層樓的日式宿舍，矩形，在毛毛的第一印象中像是火車長車廂，兩間寢室與廊道，玻璃活門與玻璃正窗，古舊的木板顏色變成暗黑，屋前一口堆放消防沙的洋灰槽，庭園生滿稗子草穗。

其實這棟房，比一般的日式宿舍還更有來頭些，舒國治在《水城台北》中記敘過它：

> 君不見前幾年才因火焚而毀的同安街底（緊貼水源路）那一兩幢二層黑色木造日式樓閣房子，顯然六、七十年前建之於此，何嘗不畏於水淹，實是為了憑臨河岸眺賞水景之怡心悅目也。

它是一九一七年由日本紀州平松家族開設在川端町的料亭紀州庵支店，初為富野趣的茅草頂建築，後才改為日式青瓦，以料理與庭園植栽並重。當時的紀州庵突出於河堤，西望可見跑馬場（今之馬場町公園），東眺則是水源地（今之公館），那是河堤巨偉接天的今日所無法想見的風光。紀州庵因此繁盛，甚至在艋舺的本店停業後，成為平松家族經營的重心，如此直到太平洋戰爭白熱化的二戰後期方才停業，停業後作過戰時的傷患安置所，與戰後待遣返日人的暫居處，或許也是入住紀州庵的毛毛一家會認為它是日式宿舍的原因。

然而即便紀州庵，也還是太過狹湫的日式房子，比之精求孝道的往日士大夫們屋敞廳恢的房屋，無法不讓居住其中的一家人相相互互妨礙，無法眼不見為淨。多年後已成年是為C大歷史系助教的毛毛如此在日記簿上忿忿塗畫。

曾經的毛毛，在他走過溪上小木橋的那個年紀，對父母仍是深深孺慕的。父母是年幼的孩子認識世界唯一的途徑，父親告訴毛毛法國那些可洗衣可燙衣可擦皮鞋可洗臉的機器們，美國有一種讓人想去哪裡就立刻到那處兒的機器，新近剛造好讓所有的人類都要死個光光的死光。毛毛吃香蕉像父親，會將香蕉皮一股兒卻去下，手拿著光光的香蕉肉；他相信母親所相信，吃李子會激起痢疾；他因為父母親所教而懼怕汽車，走在路上會遠遠躲避汽車；治蚊叮用指甲在蚊包上揿個半月痕；打嗝時用筷子交叉擱在水杯口喝下去；每頓飯後用熱毛巾蒙住滿臉活血；大熱天回來用涼水漱漱嘴卻暑……

當孩子長大，一步步走向外面的世界，每一步對他們來說都是正向的，都是憑自己所見所聞重新認識這個世界，而父母卻衰老腐朽在那個家裡。奇士勞斯基說，父母最盛年美好的時候，小孩看不見，看見了也不知道；等小孩長大看見時，他只看到父母的衰頹，而對之充滿了不耐煩。紀州庵青瓦屋頂下的那一家人便是如此，他們的處境絕非特殊，是傳統社會家庭邁入現代必經的不堪一途，久病床前無孝子、並非取之不盡用之不竭而會磨損會消耗的親情、狹屋中互相折磨的親子……家是因此而變，然而能夠真誠面對此無時無刻無地不在發生如無間地獄的家變，甚或將之昭彰於世的，又有幾稀？這是毛毛——或者該說王文興——前無古人的勇氣。

於是那個多風的下午，愁容滿面的父親將籬門輕輕掩上後，向籬後的屋宅投了最後一眼，便轉身放步離去，他直未再轉頭，直走到巷底後轉彎不見。

小河與大河之間的紀州庵，兩度火警毀了本館與別館，紀州庵如今整修已成，僅剩的古蹟部分為離屋，與之相對的是紀州庵新館，浪板的嶄新建築因為原木色而有質感，是複合文藝空間，有舞台、展覽區、書店、講堂，圍繞兩棟建築的城南文學公園，幾株大榕樹環繞，樹齡有百餘歲者，也是一樁以樹保屋的案例。

牯嶺街95巷，大約到強恕中學為止，強恕中學磚紅的後牆坐落河畔，隨著河呈現平緩圓弧，牆後綠竹探出頭來。過了牯嶺街口的特三號排水溝為牯嶺街84巷、廈門街25巷，兩者一體，寬而鮮少人跡的像是停車場。便是在廈門街25巷與廈門街口，是一低闊平地，畫滿幾乎是河川地標準配備的黃色網格狀禁止停車線，此處的溪流上曾有一座小橋「螢橋」，是這一地名由來。和平西路上的螢橋公園尚有解說牌一面，要觀覽者稍作想像清溪上的小木橋、夏夜流螢的風景。同名的兩所中小學，螢橋國小在此地西南百餘公尺處，螢橋國中卻相距甚遠在兩公里外，幾乎就是特三號排水溝的濫觴之地，是否在那河流與螢火蟲皆不罕見的年代裡，螢橋亦非獨一無二的地名？

特三號排水溝在通過螢橋後，走在和平西

廈門街與廈門街 14 巷、25 巷之路口，過去的螢橋所在地。

路南側的路邊，直到重慶南路三段的路口後微微偏移，繞行美麗華大廈後方的福州街43巷，黑白橫紋的美麗華大廈因此在臨河處有了個轉折的形狀。從美麗華大廈後方探出頭的特三號排水溝，河面豁然開朗，流入以街為名但寬度更像是路的三元街（依〈台北市道路命名暨門牌編釘自治條例〉，路與街的寬度以十五公尺上下為界）。三元街起始於這個複雜的六路交會口，可看出三元街地勢明顯低於鄰近的和平西路，三元街弧狀向西流，微斜西北，以汀州路口與西藏路為界；西藏路則向西流略略偏西南，規模、弧度與三元街相仿，兩者實為一體，幾乎無法區分，臨河者也多是四、五層老公寓，騎樓下是汽機車行或小吃店，唯有看見墨綠配以赭紅枝幹的茄苳行道樹換作樹幹質感彷彿塗敷上一層水泥的黃綠色刺桐時，便知已來到西藏路地界。特三號排水溝，比之始終不遠的新店溪，是條涓細水流，但在台北市的諸河神中，已是數一數二的大河了，今日的它便以此柏油路的姿態蜿蜒而過台北市西南部。

特三號排水溝以西藏路之姿流經的雙園區（今已併入萬華區），雙園之名係日據時代的東園町與西園町合併而來，東園與西園，是花園以東與花園以西之意，透露此地曾有過的、依附於製茶業之下的香花產業。北面平直的特三號排水溝與東南西三面繞了個大彎的新店溪，勾勒出此一區域如舌頭的形狀，馬場町較東園町更東邊，是舌狀地帶最東緣的臨河處，日據時代操練軍隊與跑馬的練兵場在此，一九四一年啟用為軍用機場，相較於遙遙北方的松山機場，故有了南機場之名。

南機場歷經數度變遷，一九四九年台灣光復，南機場關閉，國民政府於此地大量興建眷村以安置大量軍人及其眷屬，一九六三年龍冠海教授率台大社會系師生田野調查繪製的〈台北市古亭區南機場社區圖〉中，標示的眷村數量有二十九個之多，加以區內同年落成的南機場公寓，並有部隊、康樂廳、聯勤幼稚園、國防部停車場、裝甲兵食宿供應站種種設施，軍眷社區的色彩濃厚，包圍在大片地圖上標明為貧民住宅區的區域間。也因人口暴增之故，連帶特三號排水溝受到嚴重汙染，由一條棲著魚蝦可戲水可親近的河流，成為影響居民生活品質的惡臭之源，終在一九七〇年代實施的萬大計畫中，被列為重點對象加蓋為路面，從此不見天日。

特三號排水溝的照片，我目前只見過一幀，來自萬華中學實驗二班的網頁，介紹其校史。不甚清晰的黑白相片中，空心磚柵欄所夾的河道，河水深陷在石砌的護岸之下，流向遠方。柵欄外馬路，探著頭的路燈，疏長影子落在反光的河面。

西藏路往西荒涼，路樹漸稀，我向來不喜批評任何都市景觀難看，畢竟都市景觀之形成自有其紋理在。然而當特三號排水溝通過艋舺大道與其上的華翠大橋後，萬板大橋由西藏路路面拔地升起，此河岸風光已是窳陋不堪，大理高中背側與環南綜合市場隔一橋相望，橋下的物流車群紛忙卸貨。環南綜合市場是草綠籬著棕線的連棟建築，連接到河堤邊的家禽批發市場與雙園抽水站。西藏路底，萬板大橋橫越上方天空，小廟三條路福德宮傍著橋，福德宮後方空地，一夥不知為何給暫置於此的籃球架在圍牆內探頭探腦的。

特三號排水溝的河口，在新店溪畔，雙園河濱公園與華中河濱公園之間，萬板大橋下，家禽批發市場背側。河面十數公尺寬，低矮白色拱橋架在水上，而我是見過這條河在牆根下侷促一隅的模樣的。水波拍上河濱步道，河面離人特別的近，應當極其汙濁的河水受新店溪淨化，倒也清透能見尺深的水下，沿岸釣客一攤攤相連，他們釣起來暫養在路邊水坑的大鬍子土虱一個翻身，大動靜驚得我雙腳離地。

我們每每在特三號排水溝行腳，總覺得西藏路人蹤稀少，車輛刷過亮堂堂的大馬路而絕少停留。如此直到某次遠遠給一戶人家院落中的新品種植物吸引走入街區（那柔紫唇形花開在葉片綠黑油亮的樹上的新品種植物，原來是蒜香藤附生在正榕上），方知騰騰的人氣原來皆藏在街區裡。倚附著當年設計新穎、有著別致迴旋狀樓梯的南機場公寓的南機場夜市，與西藏路125巷至萬大路間的黃昏市場，有當地眾多人口的生活需求支撐，兩市場區的人流從沒少過。街區內的二十九個眷村，如今皆已改建為國宅，國宅幢幢聳立如喀斯特石灰岩地形成叢的峰林，堅持要當我大舅的張大春曾是其中居民，惟他總是描述得不清不楚，讓我們煞費心思的去猜測他的舊居何在；奇女子小苗來台的結婚對象李伯伯，至今也還住在這一區國宅內。

我們習慣順著國宅區來到萬大計畫中，由高爾夫球場改建成的青年公園，穿越公園與河堤去至馬場町紀念公園，讓行腳的終點落在已是河濱公園的昔日刑場。河堤外的綠草地，日光明烈，河風曠遠，各類馬場町紀念公園的旅遊導覽皆曰，此地「已不復昔日肅殺與森嚴」，實則金風秋決的森森之寒，時至今日仍是那麼的銳利且明晰，即便仲夏正午，河景亦入眼蒼白。紀念公園中央的土丘，據說是以土覆蓋槍決者鮮血，反反覆覆，堆積隆起成了千人塚，而青年公園正門花鐘前騎著馬的獨裁者銅像，仍高高在上的俯望那一丘黃土，何其諷刺。

右／昔日的特三號排水溝，今之西藏路一景。

左／特三號排水溝通過艋舺大道與其上的華翠大橋後，萬板大橋由西藏路路面拔地升起，大理高中背側與環南綜合市場隔一橋相望。

小小的一脈河水，流過遙遙之途來到大河濱岸，我總忍不住想到，曾在河邊住過的文惠與鐵敏，他們的故事就結束在這河邊的曠地。戰前，他們曾一起來看過馬戲團，吃著棉花糖。而那槍決的一日，刑場外圍起草繩，穿著麻衣的家屬在草繩外燒起線香與冥紙，河風吹散線香的藍煙。他們一哄而上，淚眼爭看駛進來的卡車上的親人，文惠在那卡車上看到了鐵敏，看到了楊大姐，看到了蔡醫生還有那幾個朋友，「就像綁好的一串毛蟹，一串七隻，只要從繩頭一拉，一隻也逃不了。」區長日後是如此形容的。

「這就叫大義滅親了。這是很難做到的……太太真偉大，換平常的人可就……」區長同時這麼告訴文惠的母親。

天地不仁，以萬物為芻狗，我想如河神這樣的神靈，是必須強迫自己不仁的，如此方能靜默旁觀人們重複相同的愚行，看著悲劇一再上演而不痛心。我若有河神的壽命與見識，或許也能練就一顆淡然看待一切、不悲不喜的不仁之心，而非像是豐子愷形容其三歲兒子的瞻瞻的心，連一層紗布都不包，常是赤裸裸而鮮紅的，如此方才不會總為歷史長河中不會有人認識、也不會有人記得的、芥子般的小人物，掬上一把淚。

右／特三號排水溝的河口，在新店溪畔，雙園河濱公園與華中河濱公園之間，萬板大橋下，家禽批發市場背側。

左／特三號排水溝河口，匯入新店溪，河面十數公尺寬，低矮白色拱橋架在水上。

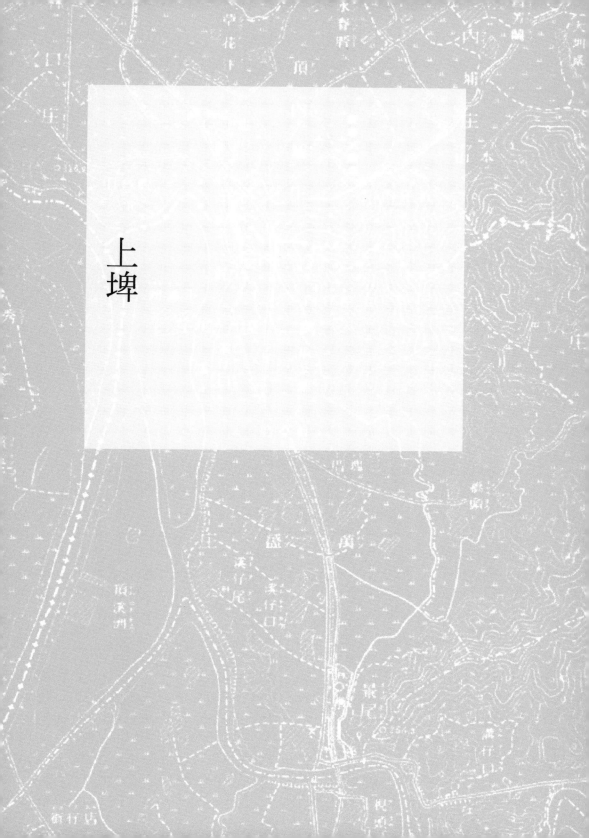

上埤

浮水蓮花

這些年我所結識的河神們，所有蟄居在都市柏油路之下的大小河流，瑠公圳——或該說長久以來被一代代台北人誤為瑠公圳的「堀川」特一號排水溝，這段故事容後詳述——無疑是名氣最大者，然而我最熟悉、最是交情深摯的一位河神，則是上埤。

原因之一，是上埤流域涵蓋台北精華的東區，是我日日的生活動線，有林蔭大道有良好治安（動保人因此較不會嘮叨我）便於行腳；另外便是，我的啟蒙書與啟蒙篇章《水城台北》之〈水城台北之河跡〉記敘最詳的一條河也是上埤。

上埤曾是一座湖、也是數條水圳、也是幾座長條綠地公園與斜斜的柏油路以及扭曲的樓房間隙，端看由哪個時間點著眼罷了。

且說湖泊的上埤。那曾為郁永河所記敘的台北大湖（一說是盆地塌陷、海水湧入的灣澳），水退後留下處處小水窪，便是早年台北湖泊遍地的原因，上埤是一系列水窪中最大者，正是水域廣泛，又是自然湖泊人人皆可引水不需向修築者或管理人繳交水租，故灌溉面積廣泛，牽涉各方利益，成為日本殖民政府最早收歸公有的埤圳之一，於瑠公水利組合之下，冠以「瑠公」之名，時至今日，上埤亦是最常被誤稱為瑠公圳的水路之一。

湖泊的上埤約莫涵蓋忠孝敦化至忠孝復興這一段商業精華區，追溯上埤的水源，是兩條源自六張犁淺山的自然河流；跟隨上埤的流向，則會途經台北科技大學背後，一路去至渭水路、八德路與新生南路相交處，光華商場一帶。計上埤這座大湖，由東而西一共跨越瑠公圳第一幹線、第一霧裡薛支線、第二霧裡薛支線這三條水系。

上埤形如鳥爪，爪背拱著市民大道，三根腳爪——即前文提及，源自六張犁山中的一河——向南延伸跨越仁愛路與信義路，最東邊的趾爪微微彎起抵著延吉街，此爪與居中的一爪實是同一河分支而來，因此由東中兩爪切劃出來、位在鳥爪的掌心處的「陂心」或可視為湖中一島。陂心，與延吉街以西的「車層」（一說原作「車繒」，定置漁網；另一說是「層層的水車」，無論何者，皆不離大湖水圳的意象）；加以一路往西，建國啤酒廠與渭水路一帶的「上埤頭」，種種古地名，依稀尚能勾勒出大湖的輪廓來。

陂心位在忠孝東路四段216巷一帶、介於忠孝東路四段與仁愛路四段間的街巷，今日多稱「坡心」，凡有「坡」字的地名大多都是這麼轉化來的，如南港的中坡南北路，如位在通化街臨江夜市，亦歸屬上埤流域的另一處坡心皆然。行政區劃分歸屬建倫里，一般以地標指稱法會慣稱為「明曜百貨後頭」，再不然就是「二一六巷餐飲激戰區」，各國各式餐廳菜色在此匯集，且恕我不多著墨，好吃成性如我，亦自覺吃是一件如此返祖而生物性、可做不可說、更不便大書特書之事。

建倫里街巷密直、不分假日常日皆人群熙攘的這一段土地，我想細述的是財團法人林三勝公廳。由忠孝東路的大馬路起步，沿明曜百貨旁的仁愛路四段一五一巷往街區內走，遇上的第二條橫路即敦化南路一段233巷，林三勝公廳坐落在此轉角，一排上是垂柳下為金露花的植物牆後，橫跨四到五個店面、石材暗灰沉厚如廟宇的建築，有香火裊然有燈燭張舉，廳內主祀觀音像，是兩百年前由艋舺龍山寺迎請來的，分靈自福建安海龍山寺。林三勝公廳也是建倫里辦公室，由飲食激戰區那些落地窗敞淨的庭園式餐廳環繞，尤其醒目。植物牆前一面立牌，背面是尋常的里訊，正面說明陂心林家、上埤乃至整個大安庄的歷史，其中大安庄，本作大灣庄，一說此大灣之名便是來自上埤在今日大安、信義區交界處形成的那個大大的彎角地形，唯此一說法尚未定調為所有人接受。

是的陂心林家，其家族史幾乎便是東區歷史，亦與上埤有過一段緊密相依。林家開台祖，十五世的林式霽，未及而立之年由福建泉州的家鄉來台闖蕩，發跡艋舺一帶，後因「頂下郊拚」分類械鬥燒光店面，林式霽雖屬械鬥勝方「頂郊」三邑人，然畏懼械鬥再毀產業而決心轉移，不似落敗的「下郊」同安人就近遷至大稻埕，反倒選擇遠遠東去當時人跡杳然、唯有農田湖沼的陂心，卻也因此獨占所有產業，成為陂心一方地主。

林家祖厝為林式霽所建「陂心厝」，建材遠從福建家鄉運來，初為三合院，後擴建為四合院，於民國六十年左右因拓寬仁愛路遭拆，原址位於今日富邦金控大樓處（雖然以疊圖來看，陂心厝的位置似乎更南，在仁愛路的另一側，許是舊地圖不盡精確之故），為風水寶地「浮水蓮花穴」，是前清時期台北四大人家致富的寶穴「一鳥、二關刀、三蛇、四蓮花」之一。「一鳥」是烏鴉孵蛋，城中周百萬的宅邸，今齊東街、濟南路一帶；「二關刀」，中崙舉人李文元家族的三棟房屋坐落處；「三蛇」南蛇環北斗穴，蛇頭向七星，大安區林榮泰家族；「四蓮花」即陂心林家的浮水蓮花穴。由大安區遷至新生公園、現為民俗博物館的林安泰古厝，一說就是浮水蓮花穴的陂心厝，此是訛傳，原址四維路141號的林安泰古厝，應屬「三蛇」的林榮泰家族，險遭拆除的原因，則是敦化南路而非仁愛路的拓寬工程。

林式齊後代，大房林瑞香、二房林攀桂、三房林清富，子孫開枝散葉，大房居住陂心厝內，二三房因陂心厝不敷居住而覓地另建三合院，二房選定今日東區粉圓處，三房則落腳三普名人巷D區現址，惟比照陂心厝由家鄉載運建材來台時，二房建材遇船難沉沒，連帶二房從此沒落，如今上千人的林家人，大部分是大房子孫，亦有致力當地文化傳承的三房後代。

林家三房的三合院祖厝遲至民國七十六年被拆，三房子孫在原

原址四維路 141 號的林安泰古厝，遙遙北遷至基隆河邊的特一號排水溝入河處，修整後煥然如新於河風中。

址對面建立林三勝公廳，林三勝是林清富商號，而今廳內還供奉有林式霽、林清富父子的丹青畫像，由三房子孫輪值祭祀，現任建倫里里長亦為三房子孫，故以林三勝公廳作里長辦公室。

林家這朵浮水蓮花，盛開在上埤的水光瀲灩處，湖泊上埤卻沒能與林家一同延續至今，終結在日據時代。當上埤隨瑠公圳、霧裡薛圳一同收歸瑠公水利組合為公有埤圳，日人決議放光埤水只留圳道灌溉。以農業觀點，埤塘的重要性本不若水圳，《淡水廳志》記曰：「凡曰陂，一作埤，在高處鑿窪，豬蓄雨水，寬狹無定，留以備旱。凡曰圳，在水源所出處，屈曲引導，或十里或二、三十里，灌溉田甲，此水田之利也。」並表明「埤必有圳，圳不必有埤」，水圳水源不必全賴埤塘，凡穩定的泉水或河流都可引作水源；埤塘的優點則是儲水備旱，可調節水圳水量，然而埤塘灌溉就非依靠水圳引水不可，故以當年的殖民者看法，留下最重要的水圳即可，可有可無的埤塘，不如填平為田地更為划算，更何況湖泊淤淺後會產生汙染、蚊蟲孳生傳播瘧疾的衛生問題，留它何用？

於是上埤遂成空有埤塘之名的水圳，其餘埤塘如雙連埤、大竹圍埤、鴨寮埔埤、牛車埔埤、下埤、上土地公埤、下土地公埤、三板橋埤皆然，台北市的湖泊已一個不剩，盆地邊緣的內湖、南港尚存幾處埤塘如新庄仔埤（今之東新埤，是台北市現存的最大埤塘），現反倒成為房產商售屋的廣告，標榜在城市裡開窗便可賞湖景。

自古以來，湖泊命運大抵如此，旅人愛之，騷人墨客愛之，魚蝦鱗族愛之，渡鳥愛之，浮萍青荇愛之，找河的我尤其愛得不得了，獨獨上位治理者不愛，而這些人卻是惟能決定湖泊命運的，於是我們目睹，八百里洞庭在圍墾之下破碎成六、七小湖，湖面剩不及清時的一半。今日我們由京都乘車前往宇治，當京阪鴨東線通過那一串站名美得可恥動保人形容如水墨畫軸的深草、藤森、墨染，於中書島換乘宇治線，宇治線大致沿宇治川繞了個圓弧，彷彿要躲開某處地面，由右側車窗能遠望那片地面，那真是土地平曠，屋舍儼然，綿延至天際的農地，深淺不同一方方的綠如拼布，散落著黑瓦平房與比房頂還高得多的電杆。這片農地本不該是這般風貌，事實上，到相當晚近仍非如此，此地曾是名為「巨椋池」的湖泊，是宇治川排水不順形成的，面積八百公頃是上埤的四倍以上，飛鳥時代歌人柿本人麻呂曾歌曰「巨椋乃入江響奈理射目人乃伏見何田井爾鴈渡良之」。到了黑白照片為證的近代，尚且留下蓮葉田田、漁歌向晚的美景。

如今，我們只能在電車刷過那片平野時，憑弔巨椋池。因家庭農業廢水排入巨椋池、湖水水質惡化造成瘧疾橫行（唉，畢竟還是人類造的孽啊！），日本政府於一九三〇年代開始對巨椋池乾拓，水淺面廣的巨椋池短短十年內便消失了，現在它稱作「巨椋池乾拓地」，與上埤一般，剩得通衢似的條條圳道，與奔流西去的宇治川，宇治川深碧色如宇治茶的河濤洶湧，勝過京都的所有河流如鴨川、桂川，讓人相信此豐沛水量確曾供養得起一座大湖。

上埤由湖泊而為河流，多出來的良田不似巨椋池乾拓地那般綿延接天，倒亦有百餘甲之多。林式霽家族的土地，約莫就是完整的上埤流域，此一南信義路、東延吉街、西復興南路、北市民大道圍繞的地界，直到土地改革——我們在小學社會課、國高中的歷史課琅琅上口的三七五減租、耕者有其田——開始流失，加以早年地價混亂，子孫賤賣土地不罕見，比照如今東區黃金地段的地價動輒比當時賣價多出兩三個零來，為此捶心肝者必不在少數。尤以國泰蔡家在民國六十年代開始收購林家土地，其起家厝敦南誠品大樓本是塊無以耕稼的爛田，乃至陂心厝原址的富邦金控大樓，在地人信誓旦旦說，蔡家是得了浮水蓮花穴，自此大發特發一路發到今天。

林家大房算得此中受惠者，本來在子孫中便最占優的大房林瑞香，其曾孫林禮仁身為代書而熟悉土地買賣，在日據時代時便多將二三房嫌棄不要的埤塘與沼地登記在自己名下，族人請他代書，也常以土地抵償代書費，如此厚植大房實力，到如今的忠孝東路四段與以之為中心輻散的大街小巷，其精華店面不是大房資產，也多經由大房子孫之手售出，今日的大房子孫幾乎人皆地主。高聳踞坐在忠孝敦化路口那兩棟黑紫厚重的禮仁通商大樓，便是子孫們為感念林禮仁的卓越遠見而命名的。

我仍常在富邦金控大樓周遭活動，大樓湖綠色的玻璃帷幕外牆飾著繽紛彩繪煞是可愛，圍繞大樓下方的公共空間，一方棚架下是池水幽靜，池中一蓬修竹，池面半是大萍半是粉綠狐尾藻，此二者皆有害於生態，眼下卻閑靜隨水，若有幾分浮水蓮花的意象。每年四、五月的藤花季，串串藤花瀑洩下棚架，仰觀透著陽光的棚架頂，煙紫如霧靄的藤花並著淡綠淡綠的藤葉，方知時常飾在質感極好的和紙或日式信箋一角，不突兀亦不卑微的淡彩藤花圖樣原是寫實畫，並未經過粉彩修飾。那是都市賞花人的私房一景，是每年晚春時節會祕密口耳相傳的小小盛事。

一場華美大夢

化為圳道的上埤，鳥爪形狀猶在，惟從一隻胖胖的、有蹼的鵝掌變成乾瘦雞爪，那三根一路北流的鳥爪，在同動保人與電影人解釋時，我圖省事遂稱之以東河、中河、西河，中河的河跡依然鮮明，與排乾埤水的圳道——即瑠公公園、瑠公圳公園、寧馨公園這一頭尾相銜的水路——一脈相承；至於東河與西河，在上埤的湖泊初期本該不是河，是上埤隨歲月淤積，湖中的埤心逐漸擴大，壓迫其南方的水域為細長水道，在上埤放光埤水由湖為河後，則成了排水路，如今更僅剩得殘跡杳然，與穿鑿的風水之說。

東河幾無殘跡讓我著墨，我甚至不曉得它是否真確存在，畢竟我只在一張耆老隨手一揮的簡易地圖中看過它的存在，而就我的踏查經驗，耆老之言並非百分之百準確可信，水路錯連的狀況堪稱普遍，而在這片地面中，有不少屬於延吉街瑠公圳第一幹線的小給水路流通，我不排除畫圖的耆老是錯連了這些小給水路，固本段就容我姑妄言之姑聽之吧！如前所述，東邊這條河流是中河分支而出的，兩河分道揚鑣處約在信義路四段265巷20弄口的哈肯舖麵包店，微向東北斜行一小段後遂此北流，由仁愛路四段300巷35弄兩側的住宅區的庭院與車道間過，經信義路四段265巷34號之1那個大王椰子成排、窄而深的院落，由台北市延吉綜合福利大樓下穿出，走延吉社區綠地，這一長條綠地倚著同樣長條狀的老國宅，共跨越延吉街246、242、236三條巷道，由窄而寬，臨236巷的綠地寬如公園，一方石碑上書「延吉社區」四大金字，樹蔭下立著片片畫布，白淨畫布上，或為棕黑枝幹糾纏，或為朵朵朱黃木棉花，筆觸朦朧，有圍網隔離的這片樹蔭外，幾張石桌石凳，暖澄澄不燠熱的下午，總有老杯杯們叢聚著下棋，皺著眉對弈的兩人身旁是七嘴八舌指導聲不絕的群眾，莫怪叔輩友人杜至偉曰：「觀棋不語好難受，起手無回大傻瓜。」

東河一路北行，經火聖廟旁——此廟主祀火德真君，歷經清時礦工、日本殖民者與國府消防隊的奉祀，至今香火仍盛時不時有台北市長前往主祭——，斜向西北，約是在深紅的仁愛雙星大廈與米黃的仁愛名宮處通過仁愛路，流入忠孝東路216巷飲食激戰區。在雄獅畫班背面，仁愛路四段345巷與345巷4弄的交口處，朝鮮味韓國料理對面的狹擠停車場還十分像河。東河漸漸斜近216巷，於216巷口過忠孝東路，至於比東河還更東側的那片水域，是已極其接近瑠公圳第一幹線的上埤東緣了，大約是今之延吉街70巷5弄與70巷6弄，70巷6弄盡頭的不規則狀街區，其形狀仍與上埤的東北端吻合，那是一片停車場，越過一棟看似新完工還未啟用的紅白洞洞高樓與眾居酒屋，鄰接市民的大道的槽化島種植金露花與蕉科植物，有一扣握著的雙手銅像。當然緊鄰市民大道這一區的河跡，也有可能是瑠公圳第一幹線分出來、向西橫流的中崙派線留下的，我得再一次說，東河，是一條我不確定是否存在的河。

西河的存在則較篤定，它在一九五七年的〈台北市市街圖〉上仍然存在，到了一九七四年的空照圖就完全不見了。它約莫發源自今日信義安和路口，河岸兩座高樓，西側赭紅者是早期豪宅僑福花園廣場，逾三十年的屋齡而外觀如新好教人訝異，並未讓冷氣機或者島民酷愛的鐵窗外推陽台破壞門面；東側黑色玻璃帷幕的是芝麻酒店，或者說，曾經的芝麻酒店，如今惟是頂著滿牆塗鴉的廢棄大樓，外牆因售屋廣告反覆的拆掛而捲起一蓬蓬鐵絲，若黴菌菌絲若雜草叢生，黑色玻璃後隱約可見雜物如山，白絮狀窗簾鬼影子的飄動十分適合愛試膽的學生們，騎樓頂有壁癌白華垂掛下來，一樓圍上印著梵谷〈隆河上的星夜〉大型布幕，做垂垂無力的美化，在破爛褪色的這幅名畫縫隙間，依稀能見碎裂玻璃窗上合作金庫銀行的金綠橫條，透露酒店歇業後曾經一度的用途。

合作金庫銀行與二樓的好樂

信義安和路口，有上埤的西河，有已成廢棄大樓掛滿廣告乃時不時遭北市府勒令撤下的芝麻酒店。

迪KTV撤離這座大樓已約二十年，芝麻酒店歇業更是我出生前幾年之事，已逾三十年，當年興建並經營芝麻酒店的華美建設，如今安在哉？首創國內預售屋制度的華美建設負責人張克東儘管下場淒涼，卻也曾是房產市場的一枝奇芳異草，空軍出身的他，總愛一襲白西裝示人，他在仁愛路上接近圓環的華美大廈，是台灣第一棟預售屋。在一九七〇年代的當時，華美建設此嶄新的銷售手法異軍突起於一般「先建後售」行銷市場，讓其實資本不夠雄厚的華美建設很快就闖出名號來。時至今日，動保人還清楚記得她學生時代的那時候，華美建設幾乎就是豪宅美廈的同義詞。而預售制本還不是太大問題，是張克東進一步，在預售這一概念的基礎上，打出「你買我的，我租你的，五年後統統是你的」的口號向大眾集資，拐小市民花點小錢（可憐的退休金啊！）便可獲得酒店的持分，如此在短時間內獲得大量資金，芝麻酒店就是這樣一股風潮下的產物，此外尚有石門芝麻大酒店與芝麻百貨，標示華美建設王朝的巔峰時期。

後來便又如何了？我與動保人電影人躲在僑福花園廣場的陰影下，遠離危樓模樣的芝麻酒店。咱仨講古，永遠是由我主講，動保人身兼聽眾與記憶史料的提供者，電影人則是乖乖聽猛點頭的好學生。

再來便是王朝的覆滅了，張克東的大眾集資手法畢竟無法長久瞞過股東，酒店複雜的持分引發官司，加以華美建設的預售建案並非個個吸引人，資金逐漸短缺，加以華美建設底子不夠雄厚的體質始終在著，迫華美建設走向倒閉終局，張克東一九八二年潛逃海外，十年後肺癌病逝。芝麻百貨幾經易主，先後改名為興來百貨、中興百貨，如今已歇業，有KTV、茶餐廳、牛排館個別進駐；石門芝麻酒店由員工自治組織苦撐經營，直到二〇〇八年石門水庫抽水站烏龍放水事件，導致飯店被黃泥水淹沒，就此歇業，成為青山綠水間一爿白森森的廢墟；至於眼前的台北芝麻酒店，一九八二年歇業，歷經合作金庫與好樂迪KTV進駐，一把火燒後就是如此模樣迄今。

以三成賤價處置的華美建設最後資產林肯大廈，如今仍安穩坐落敦化南路邊，唯當年創新的十字形外觀變得破敗蒙塵，一樓是婦產科診所，仰看大廈十字形的直角間，成串懸掛的冷氣宛若稻葉間粉紅粉紅的福壽螺卵。過去由四維路上拍攝，可讓才落成的林肯大廈與垂垂老矣的「三蛇」林安泰古厝一塊入鏡，《水城台北》中就有這麼一幀照片。如今，林安泰古厝遙遙北遷至基隆河邊的特一號排水溝入河處，修整後煥然如新於河風中，獨留林肯大廈在此日益衰敗，也許有一日也要走上都更之途。

我們在芝麻酒店周遭走晃一番，瞧瞧其側面砂色外牆尚存的張大千題字，繞到其後側停車場，才知看起來正方厚重的大樓，其實是個兩面朝向大馬路、中空的L形建築。也許是荒廢無人之故，基地台全都選在此樓樓頂設置，密密紮紮如牙籤的天線，看得皆有密集恐懼症的我們頭皮發麻跑人。

河神沉默注看華美王朝終結，緊接著，還有一場極其類似的興衰大戲在祂轄下的河濤上搬演。西河一路流向西北，河道行走在信義路以北、信義路四段一九九巷左右兩側的街巷中。這一段河跡的尋覓，靠著以大加蚋堡古地圖疊合今日市街圖，放眼這一帶實際地面，餐廳、安親班、花藝店、裝潢家具行間，彷彿並無一條河存在過，僅有可能的痕跡，是此河斜向仁愛國中並進入其校園處，緊鄰仁愛國中後側的敦化南路一段295巷30號左右的馬路明顯隆起，帶起仁愛國中線條平直的外牆一道平緩如小橋的起伏，更早一步，相鄰295巷的安和路一段78巷，相對位置的20號門前亦有類似隆起。在我過去的踏查經驗裡，一些經耆老指點明確為河道貫流的巷道皆可見隆起地面，成因於原有橋梁通過，或者填平後的圳道反而高過左右地面。

西河通過仁愛國中西南隅，穿出國中西側外牆，過仁愛路四段122巷，經中山醫院、台新金控大樓地下進入仁愛圓環，出圓環後經復興中小學一帶，於復興南路一段135巷口與中河匯流，此一帶街巷中曾有趣聞，不知哪戶人家為風水之故，於人行道上置放兩顆噸重巨石擋道，前後有十六年之久，不久前才由環保局派人清運走。

號稱亞洲最大、世界第二大僅次於巴黎凱旋門圓環的仁愛圓環，幾經浮沉，老爺大廈、國泰世華大樓、舊遠東百貨、萬代福大樓、環球企業大樓、台新金控大樓、潤泰敦仁繞著圓環坐落，此一系列拔地而起的高樓由陳舊而嶄新，將仁愛圓環的歷史拉得悠長深邃。風水之人信誓旦旦言說，由圓環東南角斜往西北的河，滔滔水流留不住錢財，為坐落河上的建築帶來厄運，另一說，是建築對面的國泰世華大樓，其上寬下窄一圈一圈的環狀外觀如牙關，風水人稱之白虎嘴，咬殺了對面的建築，那建築今是台新金控大樓，過去則是財神酒店，於我而言，後者的印象反倒更鮮明些。

西河貫串起的這兩幢廢棄大樓，芝麻酒店與財神酒店，命運相同，一樣依賴大眾集資手法快速崛起，一樣因建設公司其他建案周轉不靈、挖東牆補西牆挪用飯店資金而倒閉，也一樣因為太複雜的持分而無法改建，黑漆漆的廢棄多年成為都市另類一景。事實上，興建財神酒店的劉成懿，曾任職於華美建設，後自行創業，與張克東亦師徒亦好友亦競爭敵手，其人向大眾集資的手法正是受張克東啟發。與財神酒店相依偎的老爺大廈，潔白外牆滿布圓拱洞洞窗，是圓環最老的建築，即出自張克東手筆，兩棟建築也都由忠烈祠的設計者姚元中負責。

動保人第一次也唯一一次踏入財神酒店，是受當年剛返國投宿彼處的三毛邀約。對彼時之人津津樂道的中庭與透明電梯不太記得，印象深刻的反而是因產權分割之故，只差沒像公寓般各自掛上門牌而為獨立家戶的飯店房間。那年動保人小鬼一名，不及現在的我甚至電影人年長，難免與一干少年友人滿屋子笑語，三毛在一片花枝亂顫間，失神著，思緒似遙在她才經歷了喪夫之痛的加那利群島的天與海間。

財神酒店一九八二年歇業，到一九八九年鴻源機構由三百多名持有人手中逐一取得產權，這不是個容易的活兒，持有人看準鴻源機構亟欲整合飯店產權，定然是漫天開價。如此當鴻源機構成為財神酒店唯一所有人，卻不及整修飯店重新開張，便因其集資方式在當時投資管道有限、遠比今日封閉的社會裡太明目張膽，震動當時黨國政府引來查緝，翌年突然倒閉，好容易由三百人整合為一的財神酒店產權，一夕之間成了十五萬人，鴻源機構的十五萬名債權人！聽眾動保人電影人尖叫出來，默契的同聲慘呼絕望絕望。

我們家險些也是這十五萬債權人之一，鴻源機構以高利率吸引民間游資，短短三年內便得百億元資金，其老鼠會結構時常利用軍中人脈，軍公教的退休金與棺材本往往是首要吸收對象，故當年外公也曾讓退休老友老鼠會成員拉下線過，所幸外公兩袖清風哪來的閒錢，也淡泊名利從不涉足投資，也許過往錯失不少從此發達一飛沖天的時機，可也躲過這場悲慘又幾分荒謬幾分鬧劇的風暴。

十五萬債權人，開會還得借用林口體育館舉行，多次舉行協調會議未果下，財神酒店便如此荒廢著、閒置著十多年。此番我蒐羅財神酒店的資料卻屢屢碰壁，也才驚覺這棟由繁華而廢棄的大樓在台北人的記憶中，已如同耆老的口述般遙遠得無以溯及，明明我記得，在不太久以前，它還那麼黑沉沉的肅立在圓環一角，樓頂一排尖銳鋸齒如下牙，因為是實施容積率以前的建築物，故而胖胖的占滿地基，不似日後受容積率限制的新一代建築會比較瘦高。因鴻源機構當年初步的整修剝除其外牆，導致水泥裸露時不時剝落襲擊下方路人，市民們稱之危樓，稱之都市毒瘤，看似廢墟實則人氣興盛，早年有債權人占領之以示抗議，晚近則是大批海蟑螂霸占不去。

正是財神酒店都市毒瘤的問題如此之大，末了由前後兩朝的台北市政府介入，歷經兩度拍賣流標，最終以近乎底標價格賣出，再經都更波折：市政府反對建商規畫的大坪數豪宅建案，因地處金融區的仁愛圓環似不該興建私人住宅，終是台新銀行於二〇〇二年接手此建案，同年財神酒店拆除，翌年動土興建台新金控大樓，二〇〇六年啟用，結束近三十年紛擾。

今之台新金控大樓，取代財神酒店坐落在仁愛圓環，由貝聿銘建築師事務所設計的這棟建築，強調水滴、書卷、燈籠等等意象，從敦化南路上看它，是手中翻看著的一卷書；在仁愛路安和路上看，是一管直挺挺的煙囱；若打從圓環對面的國泰世華大樓遙望，則好似一張薄紙全無厚度；惟有衛星空照圖能俯瞰其水滴形狀，似有若無的，與通過下方的河流相呼應，大樓的玻璃帷幕映著四時晴雨的天色，便有那二〇一五年九月初的一天，玻璃帷幕上的天空是布滿一粒粒高積雲的「魚鱗天」，那日的魚鱗天太壯觀，整整一下午籠罩著台北市，待傍晚時魚鱗由潔白化作金屬橘紅，更引得市民們持手機拍個不休，動保人與我儘管抬頭讚嘆，也難免無奈今日臉書必然要遭受高積雲打卡照洗版，彷彿一場指定題目攝影大賽。

那年人們講求紓壓、講求療癒，因此大家抬頭看高積雲，低頭塗成人著色本，能靠雲或著色本療癒的煩憂，想必也不真太煩憂吧！若那些年有外星人觀察研究此種族，必定會為此大大的困惑並被誤導。

一九七〇年落成的仁愛圓環，也許不如河神的見多識廣，卻也見證樓起樓塌，有夠多的人在圓環留下行腳足跡。

那年我與「魔獸世界」的公會戰友們網聚，每晚花上數小時鏖戰打上世界排名的我們，理當是熟到不能再熟，見面卻還是頭一遭。我們手機世代，仰仗隨時隨地皆可聯絡（張大春云「世事難料，打手機比較好。」），地點不好好約個確實，哦哦哦，幾點幾分仁愛圓環見是吧？好到時候見面再聊啦！於是一個公會二十幾人散落圓環各處，待約定時間已過方才驚覺慌張尋人，偏又有志一同順向繞走，乃至彼此動如參商的走了數匝圓環也不得相見。我慶幸那晚無人一時起興空拍仁愛圓環，不然肯定要讓那些瞎繞的人頭逗得大樂。

不見面不曉得，平時或威風凜凜或俠骨飄逸，並肩殺敵的戰友們，那些戰士法師牧師盜賊獵人薩滿術士聖騎士德魯伊死亡騎士，全是歪瓜裂棗的國高中生大學生、中小學老師、早婚生子中輟的小女生、家裡蹲待業等兵單的宅男（我自行歸類進這一組）……經過「原來你長這個樣子！」的新奇見面，經過一頓燒烤吃到飽的海吃海喝，散夥之際，戰友們吆喝著要我「開門」。哦，是了，每晚打完副本，分配好擊殺 BOSS 掉出來的裝備，總是由法師我開一道傳送門，送大夥兒回城鎮安歇。

此些年，圓環的新生是四棵加羅林魚木，不知何時悄悄栽種於圓環外側四處分隔島上的四棵小魚木，全是溫州街台電工程處那株大魚木的子嗣。加羅林魚木在島上屬稀有樹種，北台灣更是罕見，一度謠傳台北的加羅林魚木僅僅三棵，是沒有稀少到那種地步，實則卻也不超過二十棵。花友們形容魚木花形如蝴蝶、開起來像炸彈，是此花花瓣下黃上白、舒綻如蝶翼，花蕊抽長如蝶鬚；魚木一旦開花，是在一夜之間將花開滿在枝頭，於是那些黃黃白白的蝶們，長鬚細挺，在一樹油綠軟塌的葉片上棲得滿滿的。與浮水蓮花穴的藤花架一般，都是萬般風情卻不為人注目。

我依然拜訪仁愛圓環不輟，閑散個幾圈，腳下上埤西河，頭頂鮮明標示歷史不輸古蹟的高樓大廈們，回憶圓環兜圈子的笨往事，那些曾朝夕相處的戰友們，如今也離我好遠好遠了。至於年年陽春四月間，則必然一探如蝶怒放的加羅林魚木。

安和路／頂好河

上埤如鳥爪，身為趾爪之一的中河匯集三條支流而成，也是一隻鳥爪，這三條河是舒國治命名的安和路／頂好河、我仿照名之的成功國宅河與六張犁公墓河，我且盡可能詳述之。

安和路／頂好河是台北市現存數一數二明晰的河跡，即舒國治在《水城台北》〈水城台北之河跡〉一篇記敘的「今日的安和路，自南端（和平東路口）起，應當即有一條河，但即使四十年前，亦不甚明顯寬闊，此河之上游想必來自南邊六張犁的山麓。在立人小學前才比較有河的形狀了，便斜向東北而行，約在今安和路二段59巷東走，微斜，在通化街36號之1（如今的『美體小舖』）穿出。是為一橋。或許仍有人記得通化街上的這座橋。十多年前『趙時機擔仔麵』（通化街34號）夜晚生意興隆，演員陳松勇時常坐在矮凳上吃消夜；奇怪我有一種印象，他身旁不遠處便是那座洗石子的橋。若此印象屬實，那這座橋才拆了不過十幾年嗎？這條河往東北穿過通化街，走在通化街19巷6弄的東緣，便這麼曲曲折折在這些背巷中流竄，終於從文昌街280巷穿出，在『信義路八號橋』下流過（文昌街即早年的信義路）。

再北穿信義路，便立然西北斜行，在信義路四段315號背後（即老『太和殿』與新『太和殿』之間）通過，繼續斜穿過信義路四段265巷（即通化街之北面延伸），入7-ELEVEn旁的265巷12弄，再沿安和路一段127巷29弄，出至安和路大路上，西北行，穿仁愛路，在『誠品』與『勝利大廈』（不久前才拆）之間再穿敦化南路（今有安全島隔斷），在右有『安樂』、『龍門』，左有『一品』、『愛群』等大廈中穿過，穿忠孝東路經『頂好』，西北穿復興南路，再西行。」

安和路／頂好河是我尋覓的第一條河，是我初入此行的第一道練習題。當然這條河應當不自安和路和平東路口發源，它還能往更南延伸至和平東路二段70巷，甚至跨過了基隆路，嘉興街403巷應是它更上游處，短窄一條不過十公尺左右的嘉興街403巷，比鄰傳統市場與全聯福利中心，採購叫賣之聲卻彷彿相隔甚遠。巷道一側是暗紅鐵皮圍籬，圈起小小一片野地，在那些高出圍籬的構樹、木瓜與朱槿的樹梢，矗立著連棟黃色外牆的五層樓老舊公寓，然而撥開由鐵皮鏽蝕孔洞探頭的雀榕，向內窺望，依稀能見荒煙蔓草下尚且流著一條小河，這條河未免清淺，不經細察，太容易就給當成雨天樹底的積水忽略過去，此濫觴之水，有大半個台北東區尚待它流貫。

而我仍決定按圖索驥，捧著《水城台北》，由和平東路安和路口找起，順水流北走。安和路是我頂喜歡的一條台北道路，不寬不窄的規模中等，三排枝幹赭紅的茄苳樹頂著鬱綠樹蔭，路兩側餐廳與酒窖、服飾店與寢具行，消費不俗，然店面節制不浮誇。綜觀河左右岸，左岸因鄰近敦化南路而坐落較多巨偉高樓如遠企中心，河右岸的住宅大樓雖非庶民之流，虧得老一代的樓房多不高，即便豪宅亦鮮少高過十層，不會給予路面太多壓迫感。這樣的安和路儘管瀰漫濃厚中產氛圍，卻閒適悠然，有種慢吞吞讓人放緩步伐的寧靜。

安和路二段171巷口，卡奈基餐廳處，河流略有轉折，成功國宅河在此處匯入。此河苦惱我已久，即便下筆寫作的此刻，我仍不確定要將它歸入哪一個河流或埤塘的水系中。成功國宅河源自台大校園內，十分接近大安支線與霧裡薛圳水系，台灣堡圖中，它的源頭為九汴頭，同於那三條霧裡薛支線，可在稍晚的美軍地圖與空照圖內，它顯然自大安支線分出。當然，人工水圳是說改道就改道的，推測成功國宅河修築時間較大安支線為早（一九〇四年的台灣堡圖中已有成功國宅河存在，卻仍不見大安支線蹤跡），當大安支線築成，攔截成功國宅河來自九汴頭的源頭，便教此河改道與大安支線同源。無論如何，當成功國宅河北流離開台大校園，曾與第一霧裡薛支線、大安支線平行好一段路，是這三條河走最東側者，它斜穿過和平東路二段118巷、在聖約翰幼稚園南邊一點處過復興南路二段。

聖約翰幼稚園，我險些成為校友之地，五歲那年我原本就讀的小蜜蜂幼稚園（位在辛亥路三段157巷，瑠公圳之上）突歇業，動保人拎了我滿街尋覓新落

上埤上游，短窄一條不過十公尺左右的嘉興街403巷，巷道一側是暗紅鐵皮圍籬，圍籬後的荒煙蔓草下尚且流著一條小河，這條河未免清淺，不經細察，太容易就給當成雨天樹底的積水忽略過去，此濫觴之水，有大半個台北東區尚待它流貫。

腳處，亞斯伯格兒童完全無法忍受如此濾改，編了首爛歌詆毀包括聖約翰、小漢家在內的所有幼稚園：「小漢家小漢家，小朋友都穿白衣服，還有個孫主任，常常發神經，因為有次感冒四十度，大頭燒壞了……。」我曾問動保人，在我們一家子最窘迫的那些年，何以要花上大筆學費讓我既不快樂也不甘願的去讀並非義務教育的幼稚園？動保人快快答以，這樣你才不會完全不社會化只把貓狗當朋友，我尚不及回望滿屋子二十幾隻的貓、掏出手機展示僅有「家、動保人、電影人、編劇、侯導」的通訊錄，動保人迅即改口，這樣你才不會打擾公公寫東西。是了，這理由我無以反駁，外公自述家族史的未完之作《華太平家傳》，也許當真因我打擾少了十幾萬字吧？但也讓他的晚年在生活和感情上無與倫比的豐潤，動保人如是說。

回到河上，成功國宅河沿著台北教育大學外牆過了和平東路二段，走和平東路二段265巷，向西轉入復興南路二段151巷、四維路170巷，過敦化南路，匯入安和路／頂好河。當它由和平東路二段265巷轉進復興南路二段151巷時，河不似馬路走的是直角，於是在兩條路的交角內走了個圓弧，此圓弧時至今日仍可見，約莫就在過去的成功新村如今的成功國宅西北角，國宅停車場偏隅，那排以舊式理髮廳為首、底部圍著一圈矮房的老公寓，旁側茄苳樹蔭下的彎曲水泥步道應當是河，步道入口處蓋著厚實鐵板，鐵板下彷彿是深邃坑洞。步道旁插著各色酒瓶破片

右／成功國宅西北角，國宅停車場偏隅，那排以舊式理髮廳為首、底部圍著一圈矮房的老公寓，旁側茄苳樹蔭下的彎曲水泥步道是上埤體系的支流。

左／接續國宅停車場的成功國宅河，由西南弧向東北的河道，末了在阿不拉肉圓與敦南富星之間流過。

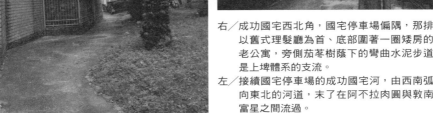

的牆頭尤其矮得驚人，甚至不及人高，是因填平圳道時順便填高了地勢，才讓這段牆顯得這麼矮吧？我目不敢斜視，唯恐稍一抬頭便張望進院落人家裡。

這一西南弧向東北的河道，末了在阿不拉肉圓與敦南富星之間流過，流入復興南路二段151巷，有這條河繞在西、北兩面的成功國宅，曾是陸軍總部眷村，由孫立人將軍於民國四十年建立，民國七十年代改建為今日的國宅模樣，有四區三十八棟四千戶一萬餘居民的成功國宅是個龐大社區，家戶密集的連棟砂色高樓環繞寬廣中庭，中庭的天空橫亙數道連結兩側大樓的粉色天橋，那片天空中並矗立有遠企中心，雙子星大樓圓弧的玻璃帷幕映著遠方夕照，金屬色澤煥然，與成功國宅僅僅隔著一區低矮鐵皮屋與一條敦化南路，卻極其遙遠彷彿另一個時空。

我將視線收回國宅中庭，中庭一圈圈綠樹擁擠的園圃，立起圓滾滾一黃一白兩色的路燈，木桌長椅張舉歐式陽傘，水池應是風水之故砌成八角形，國宅活動中心穿堂涼涼的陰影下是練羽毛球的中學生。圍繞中庭的國宅一樓店面，有早餐店有郵局有超市有補習班甚至生技公司，種種生活機能不缺外，尚有外勞人力仲介直接設辦公室在此，其原因，傍晚時分走過國宅中庭便知。

那真是壯觀景象，我同動保人欲抄捷徑卻逛入成功國宅的那個晴而熱的傍晚，大過籃球場的中庭讓推著老人放風的外籍看護工占得滿滿，一名看護工、一架輪椅、一位老人家的組合，繞著八角水池密密紮紮。同樣景象亦可見諸大安森林公園與忠孝復興地下街，惟規模皆不及此，也許成功國宅繼承自眷村的人口結構使之提早步向暮年，然而只怕這幅黃昏圖像，將是未來十年二十年最尋常的道途風景。鄰近的全聯福利中心，便是與捷運科技大樓站共構大樓地下室的那一間，其電扶梯龜速奇慢無比堪稱全台北僅有，應也是考慮到來自成功國宅的大量老年客源。

那日復一日的放風時間，我們說，應當是看護工女孩們的放風，惟有此刻，她們是生命力盎然的，與同鄉聊上幾句、略抒鄉愁，我想這就是她們每天最期盼的短短時光。我們隨興立足中庭，入耳的笑語鶯鶯燕燕，竟無一句聽得懂。那些外籍看護工，不再是早年清一色的「瑪麗亞」，眼下反倒以包著頭巾的印尼女孩為多，可憐這些女孩，在國內對伊斯蘭教普遍敵意（「反正伊斯蘭教就是恐怖分子！」）或全然不解（「你們要吃豬肉才有力氣工作啊！」）的氛圍下，對於自身信仰，她們必須遮遮掩掩，唯恐他人問及。

與我們家有數日之緣的看護工女孩莉莉，是印尼的碩士生，會在臉書上分享她收藏的美麗頭巾，動保人問及「莉莉你是個穆斯林」時，她是極度驚恐的，當動保人連忙以「我女兒也是個穆斯林」安撫之，她簡直訝異透頂，彷彿伊斯蘭教與穆斯林，不應存在這個她必須活其中並謀生的社會，當動保人秀了秀那句我教她的「As-Salāmu ʿAlaykum」（全世界通用的穆斯林問候語），她迷離的眼睛如夢似幻。

相較看護工女孩們花枝亂顫，時不時笑得前仰後合，老人家們神色木然，一尊尊如偶陷坐輪椅中，一張張毫無表情、亦對周遭動靜之物全無反應的臉孔，看著竟是一模一樣，甚而分辨不出那是一張老杯杯還是老太太的臉，即便不是隆冬深寒，那些臉孔也時常埋蓋在肥厚的毛線帽與一圈圈圍巾之中。到底每天收風時，聊得忘情的看護工會不會推錯了老人家回去啊？我有感而發這麼問，動保人認真尋思答以，說不準真的有推錯過，反正隔日放風再推出來換就好了，也許、應該、八成不會有任何人包括家屬察覺吧？

那一片片木然、非常相似的臉孔，是否還記得昔日流過眷村外的河流？我鎮日在外踏查，秉持著亞斯伯格人絕不找人攀談的原則，自願放棄田野調查中十分方便的耆老這一線索，唯有的例外便是在此，成功國宅，那是個與中庭輪椅群年歲相仿、然而硬朗還能健步如飛的老杯杯，對我又拍門牌又研究路面的疑似抓耙仔行徑十分戒備，待我搪塞以「我在寫暑假作業啦」（說完方才想起此間不過五月中而已），杯杯才放了心的閒聊起來，我抓緊機會問杯杯水圳，杯杯顯然不知水圳是哪兩字；我問河流，杯杯冒出滿頭問號；到末了，我無奈問之，杯杯啊，以前這有沒有過一條水溝？

是了，水溝，杯杯抓住關鍵字的侃侃談起，告訴我他記憶中的水溝在哪裡、長啥樣子，那條眷村外圍的水溝不寬不窄，恰好是成年人能提起小孩的手跳過去的寬度。水溝位置呢？杯杯記不真確也說不清楚了，惟遙指北邊大安路一帶，我姑且相信「和平東路二段265巷／復興南路二段151巷／四維路170巷」這一推論是正確的，跟著這串相連的巷道離開成功國宅，暗自希望跟隨的是一條河而非旱路。

這是我與耆老們談話的共同經驗，他們目睹過這條河而不知其名，只當它是水溝；我如何鑽研水圳知識，卻總是在腦內空轉著，無緣親睹河神真實面貌，我與耆老們的經驗恰是交錯而過的。成功國宅的這些老居民們，日日目睹這條水溝，拽著小孩在溝上跳過來躍過去，不會想到有一天，這條水溝就此不見、給填埋起來，於他們而言，也許是代表了他們的生活變得更好更便利，更現代化更文明了些，故此，他們不會想要記住這條水溝、記住河神的面貌，現下反倒是找河的人百般盤問他們，想辦法要從他們模糊的記憶邊角挖掘出那條河來。

我隨成功國宅河走四維路170巷，接近敦化南路時，河流微微南偏至平行的四維路176

巷，以此過敦化南路。我提防分隔島上的台灣欒樹當頭撒下大把大把鮮紅飽滿似枸杞的紅姬緣椿象，此些小蟲成團落了滿地，迫得我當自己是不踐生草、不履生蟲的麒麟，踮起腳尖一一繞過。由兩河匯流的安和路二段171巷口回到安和路／頂好河上，過樂利路口不遠便是立人中小學，或許是有了成功國宅河的水源，這條河「在立人小學前才比較有河的形狀了」，它流過艋舺熱海海鮮店、流過臨江街口的夜市路標、流過那棟拉皮拉了好久的大樓，當它離開安和路，原本斜行的安和路頓時轉直而去。

河流轉向東走的安和路二段59巷口，叢聚了一夥在中產氛圍的安和路上分外醒目的鐵皮屋，它們圍繞著大榕樹錯落，庇蔭在樹下。在我踏查的經驗中，此等在高樓林立間忽地塌陷下去的鐵皮屋，幾乎無一例外的是河，也無一例外的只會是小吃店或美甲鋪。安和路／頂好河約莫斜在59巷以北幾步之遙的距離，直至穿出通化街上。河岸邊尚且有些黑瓦的老房子，藏身在亂糟糟的老社區裡，唯有鄰屋拆除時會不經意讓它們現身。

此一帶街區與〈水城台北之河跡〉描述的二〇〇五年時風貌，又稍變遷了。那座曾經的洗石子橋周遭，陳松勇坐著吃消夜的34號趙時機擔仔麵今是王子牛排，美體小舖略略南移至40號，36號之1現為黛安芬內衣店（我們戲稱的「饅頭店」），土地空置著由一道鐵門攔住的36號之2該就是河流穿出街區過通化街之處了，一旁木造矮房渾然的水上人家，風化的木條烏黑如煙燻，賣好吃羊肉、賣檳榔、賣芒果冰雪花冰、賣雙胞胎炸甜甜圈的項目琳琅。東北斜過通化街的河，一頭扎進屈臣氏旁的樓房間杳無蹤跡，「走在通化街19巷6弄的東緣，便這麼曲曲折折在這些背巷中流竄」，我試圖把這段敘述更深入細究些。這條河即便流在二丁掛破損水泥牆斑駁皆有年歲的老住宅區間，仍留下幾處河跡，一是通化街19巷6弄的直角轉彎處，約是屈臣氏與通化福德宮背側，幾棟樓房間的空隙異常的斜而寬；再來便是，19巷6弄最東側是棟被斜斜後巷削成不規則地基的房子，那條該是河流的後巷化作遮著一襲破雨棚的私人停車位，出至通化街39巷49弄的路面，經三聖宮側面，接上短短一條亦如後巷卻仍有門牌編碼的文昌街278巷2弄，末了，來到信義路八號橋下。

此處，六張犁公墓河由東匯入，兩河便是在橋下成一河。兩條河匯流前，東西分別刻畫出形如一粒瓜籽的土地，是民國五十三年時的通化新村，今日的夜市商圈，通化街貫穿其中，此地亦名坡心，過去應有埤塘存在。

在光復後的市街圖上，南來的六張犁公墓河已是一條遠比不上西側河流的涓涓細流，然它源遠流長是上埤的真正源頭，來自崇德街山中的公墓區，源頭處近慈恩園生命紀念館，此後約莫沿和平東路三段631巷、和平東路三段627巷、和平東路三段575巷、和平東路三段531巷、和平東路三段509巷這一系列的山間小徑（鄰近的和平東路三段632巷臥龍新村處尚有一小段明渠，或為支流）下得山來，經文湖線麟光站對面的黎忠公園，如今是一段不算短、銜接和平東路三段509巷與崇德街146巷的無名巷弄。河右岸是長而窄的綠地，樟樹、馬拉巴栗與欖仁樹濃綠凶猛的直欺路面，綠地後方見山，有著蔣渭水墓的山頭；河左岸老舊公寓，門牌編碼皆從與它垂直的數條巷弄如和平東路三段391巷20弄與8弄……此河西北行，接上崇德街146巷，在與崇德街交會處匯入一條已經不剩丁點痕跡的河流，發源於和平東路另一側，富陽生態公園一帶的山麓，留下還算不上公園的三角畸零地黎平綠地，與三兩扁房子。河流在崇德街157巷口讓山壁壓迫，不得不繞了個圓弧，以至今日細細窄窄藏身民宅群後方的157巷仍是如此歪扭形狀。

無論崇德街、崇德街146巷或157巷，尚且存留許多紅磚老房，有人居住、仍使用著的這些老房不會招來膽小畏人卻又成群譁動的宮崎駿小黑煤球，不顯破敗惟是衰頹而已，然而在我踏查的當兒，這些老房子正一一趕工拆除中，157巷與崇德街口處處工程圍籬得一一繞過，被拆後的老房子，往往會在鄰屋外牆留下鮮明的屋脊痕跡，甚而會有一層紅磚外皮與附生薜荔沾黏其上，看著好生觸目，彷彿命案現場那一圈標示陳屍的白線，又好似日本《孤獨死》攝影集中，老人們的屍水在榻榻米留下各式各樣人形汙漬，那真是老房子的孤獨死啊！

157巷盡頭，河流離開姑婆芋蓁莽的山壁，走157巷22弄，過信安街，與瑠公圳第一幹線交岔而過。早些時候，我對水道與水道的交岔十分好奇，不明白水要如何通過水而不交融，此一困惑在拜讀過洪致文的部落格方得解答，在灌排分離的原則之下，灌溉的水圳會走在排水的大排之上通過，以信安街的這個河道交岔為例，灌溉的瑠公圳應會走在排水的上埤支流之上，兩者相安無事通過彼此，瑠公圳續往東北邊的陸軍保養廠舊址去，六張犁公墓河往西北走了一小段巷道，這段約莫十來公尺的巷道很有意思，它與西南—東北斜行的嘉興街垂直，然而在街道命名上屬嘉興街，而非嘉興街幾巷幾弄。這一短短的嘉興街口有半圈不及人高的水泥牆，太像了，以致我非常篤定當我繞過這圈水泥牆，必定是河。

結果當然沒有河，有的是個貼滿瓷磚的迷你院落，六張犁公墓河走完短嘉興街，轉入長嘉興街與之並行一小段，在信義區清潔隊六張犁分隊資源回收場北側左轉西北，隨即再次轉向東北，由眾高樓間一低矮下去的美甲鋪穿出，入嘉興街216巷16弄與基隆路平行，經仁康醫院，過嘉興街175巷。在175巷路邊、約莫就是河岸處，有一段腳踝高、不算短的水泥基座痕跡，是昔日橋跡嗎？

六張犁公墓河於175巷口的7-ELEVEn後方斜過基隆路，匯流一條我稱為市調處河的小支流。顧名思義由法務部台北市調查處而來的這條小河，經喬治商職背後，平行通化街183巷22弄、通化街175巷10弄，流過臨江公園西側，臨江公園三邊工整、唯獨西側徐徐波浪狀的奇特形狀或許由此而來。市調處河由畫著卡通虎鯨圖案的惠真幼兒園旁進入建築叢，於馥臨港式火鍋店後方的地下停車場入六張犁公墓河。

六張犁公墓河由龍涎居與大德蔘藥行間的那爿矮店鋪入臨江夜市，過窄窄的臨江街，打紫牛牛排、利達鞋店間的窄巷穿出，在此又匯入一條支流，此支流上游是吳興街106巷，與瑠公圳水系的小給水路相銜，它向西偏南來到三興國小前，與瑠公圳第一幹線交會，瑠公圳的第三排水門即在此交會點上。它過臨江街福景宮側面，流入六張犁公墓河，匯流後的河走在通化街39巷62弄與光復南路692巷之間的住宅區，又是成片鐵皮屋，末了，在通過光復南路676巷之後，露出頭來了。

我是在二〇一五年五月十六日發現這條河的。

我早先踏查過的河跡，多多少少皆賴前人指引，如信義路八號橋、如羅斯福路邊的霧裡薛圳、如溫州街53巷的第二霧裡薛支線，只有這一段六張犁公墓河，真是驀然回首，見它就在燈火闌珊處——就在兩棟公寓夾縫處。

先是光復南路676巷10弄的深院，院中樟樹有著巨型黃金葛繞生，乍看彷彿一樹生著深碧淺綠大小懸殊的兩種葉片，外水泥內紅磚的兩重院牆外，依稀可聞潺潺水聲，我十分肯定河就在那院落裡，想方設法由四面八方逼近它。院落旁的676巷10弄7號，也是棟地基受限河道而歪斜的公寓，我思索著按門鈴央請屋主讓我爬上屋頂一窺河道而不被報警處理的可能性。繞至通化街39巷61弄上7號之3的院落前門，依稀看得出院中的是棟已然半毀圮的日式老屋，磚石壓著塑膠布覆蓋的屋頂露出幾方日式黑瓦來。由此方向也告接近失敗，我繞回與河垂直的光復南路676巷，先研究了一番上游側兩棟房屋間覆蓋雨棚堆置雜物的後巷，憑踏查經驗判斷了一番這必是河道云云，回首一望下游側，河就在那裡。

那兩棟公寓，左邊的676巷16號是舉目最簇新的一棟高樓，右側的14號則是無滋無味的老公寓，流過其間的河流，河水看似清澈卻仍腐臭撲鼻，也難怪16號高樓要築起半圈木牆嫌惡的將其阻隔在外，淺淺河底灰白的絲絮隨水浮動，紅蟲在絲絮間蠕動鑽爬，即便髒汙，砌著紅磚長有鐵線蕨的河岸仍深具質感。我不免熱淚盈眶，探身河道上持手機猛拍一通，險些手滑要送給上埤河神第二支手機——這段故事我稍後提及。

光復南路676巷房屋狹縫中的小河，河水清澈但河底髒汙，有一點點水溝味，此河極可能是上埤最源遠流長的主流。

於是六張犁公墓河過了這片院落，走文昌街280巷與安和路／頂好河匯流，到信義路八號橋下又露出頭來。首次尋覓信義路八號橋，稍一不慎便錯過了。文昌街280巷口的這座橋，橋的一邊已加蓋為停車場，兩排低矮的橋欄重漆上磚紅色（不算太老的老照片中，這座橋的橋欄橋柱皆是灰撲撲的石子原色），擺放花草植栽，高高懸掛粉色調彩旗，看著雅致頗有幾分歐風，更像是橫越過瑞士琉森湖面或法國安錫運河上的小橋，不小心很可能會將之看作路邊裝飾的扶手。我端著手機看估狗地圖定位，十分肯定自己該要找到橋了，卻是在橋上傻走了幾遭才算看到橋（橋下河神是否忍不住要高呼：「我在這兒哪！」），是我剛剛踏入水圳這一行犯過的幾件傻事之一。

這座橋透露信義路發展史。信義路是清領時已存在的田間小路，在日據時代的都市計畫中拓寬拉直，名為三張犁道路，也因通往三張犁靶場而稱陸軍路。文昌街便是早年的信義路四段，直到民國五十九年打通敦化南路以東的現今信義路路段，才改稱舊信義路為文昌街，故文昌街上的這座老橋，仍稱為信義路八號橋。

以現在道路的標準來看文昌街，委實覺得舊信義路窄得小得不可思議，老一輩居民包括舒國治，對舊信義路最深的印象便是那來來去去的二十路公車。如今的文昌街是著名家具街，第一間家具行久大家具成立於民國五十三年，此後始終是五間家具行左右的小小規模，直至民國八〇年代興建大安森林公園拆除該地眷村與違建群落，導致周遭家具業者大舉遷入文昌街，群聚效應加以市政府有意推展，於是形成今日家具街規模。若趁車來車往空隙，立足文昌街街心舉目上看，不難見色彩鮮雜頗欠質感的家具行招牌之上，那些懸掛冷氣機、紫鴨跖草如垂簾的二樓陽台，都還是民國五〇年代初期的樣式，雖不若迪化街那些依然保有〈南街殷賑〉圖古趣的紅磚老房，卻也都是很老很老的房子。

匯流三道支流的安和路／頂好河，打信義路八號橋下出發，卻是才流過一小段距離便鑽進箱涵，沒入大葉雀榕枝葉掩映處的隧道中，箱涵上方則是華固的都更辦事處，內縮進停車場一座正面圓弧形的扁扁四層樓房。這段河道的水質大致如同先前在光復南路 676 巷的院落中，清澈卻也漂著灰白絲縷，散發悶悶臭味，我好奇這條河仍保有自然水源或者已全然是家戶排汙之用，多次在颱風天死抓著被吹開花要搏扶搖而去的傘走訪信義路八號橋，如此踏查得出的結果極有可能是後者，無論晴雨，颱風天或者連日大旱，河水總是沒多沒少的就腳踝那麼深。

安和路／頂好河過信義路，由東北向驟轉西北向，由新舊太和殿麻辣火鍋店之間通過，這段巷道是個往內幾步便封起的死巷子，巷尾是一小堵圈著瓜藤瓜葉的紅磚牆，與簇生酒瓶椰子桂樹與大花咸豐草的迷你畸零地，想要回到河上，還得呼吸著麻辣鍋的辛芳，左轉走上一小段路，由信豐利大樓旁的信義路四段 305 巷切入，斜而寬少有車行的 305 巷更像兩排樓房間的停車場，河流在 305 巷尾切過樓房間，穿越與通化街實為一脈的信義路四段 265 巷，入信義路四段 265 巷 12 弄。265 巷 12 弄旁的敦安公園是典型的河邊三角公園，然而這段河道，更精確的說，應是走在 265 巷 12 弄一側的兩排樓房間，即由 7-ELEVEn 與哈肯小鋪麵包店之間的後巷進入，這段後巷在仁愛路四段 300 巷穿出，銜接上安和路一段 127 巷 29 弄，在那個後巷穿出的三岔路口，路邊尚有一截極其古舊的水泥墩，形似頸部日益風化的野柳女王頭，粗礫的表面苔綠斑斑，並仍留有欄杆穿過的圓孔。動保人篤定這是當年橋柱，我秉持向來的謹慎保

右／文昌街 280 巷口的信義路八號橋，兩排低矮的橋欄重漆上磚紅色，放花草植栽，高高懸掛粉色調彩旗，看著雅致頗有幾分歐風，更像是橫越過瑞士琉森湖面或法國安錫運河上的小橋。

左／信義路八號橋下的河，流過一小段距離便鑽進箱涵，沒入大葉雀榕枝葉掩映處的隧道中。

守不與她打賭，但也想不出此女王頭還能有他用。

河流走安和路一段127巷29弄，大約是道路左側一排安親班英語班的位置，過LALOS麵包店和店外大榕樹，流入與安和路平行的仁愛路四段222巷，在那裡，我又一次吸了吸麻辣鍋香氣，這次是來自仁愛路口河右岸的滿堂紅火鍋店，跟著河過仁愛路走安和路，一旦河流回到路上，安和路再度轉斜，斜斜的安和路敦化南路口，左右岸矗立著敦南誠品與元大栢悅，舒國治文中提及二〇〇五年剛拆不久的勝利大廈就是那座元大栢悅，在敦化南路一帶的上埤流域行走，難能不去注意樟樹綠海之上的這座玻璃帷幕的白色高樓。

安和路／頂好河邊五座最早的電梯大廈，河畔的勝利、幸福、安樂，與稍遠處相依偎的敦化、共和，《水城台北》中有一幀自復旦橋（今敦化市民大道口）向南拍攝，平曠無樹的敦化南路周遭，突兀矗立著的就是當年仍簇新的這五座高樓，它們是台北市最早的一批豪宅，太早了，以致用今日的豪宅標準看待，著實簡樸得不可思議，我帶電影人一一走過幸福、安樂、敦化、共和四廈，告訴她這是台北市最早的豪宅，八年級生電影人打死不相信。

率先離去的勝利大廈，坐落在獨立街區，一面朝向敦化南路，兩面接小巷，自有鬧中取靜之感。勝利大廈於九二一、三三一兩場巨震後成了危樓，由市政府強制拆除，也不知是幸或不幸，因此加速都更成功的勝利大廈如今是「元大栢悅」，台北市最炙手可熱的豪宅。

剩下的四座電梯大廈，幸福大廈位在敦南誠品大樓後方，大樓正中青綠寬闊的鼻梁（應是樓梯間）相當好認；方正矮胖的敦化大廈、外觀保存最為良好的紅白色共和大廈相偕藏身在忠孝東路與敦化南路交口的街區內；安樂大廈矗立敦化南路邊，右側倚著安和路／頂好河，是眾大廈之中最易親近者，也是我接觸最深的。安樂大廈二樓的Lavazza咖啡館是我的工作間，本書半數文字在此寫就，半數在第二霧裡薛支線邊的永康街2號咖啡館完成。今之安樂大廈，外牆斑駁著日久經年的冷氣水汙漬，琳琅掛滿各色招牌與成串冷氣機，家家戶戶陽台外推加蓋，二樓那一道游泳圈環腰似的Lavazza咖啡館與港式茶樓，更是無中生有。很難想像建成之初的安樂大廈，外表素淨整潔，環以白漆高雅的鐵柵，有庭園樹木，有上埤河道依偎著流過。即便矗立在東區精華地帶，安樂大廈已是掩不去的破敗，震毀了勝利大廈的三三一地震，據說也使安樂大廈樓板傾斜，也許幾年間，安樂大廈亦將隨著都市更新而去，成為台北市又一往昔記憶。

長年以來，我們一家三口以咖啡館為工作間、日日不輟的寫作習慣早就不是祕密了，這在外人看來好風雅好貴族的生活出自萬般不得已。試想，三個大人擠在十二坪大小的頂樓（當年蓋起頂樓的年輕夫妻沒料到腳邊的小娃竟是如此生長飛速），頂樓考量通風的結果既西曬也東曬，沒有一張書桌，而較寬敞蔭涼的一樓，則有成打的貓族飛逐、人血永遠餵不飽的跳蚤飛蚊、一下午不間斷的掛號快遞、年老失智以滋擾人為職志的外婆……

能怎麼辦？我們只能日日蹲咖啡館，花錢買一份早餐或一杯咖啡，也是買一早上的工作桌，故而非得在這一個早上或多或少擠出點成績「回本」，當天沒有成績，回不了本，便鎮日心惶惶無所依托……

二〇一四年底，安樂大廈面對的敦化南路安全島，時不時有喜鵲收起翅膀彷彿人反剪雙手漫步（鳥兒真的不愛飛！）的樟樹綠蔭下，插滿披頭四展的旗幟，旗幟上的黑白照片，那四個笑得好燦然的男孩子比我比電影人都還更年輕，難想像其中兩人早已離世，另二人年逾古稀如珍貴子遺生物。早已朝聖過該展覽的電影人與我，竊竊私語商量著如何趁月黑風高之時偷拔個一兩支旗回去，同時出了個「說說看誰是誰」的隨堂考給動保人，動保人辨認四人永遠是消去法，去掉小眼睛方下巴約翰、去掉娃娃臉保羅、去掉大鼻子林哥，剩下正常人長相的就是喬治了。

我們立下「總有一天帶你們回家」的悲願，貪饞的再望旗子上的披頭們一眼，走安樂大廈旁的龍門廣場，這段曾經的河道右是安樂、龍門大廈，左有一品、愛群等廈，聳立兩岸若瞿塘峽夔門，如今是整理得十分光潔的市民休閒空間，有東區地下街出入口，有YouBike租借站，有圓環形層層石階供人憩坐。與龍門廣場相隔一條忠孝東路的頂好廣場也是差不多配置，惟木蓮樹更密集些，有一兼具時鐘與噴泉的公共藝術「平安鐘」，故也稱平安鐘廣場。在上埤的湖泊年代，這裡是成片寬廣水域，與頂好廣場相隔一條大安路的瑠公公園則接近那個湖中浮島的位置，許多找河同好皆對瑠公公園此一名稱頗有微詞，主張應當正名為「上埤公園」。公園角落那類似抽水設備的圓筒狀公共設施，從花卉博覽會期間開始流行的植生牆覆蓋其上，天氣熱，植生牆欠妥善照顧而焦黃一片。

龍門廣場、頂好廣場、瑠公公園與SOGO忠孝館後方種滿阿勃勒的長條綠地，這一段河道作為公共空間，反而得以完整保留下河的形狀，度過復興南路後，成為橫跨復興南路與建國南路間的狹長型公園瑠公圳公園，又一個該叫做上埤公園的所在。

瑠公圳公園是上埤西端水道的遺址，這一水道通向遙遙遠方的雙連埤水系，新生南北路的特一號排水溝築成後則匯入其中。此段水道要與瑠公圳沾上邊，約莫便是通過公園東段的安東街，安東街以北有舒蘭街，南接瑞安街，是一完整的水路，即來自溫州街九汴頭的第一霧裡薛支線，因被整併入瑠公圳系統而勉強能算得瑠公圳的水路之一。

瑠公圳公園幅度廣，每一段自有風格。由復興南路綠樹森森的公園口踏入，經一系列質感欠佳的仿古涼亭與菇蕈狀水泥小涼亭來到安東街口，福佑宮旁四條巷道交會的寬闊路口常年鋪張著蔬果攤，由其中的安東街35巷往內走不到幾步，左手邊可見應是日據時代遺留至今的紅磚古厝。過了安東街後的瑠公圳公園成為一大片榔榆樹林，榔榆枝葉細密，灰白橙紅呈雲紋相雜的樹皮美得像畫，樹下鋪著步道。忠孝東路三段 237 巷以西的瑠公圳公園則是龍眼樹包圍的大批遊樂設施，仲夏的龍眼成串結實，遠遠便能見綠樹上這一球球幾乎成塊的黃褐色，看得超愛龍眼的電影人發饞。

說起我的台北市水圳地圖，本就隱藏著另一幅摘果地圖，這幅摘果地圖中包含有西印度櫻桃、楊梅、藍莓、無花果、咖啡、枇杷、桑葚等等，散布台北市各角落，我們趁踏查水圳之便，度量著季節一路採收過去。

不過高踞樹頭的龍眼自然是只能遠觀了，龍眼樹林過了忠孝東路三段 217 巷後是第倫桃樹林與九重葛花架，第倫桃葉脈如鋸齒如三宅一生褶縐的大葉子美則美矣，步行樹下卻要分外小心，畢竟誰都不想給包著厚厚萼片的果子砸個腦袋開花是吧？攀緣的九重葛遠看幾分似歐式庭園的玫瑰花架，實則老九重葛粗壯如喬木，這一段花架與第倫桃直抵忠孝東路三段 193 巷後化作「雞油木」台灣櫸樹林與步道，如此直抵建國南路，北側有著如火如荼蓋著的連棟高樓，南側是慈濟分會的靜思堂與北科大學生宿舍。

因我與上埤的情感，瑠公圳公園是我早就走爛了的地方，卻是很久很久以後才想起要帶動保人到此一遊，動保人一走驚為天人，從此也成了瑠公圳公園日復一日的拜訪者，惟就事後回想，此日復一日未免短暫。

二〇一三年下半年，公園處以一千五百萬預算整修年久失修的瑠公圳公園（儘管我們不怎麼看得出年久失修何在），除卻公園後半段的第倫桃林、九重葛花架與台灣櫸步道較少更動外，前半段的涼亭區、榔榆樹林與龍眼樹圍繞的遊樂設備區，雖未完全封閉，全是工程器材堆放時有圍籬攔路，晴時黃沙飛揚雨則泥濘遍地，一一繞行很費工夫。瑠公圳公園落成於民國七〇年代，樹木頗有年歲不適合移植，雖有以草稈包覆樹幹以為保護，但看一樹的綠葉在飛沙走石間紛飛散盡，簡直要聽到樹們的哀號了。

真正促使我們完全不再踏上瑠公圳公園的，是那一個深冬日子向晚，墨水藍的天光是拍電影者都知道一閃即逝千萬要把握好的 magic hour。我們照例在大堆工程物品間費力跋涉，卻猛然的，有清亮的奶貓嬌啼傳來，那點聲音對我們簡直如雷轟頂，轟得我們驚慌失措，我們在那一大堆無章法堆放的工程器材間瘋找，奶貓呼喚時遠時近，回響四下彷彿來自前後左右各方難以循聲，我倆急得一頭汗卻找不著，又聽奶貓聲聲揪心，到末了，是摀著耳朵逃離瑠公圳公園的。我倆只得安慰自己，也許母貓就伺伏在某處，不動聲色待我們離開方才上前叼走奶貓（這是牠面對人族這可怕巨怪時，僅有保全子女的方式）；安慰自己，河兩岸人家對街貓堪稱友善，從家戶簷下皆放置的成碗貓糧可見一斑；安慰自己，慈濟分會的靜思堂就坐鎮河邊，佛祖慈悲，不會坐視其下生靈受苦，儘管儘管，早先動保人與動保圈戰友們前往遊說爭取慈濟支持時，慈濟那方給的答案是：「這些流浪動物都是上輩子做了壞事的人，這輩子才會受到這樣的懲罰，你們幫助牠們，就是干涉輪迴。」

於是整整一個冬天的整修，待到二〇一四年春，瑠公圳公園再度開放，我們如候鳥飛回公園，卻是當場氣傻了在當場。但見公園入口的那些茄苳、樟樹、楓香、第倫桃鬱綠不再，是有移植走部分之故，也是因為給折騰得奄奄一息幾無一片綠葉，總之光禿禿的不似以往，草地焦黃，少了草根固著泥土，一下雨就是黃泥水橫流。仿古涼亭還在，蕈菇小涼亭更換成遊樂設施，公園入口處的小片草地變成了個突兀的設施，四支手動打水幫浦環繞著的圓形會噴水的台座，噴出的水由V字形水道引向後方月彎形的造景水池。這個設施，老實說很醜，除了翠綠的打水幫浦古意盎然，台座與引水道則稜角生硬，木木的褐色並無質感，看在不知水圳文化的大部分人眼中，更不能理解此大型障礙物何用，在我看來，這個設施應是模仿引瑠公圳之水度過景美溪的木梘，然而是郭元芬的菜刀梘，而非郭錫瑠的平底木梘。

這便要說起郭錫瑠、郭元芬父子與景美溪水橋的一段搏鬥史，我講起郭錫瑠修築瑠公圳，動保人每每驚嘆其人之執著乃至執拗，總要高呼這郭錫瑠一定是個摩羯座O型的（其夫？）。瑠公圳從新店溪支流青潭溪引水並橫越新店地區，然而要進入大台北，必得通過景美溪，郭錫瑠最初設計平底木梘的水橋，平底木梘是ㄩ字形水槽，深過一公尺，內側塗上油灰以防漏水，水橋旁並設梘寮，有工人隨時維修木梘，颱風或暴雨時，則要收木梘入梘寮，待風雨平息方才架設回去。然而此種平底木梘既引水，也引人懶心，從此居民通行景美溪兩岸，皆捨擺渡而走水橋，木梘不出幾年便給踩壞，郭錫瑠遂發想以大水缸去底連接，埋設景美溪床作為暗渠引水，如此直到一七六七年台北暴雨成災，山洪爆發沖毀景美溪暗渠，當時年逾六十的郭錫瑠思及一切又要從頭來過，乃一病不起於隔年去世……動保人難免又高呼，這個郭錫瑠一定是個亞斯伯格人！（還是其夫？）

郭元芬承父遺志重修瑠公圳，在與工程師陳菊司研究後，仍以水橋引水過景美溪，然而為防止水橋再被懶人們踩壞，改平底木梘為V字形尖底，這種改良型的木梘便稱作菜刀梘，即瑠公圳公園入口這座新設施的靈感來源。

落成沒幾天，菜刀梘意象的設施招來不少市民投訴，如生硬稜角會害小孩撞到受傷、台座高高的噴水柱遇上大風甚至會給吹越了文湖線捷運吹到復興南路對岸去噴濕行人、造景水池沒有任何圍欄遲早害人踩空跌進去……迫得公園處不得不將這一大塊設施圍起重修。我與動保人則憤怒，憤怒樹木被恣意凌虐，一賭氣又是大半年不走瑠公圳公園，當然也是害怕，怕的是小奶貓聲聲呼喚揪人心頭，如此又是將近一年，才因生活動線之故而不知不覺回到瑠公圳公園。

整修半年、休生養息快一年，瑠公圳公園的綠樹總算看著又像樹了，台座的噴水柱高度與方向應是

復興南路瑠公圳公園入口處的大型設施，落成之初頗惹民怨，應是模仿引瑠公圳之水過景美溪的木梘，然而是兒子郭元芬的菜刀梘，而非老爸郭錫瑠的平底木梘。

有過調整，被指為坑人陷阱的水池亦圍上圍欄，令人驚喜的是安東街通過公園處，地上那些個老有鴿子前往淋浴的噴水孔，竟鑲上了第一霧裡薛支線的字樣。台北市近年來力推水圳文化，在一大堆標明瑠公圳其實皆非的水圳遺址中，還是我頭一次看到霧裡薛三個字。

　　嬌滴滴的奶貓呼喚再也沒聽過，奶貓如同我們前院年年夏天落下的馬拉巴栗樹籽，幾滴雨水便得抽長出嫩黃好逗胃口的三兩條根，然而來得快去得快，那一點根若沒能及時沾到土壤，不出幾日便默默萎了，小巧一點生息短暫來世一場簡直不知為何，即便那點根得了泥土迅速長起，街貓的天年不過三五歲，死於車禍狗咬，死於不明就裡的人族捕捉、以為送進收容所讓其

安東街通過瑠公圳公園處，地上有鴿子淋浴的噴水孔，鑲上了第一霧裡薛支線的字樣。台北市近年來力推水圳文化，在一大堆標明瑠公圳其實皆非的水圳遺址中，頭一次出現霧裡薛三個字。

安享天年殊不知十二天無人認養即安樂死，死於惡意的捕獸夾、老鼠藥，死於一生中喝不上幾口乾淨水導致腎衰竭……

我們如今走在瑠公圳公園，最常幹的是拔菟絲子，菟絲子沒有葉綠體，纖韌金黃的莖乍看如蓬蓬米線散落在花叢中，實則緊緊纏勒吸附宿主致其死，公園處會定期遣人清除菟絲子，惟清除速度永遠追不上菟絲子見風長，菟絲子愛吃菊科植物，總是牢牢攀附著公園中的蟛蜞菊不放。我倆拔菟絲子拔得滿手黏汁，不時對給纏勒得太厲害的蟛蜞菊說聲抱歉後將之斷頭。心想著幾步路外、隔一重九重葛花架舉目可及的靜思堂，總不會再當我們這是干涉世間輪迴了吧？

瑠公圳公園過建國南路，成為台北科技大學背後的寧馨公園，寧馨公園較瑠公圳公園為窄，綠樹更為深邃，緊挨著北科大為其後門。北科大前身台北工專，是電影人老媽的母校，我們常藉舊地重遊之名帶電影人來逛逛。北科大的校園綠化與水道活化很是誠意所以精采，校園面對新生南路的幾棟大樓蓋在綠厚如絨毯的爬牆虎下。環繞學校北、西、南三面的水道，南面水道流過幽森樹蔭下，北、西兩面水道叢生著垂花水竹芋、野薑花、香蒲、紙莎草，有穗花棋盤腳掛下長串粉撲花，夜裡看著尤其像是夏日煙花，水面點點睡蓮、大萍、銅錢草間，偶有「飼料魚」朱文錦的一點點鮮紅閃過，每隔幾步路就是一面的解說牌說明此水道是取自瑠公圳意象，事實上，北科大一帶曾經水網綿密，卻都不是瑠公圳，校園西邊者屬早年的第二霧裡薛支線及日據時代修築的特一號排水溝，特一號排水溝北邊水道則與上埤尾端重合，寧馨公園便是接上這一段水道，兩條河相交處約在公園內的八德路二段10巷邊，寧馨公園再往西就是特一號排水溝的範圍了，台科大北面的水道屬於此列，惟此處水質清澈，水源應與臭水溝的那些昔日水圳截然不同。

寧馨公園尾端的北科大後門，是復舊的「工專橋」，橋墩與橋欄應是刻意採取舊日的簡約（甚至簡陋？）形式，橋在火焰木與蒲葵的婆娑樹影下，總有三兩北科大學生橋上滑著手機等人，橋頭亦有解說牌，牌上的工專橋老照片跨越特一號排水溝河水，似比今日工專橋寬闊平直得多，沒有樹蔭，曝曬在白熱日頭下。

跟隨上埤走了這麼遠的一趟路，從六張犁山中一路下到市區，走過大半繁華東區，到此該是分別了，我目送上埤將水流交付與特一號排水溝，看著這段河水在垂花水竹芋細而高挺、掛下碎亂紫花的花莖掩映下，一路西行。

我踏查台北水圳的這幾年間，不論行走得多遠，遠到了大稻埕甚至社子島，最後仍會循著上埤的水道走回家，由寧馨公園、瑠公圳公園，到頂好廣場一路上溯安和路、通化街、臨江夜市、嘉興街、崇德街，一路追到和平東路底撞上了山，才不得不上捷運麟光站回家，幾乎走成了一種磁極方位般的生物本能，是我與上埤的深厚友誼，是亞斯伯格人對日常行為的執拗不妥協，也是上埤的種種，那河流本身的與河流過處的種種，早已融入生活之中。

所謂融入生活，不是那些天大了不起的東西，採購路線吧，比較像是如此，一屋子人總想方設法要壓榨我在外頭行腳的價值，開長長

右／瑠公圳公園過建國南路，成為台北科技大學背後的寧馨公園與公園沿線的八德路二段10巷，兩公園是完整的上埤西端水路，往新生南路的特一號排水溝去。

左／台北科技大學後側臨接寧馨公園的復舊工專橋，綠化廊道下的水流相當清淨，雖是使用上埤河道，但水源應自他處來。

一條採購清單給我。頂好廣場的頂好超市、龍門廣場的全聯福利中心，揀便宜打折的生鮮或罐頭（人罐頭與貓罐頭）；過敦化南路至誠品撈當期印刻雜誌（或遮著臉撈自家新書）；沿途逢麵包店買一個兩個麵包好隔日夾帶進Lavazza因為他們的早餐太不耐餓；安和路立人國小對面的全聯頂好補齊前兩家超商沒買到的品項（或這期間家裡電話追加之物）；臨江夜市口寵物店是這段路最昂貴的一個點，（咬咬牙）買精緻食品或補充營養品給家中每一時期總有一兩隻重症密集照護中的貓族；六張犁捷運站口碰碰運氣能否買到大陸新娘推著成疊保麗龍餐盒出來賣的韭菜盒；其間遇上小七或者全家進去買一二個三十九元早餐組合權充晚餐，動保人與編劇一再叮嚀，早餐組合千萬要買滿七十五元好拿集點貼紙，貼滿一整張的點數可兌換免費貓糧，至於那三十九元的早餐組合，切記要選最貴的飲料搭配最貴的三明治或三角飯糰，曾有不明所以的侯導碰巧拿了最便宜的飲料搭配最便宜的飯糰招致編劇臭罵（「你這就是貴族！貴！族！」）……

還有就是，向來物欲淡如水、不貪嘴不挑食（茄子胡蘿蔔除外）的動保人夫，唯一迷戀乃至時不時請託我踏查時順手買回的，是其宛若童年銘記的大腸包小腸，指定購買處則是臨江夜市口的那一攤大腸包小腸，偏偏年邁老闆烤起香腸慢手慢腳煞費等待，我每每趁此晃悠一小段路至信義路八號橋上，橋上站定，吹吹向晚的風，陪河神聊聊，探看河神是否又讓左右鄰人倒得一身肥皂泡泡，時間到了回去領預訂的大腸包小腸，這便是我與上埤相處的日常了。

是故日復一日的溯河回家路，往往便是兩膀子掛著東市買駿馬西市買鞍韉逐漸增生的大包小包，在麟光站與河神互道一聲明天見。明天見，這太重要了，因為我實在無法篤定我們是否還能明天見，那寥寥幾處河跡，嘉興街403巷、光復南路676巷、信義路八號橋，很可能哪天有哪個熱心社區美化的傢伙一攪和，就給當臭水溝蓋掉，再也見不到了。

動保人寫有兩本街貓專書《獵人們》、《我的街貓朋友》，兩本書調性差異極大，相較《我的街貓朋友》沉重、殘酷寫實的氛圍，《獵人們》是明亮、歡快奔放的（儘管動保人自云在創作之時，已自覺悲傷慘澹到不行），我問動保人此間差異，動保人思索答以，入行之初，不知其中險惡。

是故我對上埤，幾分像是動保人寫作《獵人們》，那是種初始未經琢磨（或該說未經損耗）的情感，是有悲傷與不捨，但相較對於其他河流，這樣的悲傷不捨是很淡很淡的。上埤是我結識的第一條河，那時只管捧著舒國治的書找河、只管興高采烈著能在森森的現代水泥都市中找出一條河來，對河的記憶、河的故事一概不知。不過也罷了，在水圳毀棄填埋，遭人遺忘為人嫌惡的今日，我是十分願意與一條河保有如此粉彩童夢的。

前年冬末一日，我慣例前往安樂大廈的Lavazza咖啡館，下車時一個碰撞，手機就這麼滑出背包一躍進了下水道，我眼睜睜目睹，無從搶救起。智慧型手機是踏查水圳不可或缺的好東西，能開估狗地圖找路，能在線索迷失時上網求證現有資料如洪致文的部落格，能時時拍下河神的面貌，能召喚出披頭四隨我同行（其實動保人嚴禁我邊走路邊聽音樂的）……我當然無法忍受，速速辦了新手機順帶換機升級，當時侯導的《刺客聶隱娘》正拍得如火如荼，這事自然紙包不住火的成了劇組笑柄（「想換機就換機幹嘛來這套啊？」、「你要我對得那麼準丟下去我還做不到咧！」、「欸我也想換機了下次幫我丟看看好了！」），唯有我的忘年之交、侯導多年的剪接師廖慶松廖桑，試著以剪接師的方式安慰我。

「然後接下來就好像 slow motion 對不對？」廖桑以十足專業電影人的語法描述：「你看著手機一格一格滑進鐵蓋縫隙，一格一格掉進黑水中，一格一格濺起水花……」

不過這支失去的手機是我與上埤河神意外的連結，手機 SIM 卡連同一切資料（大半是我拍攝的歪斜馬路與巷道，那些都市河神如今的模樣）全沉在上埤的河底，我亦不願多做處置，畢竟除卻河神，我想不出那些資料還能落到誰人手中。

於是接下來一段時日，侯導每每來電必要搬演一遍玩不爛的此哏，用他認為的上海話說：「喂喂，請問是河神嗎？」

確實當手機鈴聲歡快響起，或 Line 通訊軟體那一聲清亮的叮咚，我摸索出手機滑開螢幕的同時，總要想著，在車輛呼嘯往來的柏油路下，腐臭撲鼻滴水聲時斷時續的下水道，汙水靜潺潺流過，那一小方手機螢幕在影深處刺眼亮起，孤身的河神掏出手機，凝視著那段遠方捎來，只屬於我倆的信息。

東西神大排

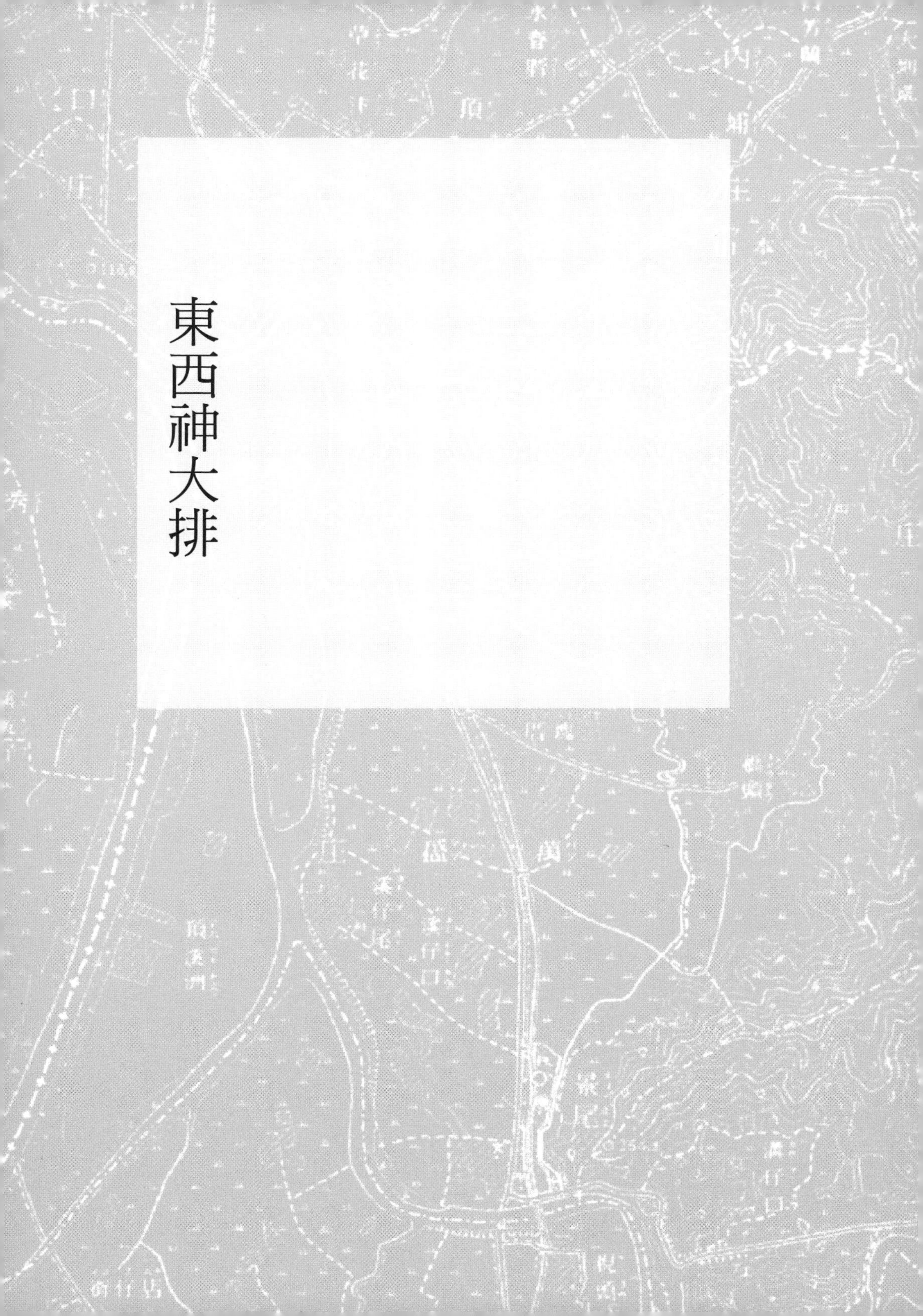

信義區松隆路，起自基隆路一段，正對松山高中與那條市民們喊打喊拆已久的電扶梯天橋，自此斜向東北，過東西向的永吉路與南北向的松信路，永吉國中及與之相對的五常公園是它最北端頂點，松隆路自此轉作東西橫向略為南斜，過松山路、松山火車站前，止於中坡（陂）北路上。若是找慣了河的人如我，或者給找河的人轟炸慣了的如動保人電影人，不難看出松隆路是一條河，至少也是一條大排水溝。這條河民國七十四年加蓋，歷史悠長，於台灣堡圖、〈瑠公水利組合圖〉到美軍地圖都清晰存在。這一類的排水溝時常利用天然溪流修築而成，故而早年的松隆大排曲折蜿蜒，與其匯流為三張犁截流溝（也名錫口支溝）的中坡北路亦然。

是天然溪流，就會有天然源頭，追溯松隆大排的源頭，大約可一路追到吳興街底的三張犁地區，倚著象山與拇指山的老社區，如今那裡仍存在著東大排、西大排、神大排三條水路，與種種帶著埤字的地名，其中柴頭埤，約在今日台北醫學大學後方山腳、吳興街284巷一帶，是郭錫瑠舉家北遷並落腳興雅庄開墾時，所使用的水源，惟柴頭埤日久淤積，方使郭錫瑠決心修築水圳，又因地形高低之故無法使用深闊的基隆河水源，必須捨近求遠遙遙自新店溪引水。

我對吳興街底的水道踏查便是始自柴頭埤，由信安街的瑠公圳邊起步，沿陸軍保養廠舊址間的吳興街220巷59弄往台北醫學院的方向走。陸軍保養廠如今是成塊的空地，或為籃球場、或為停車場、或為老舊廢棄營房，有公告說此一帶泥土汙染，一大群黑白夾雜著寶石藍的喜鵲倒是全不受影響的時時棲息在此，偶有人族至一旁單車站借還糖果橘的YouBike，牠們桀桀怪笑著飛走了。

人與其編劇大姊逾十年的動保漫漫長路了，讓兩姊妹幾乎荒廢寫作本行而招致「大教練」（我們給動保人夫偷偷起的綽號）嚴厲鞭策。台北市於二〇〇六年開始的街貓TNR政策，原因無他，世紀初那幾年，台北市的流浪狗幾乎捕捉殆盡，街貓因為這一天敵消失而猛烈繁殖起來，我們稱戰後嬰兒潮，那幾年台北市貓仔遍地，簡直到外出散步一圈都可以兩手各拎一奶貓回來（我個人真實經驗）。而TNR正是先進國家行之有年、證明唯一有效且人道控制流浪動物數量的辦法，初始試行龍淵、錦安兩里；〇七年正式實施，納入另外三個里包括我們家住的興昌里，如此至今，台北市已有半數的里加入TNR計畫。

TNR，是T（Trap，誘捕）、N（Neuter，結紮）、R（Return，回置）的縮寫，近年來有時會更多強調一點：V（Vaccinate，接種疫苗），而稱TNVR，大致流程便是，每日由原本就負責餵食的愛媽或志工定點定時餵食街貓，混熟了之後用誘捕籠捉，親人些的貓甚至能直接揪頸入籠，送至獸醫院公告一星期方可結紮，以免誤捕有主之貓則貿然結紮剪耳恐怕觸犯毀損罪（由此可知我國法律仍視動物為私人物品），結紮後注射預防針並點長效除蚤藥，公貓剪左耳、母貓剪右耳做標記，代表此貓絕育並注射疫苗了，是市府財物並有動保處訓練合格領有志工證的志工照顧，即便市民通報捕捉，清潔隊亦不能借貓籠誘捕並負責將此業務轉交動保處，至此方可回置，也許不知情者會大大歡呼，大功告成嘍！殊不知回置的街貓仍須定時定點餵食一如結紮前，若是親人些能接近的街貓還可定期補點除蚤藥。二〇一三年山區鼬獾檢驗出狂犬病引爆都市人們對流浪動物盲目恐慌，又得工程浩大將已結紮回置的街貓再次誘捕回獸醫院打狂犬病疫苗，一方面還要對里民狂潮說破了嘴皮的宣導，注射過狂犬病疫苗的街貓是人類與染病的鼬獾之間最好的天然防火牆，待等我們誘捕到最膽小不親人每每餵食時只有一抹鬼影子閃過的街貓、完成全面注射時，島民們早已過回拍照打卡小確幸兼罵政府的老日子……

再是膽小難近的街貓，T與N多能在數月內完工，而R是一輩子的事，街貓的一輩子或長或短，大約不會過三五歲（約莫人類的二三十歲），但也有歷經生存考驗存活至今的老江湖，辛亥國小的白小孩、後山社區的六灰灰、車庫的白多多，都是我們剛開始做TNR時，第一批結紮的街貓，至今都有十歲上下步入街貓根本無以想望的老年（惟此三位皆在出版前夕，二〇一六、一七年之交的那個冬天分別辭世）。

在此必須費點筆墨解釋TNR政策，我這裡先把「人有尊重一切生靈之義務」（歐盟125號條約）、「一個國家道德進步與偉大程度可用他們對待動物的方式衡量」（聖雄甘地語）等等進步觀念擱一擱，是因為這些年的台灣社會，尤其是我這一代的七八年級生，已虛無到無法再與他們談論任何價值，似乎再怎麼理所當然的正面價值都會崩解都可以被質疑被訕笑，簡直像是，哪天若聽到「你不喜歡殺人你就不要殺你管人家喜歡殺人的幹什麼？」我都不會太訝異。既然正面價值這麼的沒有存在必要，我想我也就不站在道德制高點指責他人了（近來反對者十分愛用以嘲諷動保人士的用語），單就非常功利的以如何解決問題來談，何以放棄看似簡單的捕捉撲殺政策而要採取麻煩許多的TNR政策？

首先捕捉撲殺，是國外早已證明無效的做法，即便短期內可將一地區的街貓捕捉撲殺殆盡，淨空出來的這塊地域與生存資源如真空效應，很快將吸引相鄰地盤過剩的貓口遷入繁殖，於是再度捕殺淨空、再度遷入繁殖……如此循環，既浪費公帑也殘忍無效（等等，說好不提道德觀與進步價值的），反對者們最喜歡指責愛媽們餵貓「越餵越多」，我實在忍無可忍得澄清一下，會不會越餵越多要看有無配套結紮，越殺越多這倒是十分肯定的，相較無謂的撲殺，TNR是自然而然產生的解決辦法，是所有長期照護流浪動物者殊途同歸的最後都會採取的做法，簡而言之，愛媽（愛爸）們早在曉得有TNR之前，就都自行摸索在做TNR了，畢竟愛媽們餵貓自費、紮貓自費，更怕貓多了惹人注目，沒有比愛媽更害怕貓口增加的人了。北市府在TNR政策中扮演的角色，說實在不用多少，就是全面接收民間的多年的TNR成果，收編愛媽們為志工，確保好不容易誘捕結紮的街貓不會被鄰人一通電話報清潔隊就捉走撲殺，也給愛媽們一張志工證如張開保護傘，能日日定時定點餵食街貓不受反對者惡言騷擾恐嚇，母貓兩千公貓一千五的結紮費由市政府負擔，對經濟狀況不一的愛媽們不無小補，但絕不會是人人頭一個會提起的好處。

當然，這是最理想的期望值，我們不敢奢望一切就照表操課，理所當然該要如此。TNR實施十年來成效斐然，阻力卻也從來沒少過。

阻力，來自極少的惡意與絕大多數的冷漠不理解，世間事物皆然。

也是因此，動保人遠較我更早就在吳興街一帶走動，一開始是被訓練的志工，到如今興昌里都已功成身退，退出TNR里了（連續數年不再有新貓出現，結紮數都掛零，足見TNR功效），動保人也由年復一年的受訓轉為訓練新志工的講師。

「感謝你們，沒有你們，街貓TNR也不會成功。」每每開場，動保處長總要對愛媽們一鞠躬這麼說。

動保處長比動保人還年輕幾歲，卻早早花白了一頭髮絲，我們看他手腕上掛著的佛珠，能了解他何以不嫌麻煩的師法民間以TNR解決街貓，而非延續過往的捕捉撲殺辦法，每隔一段時日就必須簽署槍決令般簽下文件撲殺成批健康無害的貓犬，與他的信仰是相悖的。

泰和公園小小的，幾步路就是一圈，我總兜著彷彿無窮盡的圈子，等動保人從動保處出來，兩人一塊走完我們稱之為「象山線」的下半行程。我們從泰和公園東北端走神大排流經的松仁路尾端，過吳興街583巷後，沿山的松仁路是一段無河路，為的是要繞過右邊的小山脊，不高的山脊有著標準低海拔林相（牽牛花藤蔓如簾幕覆蓋著的相思林、竹林，偶有筆筒樹或香蕉樹穿林而出），不需抬頭便可望其巔峰，十分逼近路面與人的距離感不似我們習慣了的山與人的關係，這道山脊是神大排與西大排兩水系的分水嶺，我們由山脊北緣的松仁路315巷來到信義路150巷431弄上，這是西大排的地界。

西大排約是源自祥雲街、景雲街一帶，挹翠山莊旁的山窪，此後以山溝的模樣沿著信義路五段150巷471弄、150巷、150巷445弄、150巷431弄、150巷401弄（此五者實為一氣貫通的道路）一路下山，在401弄處的西大排很有意思，它是401弄旁的加蓋路面，雖與401弄間只有一道不過兩公尺的人行道作分隔，卻有獨自的街巷編碼，是為松仁路281巷，當這條不到百公尺長、兩側停滿汽機車、不時有洗車者將打滿泡沫的車橫在路中而難通行的昔日小河今之小徑出至大馬路上，在松仁路吳興街交口處留下一個三角形大型槽化島，再走吳興街469巷2弄旁、前身是吳興市場後又作過一陣子的停車場的六合綠地，將六合市場大樓的地基切劃成不規則狀，由大樓旁的吳興街381巷抵吳興街上，隨即在吳興國小與神大排匯流，兩河交會處如今約是國小游泳池，似乎怎生也擺脫不了水的意象，台灣堡圖與〈瑠公水利組合圖〉等古地圖上，兩條河的水路就到此為止了，但較晚近的美軍城市地圖或航照圖上可見，西大排與神大排匯流的小河通過吳興國小操場，曲折流過吳興街361巷一帶的小巷弄間，由85度C旁過莊敬路，在莊敬路325巷與莊敬路423巷間的地面持續西北流，莊敬路325巷與325巷45弄口的大馬肉骨茶，其店門旁的後巷是此河僅有的清晰痕跡，小河過景平公園與松平街後，在信義國小東側的信義之星豪宅區流入松勤街河。

我們在150巷431弄口選擇上山，在走過一排有庭院的可蒔花草的老一代獨棟別墅後，眼前便是信義路150巷445弄的西大排蓄洪池，西大排過此蓄洪池之後即加蓋，再沒見過天日，但至少在此之前，西大排始終是野生野長不馴服於人類文明的模樣，也是當地人在介紹象山腳、吳興街老社區的水路活化時，會譽為保育最良好的一條河。

吳興國小游泳池，約莫就是西大排與神大排兩河交會處。

蓄洪池圍著木欄杆，沿河上山的木棧道亦由此起頭，此水池其實不太有「池」的模樣，充其量就是個河道中的水面寬緩處，那是因為水流總是清清淺淺的沒多少吧！西大排水質潔淨，早年尚有優養化的翠綠藻華，如今已換作象徵山區水質潔淨的苦草，苦草幾乎覆蓋整個蓄洪池面，遠望簡直如同草坪，細長葉片偶有空隙可窺水底砂礫，總有鷺鷥張著大黃腳涉水捕食我們從上方木棧道俯瞰不見的小魚，大魚則全都擠在河道加蓋處、尚有陽光斜入的箱涵入口。

西大排蓄洪池最風光的一段日子，也許就是二〇〇九年上半年，作為日本藝術家中谷芙二子打造「霧雕」的場地，是建設公司推動都更的同時，回饋老社區的藝文活動。每日固定時段，白茫水霧瀰漫整個蓄洪池乃至漫過木欄杆上了人行步道，吸引社區居民前往接受水霧洗禮，並自發性指揮受水霧影響的交通，熱情向外地人介紹此一盛事。

那是二〇一〇年台北花卉博覽會前後幾年的事了，花博期間的「台北好好看」政策帶動都市更新，也才有了許多類似西大排霧雕的建商回饋社區活動（當然多半是有著容積率的巨大獎賞懸在頭頂）。花博讓整個台北市忙得不得了，也只有第三世界國家會這麼熱中於國際活動，我們不免這麼感嘆，君不見二〇一二年，英國人邊埋怨「反正我們就是救火隊專收別人爛攤子」邊籌辦的倫敦夏季奧運，是評價最高的奧運會之一，尤其完勝二〇〇八年中共傾全國人力財力物力舉辦的北京奧運（唉那個國際笑話式的張藝謀大腳印）。

花博過後的西大排蓄洪池平靜如昔，我們過蓄洪池，沿木棧道上山。棧道扶手停棲著黑翼似紗的豆娘與紅豔豔的蜻蜓——這紅蜻蜓是幼時的野地回憶中最機敏難以捕捉的——有蜻蜓有豆娘，兩者皆是水質乾淨的指標。木棧道隔岸的邊坡多竹林，一處水泥儲水池自成林中平曠地，有兩頭瓷花豹給擺弄成嬉戲狀，其大小體態酷似大橘貓，它倆在那已不知多少時日，卻總讓人次次錯看，同行的動保人尤其激動要看倆橘貓可有剪耳？如前段所述，TNR已是我們這些年的生活重心，踏查河流也不免踏查貓況。

瓷花豹自然不須結紮剪耳，它們俯瞰下方攔河堰，西大排傾瀉下攔河堰成一小瀑布，瀑布底小潭，若是連日陰雨便得十分澄淨，然一旦晴朗個幾天，潭面登時一片浮渣泡沫。攔河堰上游另成一潭，此潭深澈，繞潭而生的野薑花或因野生野長之故，是我聞過最香的。倏忽閃過潭面的螢光藍是翠鳥，是否得見全憑運氣，此潭的長期居民過去是一番鴨，如今換作一雌綠頭鴨，雌鴨的日常生活充實忙碌，巡游水潭不說，邊抖鬆羽毛洗浴還要邊探頭照料牠在潭邊草間那一大窩蛋，得閒時才於水淺處埋頭入翅小盹一番。

水潭以中段的永安祠為界，下游水潭棲息灰黑吳郭魚間雜著兩三尾紅尼羅的魚群，攔河堰上每每可見浮掛的魚屍，然這群魚始終不見口數凋零；上游則是各色溪魚，往往成群黑壓壓叢聚在平靜潭面下的水急處上溯。永安祠旁公廁的山壁很有意思，小小岩洞布滿起司孔般的壁面，那是海蝕洞，山中無甲子，給地殼運動抬升到深山裡，也不知道多少寒暑了。

過永安祠之後，西大排的河道變得極其模糊，由淙淙水聲大約還

右／作為花卉博覽會期間霧雕場地的西大排蓄洪池。

左／西大排與沿線木棧道，往挹翠山莊上山，棧道扶手停棲著黑翼似紗的豆娘與紅豔豔的蜻蜓，隔岸的邊坡多竹林。

可追溯到福雲宮旁的山窪，信義路 150 巷 471 弄再往山上去，過一髮夾彎後即為祥雲街，那是挹翠山莊的入口，算是最早的豪宅群落，很多年前我因長澍廣告公司的尾牙去過一趟，早已記不真確了。

我們原路回到攔河堰處，與攔河堰一路之隔的一棟社區住宅，入口大廳有列柱挑高，十分華麗卻已封死廢棄，若非外牆冷氣機高懸、並有住戶頻頻自側門進出，簡直讓人懷疑是否已人去樓空。另一條 150 巷 471 弄由這棟住宅高樓與陸軍後勤訓練中心技訓分部間岔出，一路去往山中，通過信義快速道路下方，途經石頭公觀音廟，路邊始終有小溪緊緊相隨，那是舊埤溪，或說是我們隨後將遇上的東大排。

這條路到底是一險坡，坡腳下處處可見哀號的單車族——舊埤溪與和興炭坑是觀光局網頁推薦的單車行程，然而此險坡並非尋常的 YouBike 所能攀登——據資深單車友的友人表示，那樣的斜坡大概要十萬以上的專業單車才騎得上去吧！

斜坡太陡，我要一穿平底鞋走路即頭暈的動保人脫掉她上山下海都穿的高底涼鞋（天哪那鞋簡直是京劇的厚底靴！），光腳走路省得一滑腳就回坡底去了。我們隨豎立著古趣木質電桿的斜坡蜿蜒上山，一路給登山的老人家們超趕過去。舊埤溪始終保持在左邊的山林間，如新埤溪一般，溪床整治成階梯狀，枯水期的溪水一窪一窪積蓄著彼此並不相連。

右／西大排攔河堰上方的小水潭，潭中居民為吳郭魚、紅尼羅與一雌綠頭鴨。
左／倚著海蝕崖而建的永安祠。

坡頂的和興炭坑是個不大的景點，礦坑本身封閉，只有入口處一小截軌道開放參觀，兩壁陳列種種礦坑雜知識，坑底是倆真人大小礦工塑像。礦坑外有成排羅漢塑像，礦車成了遊客憩坐的長椅，並有卡通造型穿戴礦工裝備的穿山甲。正前方一道山脊後可遠眺台北一〇一大樓尖端，我們從直視一〇一大樓無礙的信義路 150 巷一路過來，彷彿沒走多遠的路，卻已不知不覺的隔了一重山那麼遠。

我們由西大排蓄洪池對面的信義路 150 巷正式開始追逐東大排，150 巷與通往和興炭坑的 150 巷 471 弄之間隔著陸軍後勤訓練中心技訓分部，往內走沒幾步，150 巷就會給象山山麓壓迫得轉一直角，山腳與山坡是菜園，東大排由後勤訓練中心後方來，由菜園中通過，菜園的便橋上矗立著兩面告示排，寫給某缺德鄰里的「私人土地，請勿亂丟垃圾」與示警三寸仙子的「水深危險，小心通行」。我見私人土地便不願再前一步（動保人常道我與其夫是「大事逾矩，小事或沒事不逾矩」），電影人秉著要拍照就要什麼都拍到的精神蹬蹬奔過便橋一溜煙進菜園去了。

東大排過了菜園，便隨 150 巷往北走，始終流在 150 巷與象山間的老社區中，在一路下山、北流向信義路的這一途中，幾乎沒有加蓋，是三條小河中露頭最多卻也最不起眼的，既無西大排的潔淨水質，也少了神大排那般得社區居民疼惜，或許是因東大排還是一條正使用著的排水溝，太多的修飾亦糟蹋了。

我因著東大排將這一整片的老社區走得爛熟，卻還是免不了闖入感，只為老社區是個太完整的生活圈了，不說散步的居民們彼此熟識，會對外人投以不至於敵意但明顯區隔的注目，那注目簡直像直升機上的探照燈照得外人無所遁形。社區有小廟神壇，有招牌極其不明顯的推拿館，有開計程車的那幾位老先生，幾戶人家會蒸起一籠籠各色饅頭壽桃或老式糕餅在家門口出售，然而看去更像分贈鄰里。舊時社會的古樸風氣在此仍濃厚，吳興街底老社區儼然桃花源（嗯，不那麼賞心悅目的桃花源），任何像我們這樣的外人出現，都是非常突兀的。

東大排始終走在老社區稍高的地方、淺淺的山坡處，一道一道小橋跨越河上連接坡上社區，小橋寬窄不一，有水泥柏油的路橋，有鐵板便橋，有趣的是 150 巷 342 弄處通往楓橋新邨的橋，那是跨越東大排最寬闊的一條橋了，橋頭扁柏灌叢傍著村里公告欄，有簡陋的打字列印告示要人別往東大排裡丟垃圾。面對山坡的橋右側是上游，橋下水勢洶湧，然而過了橋後的下游河道就只剩涓滴細水（還有不理會一旁公告者順手扔下的幾包垃圾），對此我百思不得其解，水到哪裡去了？

發覺此玄機的是電影人，電影人照例又從橋上倒掛下去拍攝，依稀看出橋下的東大排河水呈向下傾洩之勢，我們依此推測，是橋下有引水道把大部分河水帶往他處去了。回歸本行的電影人提出專業建議，應懸吊攝影機至橋下，把橋下看不見的引水道給它狠狠拍個夠。

然後水勢驟減時有乾枯的東大排流抵第一社會福利基金會，這兩棟建築物，南側顯得古舊者庇蔭在大榕樹下，建築正面帶鏽的螺旋鐵

右／東大排始終走在老社區稍高的地方、淺淺的山坡處，一道一道小橋跨越河上連接坡上社區，小橋寬窄不一，有水泥柏油的路橋，有鐵板便橋。

左／信義路五段 150 巷 342 弄處通往楓橋新邨的橋，橋欄圓孔中拍攝的東大排，旁側的眷村建築在書成前已拆。

梯正好俯瞰東大排；北側較新者是米白外牆不規則鑲著紅藍綠橘灰色陽台的無滋無味建築，東大排蜿蜒過倆建築間，由南北流向驟轉為東西向，至此地一次潛入地底，通過信義路 150 巷往松仁路方向去，化作種花草盆栽的後巷與停車場讓人追跡，如此到了信義路 150 巷 315 弄與松仁路 215 巷交接處、7-ELEVEn 背後，才又露出頭來。

這一段的東大排，其中有信義路 150 巷 305 弄的便橋，橋頭標語警告便橋腐朽機車勿行。河水青翠碧綠——優養化的徵兆，水流斷續成好幾處小潭，潭中吳郭魚叢聚，乍看灰撲撲的吳郭魚實則暗彩華麗。好幾回的連日大旱後，我心懷忐忑踏上便橋，唯恐橋下剩得一攤攤鹹魚乾，所幸慘劇不曾發生，東大排下游水源儘管不穩定，倒也未見斷流過。

東大排再過一段加蓋停車場，此停車場能輕易由松仁路上窺其貌並掌握東大排去向，最終是在通過停車場後、信義路 150 巷 14 弄的全家便利商店旁，東大排最後一次露頭，這裡的東大排侷促一隅，幾棵構樹綠蔭下，雖不致骯髒惡臭且依然比神大排要澄淨些，仍顯陰濕低卑，半乾枯的河道也只剩得一窪窪黑水，綠藻油膩，兩側鐵皮的違章建築紛紛外推，架高腳立足大排之上成為吊腳樓，爭取這一點點的空間也好。東大排至此，已是不堪。

走遍吳興街底與象山山腳，到此我目送三條小河悉數化為柏油路

右／第一社會福利基金會的兩棟建築物，南側顯得古舊者庇蔭在大榕樹下，建築正面帶鏽的螺旋鐵梯，東大排環繞在建築物腳下，相當魔幻的格局被侯導視為理想的電影場景。

左／信義路 150 巷 315 弄與松仁路 215 巷交接處、7-ELEVEn 背後的東大排，不遠處是信義路 150 巷 305 弄的便橋。

與建築，東大排再來的走向已是杳然無法追跡。根據相當晚近的一九七四年航照圖，東大排跨越150巷14弄後，經大片豪宅區，至信義路五段路面上銜接西來的大排水溝，從此沿松勇路筆直北上，直至過忠孝東路五段236巷2弄，才又恢復天然溪流的曲折型態。

然而信義路五段與松勇路這一直角相接、呈現鏡像L型的排水溝應是晚近產物，至少我在其他古地圖中都不曾見過，反倒是給縱橫的溝渠攪得暈頭轉向，如同六張犁地區有瑠公圳第一幹線與上埤水系的自然溪流糾纏不清，三張犁也同時存在著屬於瑠公圳五分埔支線的灌溉體系與松隆大排上游的排水體系，我想分辨出這樣的灌排體系，幾乎到了緣木求魚的地步，例如西大排與神大排，在地圖上標示為排水路，然而當兩者在吳興國小會合後流往松勤街河的下游河道又屬灌溉體系；神大排在信義路150巷14弄處與一小灌溉水路相交，小灌溉水路略朝西北斜，過松仁路、過信義國中東北隅的操場邊有樟樹的綠地、過信義基泰大樓與其北面尚待開發的荒地，約在松平街99巷口流入松勤街河（美軍繪製用以轟炸的台北城市地圖直接將此水路當作東大排下游）；松勤街河本身也是灌溉而非排水體系，卻在中強公園匯入排水的松隆大排……當然這是找河人的執著，於今日也沒有任何影響，在已無農作耕稼、只有排沒有灌的現在，此一切又變得十分好懂了。

信義路150巷14弄的全家便利商店旁，東大排最後一次露頭，已是排水溝狀。

對東大排的追索告一段落，我們在150巷14弄口右轉向象山，復行數步，右邊較小的公園是三犁公園，左邊一路之隔者為中強公園，倆公園有不少河道遺跡留存著，中強公園西北角的各水路尤其如亂絲交纏難分辨。三犁公園由老公寓環繞，陷在一山腳凹處，地形傾斜呈山城狀，有從象山披掛下來的山溝、有貓蹤、有高人隱逸；中強公園是台北市唯一的平地樹蛙保育區，位在公園東北角生長著野薑花的濕地，公園東側步道旁側的榕樹不知何故生長得彎曲傾斜自成綠色隧道狀，緊鄰公園步道的山脊在冬春交際時有深紅山櫻散落，山脊上發現二戰未爆彈的那個下午，我恰在中強公園踏查，嚇死動保人了。

於我而言，中強公園的重點在西南角的那條乾溝，乾溝圍繞在仿木材質的咖啡色塑膠欄杆後，早已斷了源流，唯雨後能在溝底得些積水罷了。大部分的資料顯示此溝是五分埔支線的遺留，然而以流向而言，它似乎更像松隆大排體系的水道，它沿中強公園西側的黑板樹綠蔭北去，不久後入地下，成為每隔數步會有一水溝蓋的水泥步道，不時亦有同樣蓋為水泥步道的小山溝打右方山脊匯流而來，步道終止處是三長廟，偶有酬神戲可觀。三長廟約莫就坐落在松勤街河與松隆大排相接之處，松隆大排彎彎曲曲過中強公園北面，並由東北角有著樹蛙塑像的小廣場離開公園跨越信義路，與從基隆信義路口處分汴出來、一路東流在松勤街與信義路五段之間的瑠公圳五分埔支線交會在信義路正中央。五分埔支線繼續往東走，微斜東北途經蝴蝶埤（今之市立療養院）、永春埤（今之松山家商）、中埤（今之瑠公國中），並分出一條支線虎林街，約莫走到南港福德街，止於中坡南路旁的忠孝東路五段790巷，靠近如今像是一片原始森林、都更案吵得沸沸揚揚的廣慈博愛院；松隆大排則遽然轉北，彎彎曲曲的流貫整個信義計畫區。

在東大排接上松勇路的筆直大水溝、一路向北匯入松隆大排之後，似乎就此成為沿用至今的排水主幹道，然而松隆大排原本的彎彎曲曲河道尚在，在民國六十三年的空照圖中，它蜿蜒在松勇路東側，惟草木雜生不甚明顯，但這是我較有興趣去追索的河跡。老松隆大排流過寶徠花園廣場、冠德遠見等豪宅區，流經一片雜亂的回收場與潔白方正框著黑線的工寮，打從博愛國小的操場斜過，通過不久前榮登實價登錄單價首位的皇翔御琚西面與北面豪宅區，在忠孝東路五段 236 巷與松高路交會的街區留下河跡，那棟茂聯建設的粉紅色樓房緊鄰著停車場，兩者之間區隔著一道後巷，芒果樹成蔭間雜著幾株芭樂的後巷將粉紅樓房背側削平，後巷邊側尚有一條小得不得了、早非昔日河流的小水溝，那停車場似乎也因河道通過，而呈現西南工整、東北不規則的奇形怪狀。

松隆大排繼續蜿蜒北流，流貫國軍退輔會旁的停車場，河的形狀在過了忠孝東路五段後遽然浮現，先是永吉路 120 巷口的信義區清潔隊五分埔分隊，工程圍籬與圍牆隔開的大片空地，往內部看去卻似新近完工還未開放的公園，有石子步道有綠新新的草皮園圃。行過永吉路 120 巷後，河流始以一連串公園的模樣出現，富生公園，富生二、三公園，以及分作兩塊的厚生廣場，這五處公園彼此連接，形狀各異，富生公園與二號公園較像是一般的社區小公園，從清潔隊到富生公園

右／中強公園內的乾溝，由仿木材質的咖啡色塑膠欄杆包圍，是殘留的河跡，大部分資料皆曰是五分埔支線遺跡。

左／來自象山淺麓山脊的小河匯入中強公園內的河流處。

此小小一方地面，竟密集坐落有吉安宮、萬善堂、永吉福德宮三處香火；富生三公園是五處公園中最為狹擠的，簡直就像是略為寬闊、綠化良好的人行道；由永吉路 30 巷 18 弄分隔成兩塊的厚生廣場則是以曲折步道——亦即河跡為中心地狹長綠地，河跡末了由全聯福利中心旁入松隆路，正式展開它所以被稱為松隆大排的一段長流。

松隆大排如本篇最前所述，先流向東北，後轉東西向略略東南流，在五分埔成衣商圈旁與中坡北路匯流成三張犁截流溝，三張犁截流溝的加蓋是近三五年的事了，如今是兩側馬路中央、草木未豐的線形公園，能一睹其河面的，剩下公園末端近基隆河堤防處、宛若露天劇場白色半圓頂。三張犁截流溝水面廣闊，那麼大的水流，是因匯集了台北市東南區的排水，水色綠濁不透，卻也還不算臭——稍早我攔截當地人請教，說是「臭死了」是在地居民舉雙手雙腳贊成截流溝加蓋的主因。

「松隆路排水幹線系統集水面積計 1,018 公頃，排水範圍南起辛亥路，東至松山路，西以基隆路和光復南路為界，北迄縱貫鐵路。其中山區集水面積約有 470 公頃，占本次排水系統集水面積的 46%。本系統內主要排水幹線有三張犁截流溝、西大排水溝和東大排水溝等，經信義路排水幹線匯流後，沿著信義路五段轉松仁路銜接松隆路排水主幹線後，以六孔排水箱涵（2-□ 7.0m×4.8m，2-□ 4.75m×4.55m 及 2-□ 4.5m×4.55m）穿越縱貫鐵路，銜接 24m/18m×7.6m 梯形明溝排入基隆河。」如今南港玉成抽水站的簡介這麼告訴我們。

不過我們此刻立足中強公園，並不往北走這條路，只為信義計畫區是我頂不愛行走的一段地面。信義計畫區金融大樓與豪宅林立，遍植的樹木多是也夠多的了，可還未生長巨偉，加以各路口紅綠燈皆耗時驚人（深受台北人喜愛、甚至網路一度謠傳其早上六點整會摔跤的

「小綠人」行人紅綠燈，一旦計時在百秒以上便不顯示秒數，此現象在信義計畫區非常普遍），錯過一次便得在路口傻站老半天……種種理由，而主因仍是，信義計畫區是硬生生長出來的東西，是人為規畫的產物，少了人味，缺乏城市紋理，也許等待個三五十年能讓它們自然生成吧！

我們沿著曾是河路的松勤街西去，走了一整下午，現在這麼做著實不智，夕陽赤紅而猛烈，撲打臉面教人睜不開眼。動保人電影人推唯有墨鏡的我走在最前頭擋光，笑稱「這是三個人共用一副墨鏡」。

松勤街與信義路五段間的地面，盡是新起的高樓豪宅，其中信義之星社區，便是西大排與神大排

中強公園內的三長廟，右側的步道即覆蓋的河流。

下游水路匯入松勤街處，豪宅中庭的步道特別標示了此為公地人人皆可通行，入秋的中庭有幾株紅葉可賞可拍照，我們盡一切所能將之拍得如林如漫山楓紅狀。此類豪宅間偶有突兀的空地，或停車場，或籃球場。「聽說是台北市最貴的籃球場」、「還不是有錢人養地用的」、「至少養地歸養地還肯拿出來造福大家算不錯嘍」，路邊站個片刻，總能聽到來往的小市民們大發憤懣之聲。

過信義國小，就是四四南村。

四四南村興建於民國三十七年，是國民政府遷台後的第一座眷村，當年居民皆是聯勤第四十四兵工廠的廠工，不具軍職身分，於民國八十八年全數遷離，四四南村破敗待拆，首先發現此眷村價值，並在保存案定調、其餘學者紛紛退場後仍堅守四四南村至今的，是加拿大籍台北榮譽市民史康迪（Curtis Smith），在其奔走呼籲保存下，首先成功阻止信義國小南側的十一公尺寬道路計畫，又與葉乃齊、楊長鎮成立「四四南村國家古蹟促進聯盟」向文化局遞案，申請四四南村為古蹟，全案於民國九十年拍板定案，四棟對稱建築列為歷史建築並保存，信義公民會館與文化公園於兩年後落成並開放，一切看來圓滿落幕。

惟我並看不出圓滿何在，四四南村離全區保存尚屬遙遠。四四南村可分為甲字號、乙字號、丙字號三區，其中莊敬路以西的甲字號早在民國七十二年拆除，而在上述奔走協調期間，最東側的丙字號也被拆除為信義國小操場，如今保存下來、被稱為信義公民會館的乙字號四棟建築，只占原本的四四南村很小一部分。當年報紙上的那張照片是我永遠記得的，被拆的四四南村丙字號斷垣殘壁間，長風衣與公事包（也許我記得的這造型與實情有所出入）的史康迪落寞垮坐著，作為背景的怪手張牙舞爪、不懷好意。

從當年的四四南村到如今的南港瓶蓋工廠、北門三井舊倉庫，最後的聯勤眷村嘉禾新村，到我們實際參與、本以為已塵埃落定保存下來而今再度生變的蟾蜍山煥民新村，諸般古蹟保存案例幾乎完全走著相同模式，皆是市長公開宣示保存，緊接著進入實際保存劃定範圍作業時，往往只擇其中三五棟建築作歷史建築存留下來，其餘一概拆毀用以開發。從我有記憶以來的台北市歷朝市長，政治傾向各異，此種古蹟保留方式倒是一脈相承的完全不變，故我也不就市長個人撻伐以免陷入無聊的政治立場泥淖。

如此古蹟保存方式，是市長們對「地景」概念一無所知所致，上述的這些老聚落之所以珍貴，除了構成聚落的建築物，尚有整體的地景，地景是完整的歷史風貌，是人與地相處的涓滴紀錄，二者缺一不可。然而市長們對此並無所知，在菁英階層的他們心目中也從未真正覺得這些聚落可貴應當被保存，他們有粗淺的文化認知卻無真正的人文關懷，不打心底重視那些古老、一去將不再復返的種種，對民間與文資團體的請願，他們的想法是：好吧既然你們喜歡這些破房子那留個三五棟給你們你們也差不多該見好就收了吧？（勿道我小人之心度君子之腹。）

市長們必定想說，破房子留五十棟是留，留三棟也是留，那何不將那四十七棟充分利用，當作校地，或作公園，或闢為氣派堂堂的十米道路……

四四南村是否為眷村保存的典範，我說到此為止。我們每每頂著夕陽而來，到四四南村時總是拍電影所說的 magic hour「魔幻時刻」（我始終無以得知侯導怎會把此名詞念作「沒金凹」），我熟悉的四四南村便是浸泡在墨水藍的天光下。臨著莊敬路的公園部分是成排草坡，爬上草坡很有攀上眷村屋頂之感。保留下來的四棟建築，牆上有著四四兵工廠廠徽，一個紅色大圈圈裡的四個小紅圈，用紅色叉叉區隔開。Ａ棟是台北市社會局的「台北市信義親子館」；Ｂ棟是我們最熟悉最常逛的眷村文物中心，內部其中一面解說牌特別提到流過南村的大河溝（應是指五分埔支線）及更遙遠處、被村中孩童當作探險目標的大埤塘（我猜是現為市立療養院的蝴蝶埤）；Ｃ棟為總是熱鬧的但消費不俗的「好，丘」市集，Ｄ館則是景新里里民活動中心，四棟建築的中心廣場每逢周末會有市集。乾淨漂亮，古樸質感太完美，完美得像是精心修飾而成，不少人說，四四南村今日風貌算是對得起史康迪，其人目睹南村繁榮，應該會心安滿足了吧？但我不敢如此篤定，畢竟比之史康迪曾見過的四四南村，這四棟建築只是極小的一部分，何況精緻而昂貴的文創氛圍，是否當真適合一個眷村予人的最後形象？

近些年聽到史康迪，卻是成了個照顧街犬街貓的愛爸，八隻街犬兩隻浪貓出沒在四四南村附近，街犬是四四南村居民遷離後留下的，算算年紀非常大了。

魔幻時刻的台北一〇一大樓也非常魔幻，往往天色已然暗藍，大樓卻映著遠方夕照而金澄輝煌，懸浮在瀲灩的四四南村之上，兩個世界的對照尤其成了遊客最喜歡的取景角度。看著一〇一大樓，電影人與我罕見的起了爭執，究竟一〇一大樓是什麼顏色？我說是翠綠色（嘿嘿我有偷看一〇一大樓的設計理念是來自竹子），電影人堅持水藍色，我倆相持不下找上動保人評理，動保人思索答以兩方不得罪的「湖水綠」。

春去夏來，夏天是最無聊的季節，盛夏酷暑時節，我不得不打斷踏查水圳的工作，在板南線忠孝復興站與忠孝敦化站間的東區地下街來回走動，來回一趟二十分鐘，一下午走上個十來趟，這就是現代都市人特有的運動方式了。

如此遲至初秋，我們重返象山山腳下的寧靜老社區，一個夏天野草瘋長，西大排邊坡的瓷花豹漸漸給吞沒，入秋後除草，竟只剩得一頭花豹孤伶伶在蓄水池上，又幾日，剩下的花豹也再沒看見，我寧相信它們是有了靈性成了精，縱入山野過它們的逍遙日子去了。

吳興街524巷16弄，神大排從山腳一個急轉彎流入惠安里老社區處，轉角幾座紅磚房，紅磚褪色斑駁，古舊牆面繁衍起薜荔爬牆虎大至雀榕的寄生植物，缺憾是古樸質感的屋瓦已被換成鐵皮頂，這樣的小屋自非古蹟，不是名門大厝，但總是百看不厭。這幾棟紅磚房沒能活到二〇一五年，在一四年底的某個冬日被夷平了，那堆陳屍一般的殘磚遲至年中才被清運乾淨。

三百年前郭錫瑠目睹柴頭埤淤積而發下宏願修築瑠公圳，深山中的新舊兩埤也因礦渣而消失，那三條小河，開墾先民賴其水源、殖民者測繪其地圖、美軍亦從轟炸機上俯瞰其貌，它們由山中野溪成為水圳又成為排水溝，如今在「綠化」、「親水」、「社區再造」的關鍵字指導下又漸漸引人重視。

我們也還活在變遷之中，惟種種變遷未免無常，從初踏入動保處而與吳興街底的老社區有了聯繫始，我們已經送往迎來了不知幾代的街貓，也目送了瓷花豹還是紅磚老房子，遂驀地驚覺了，滄海與桑田，竟是正發生著的現在進行式，而我除了快快提筆記下這一切，似也別無他法。

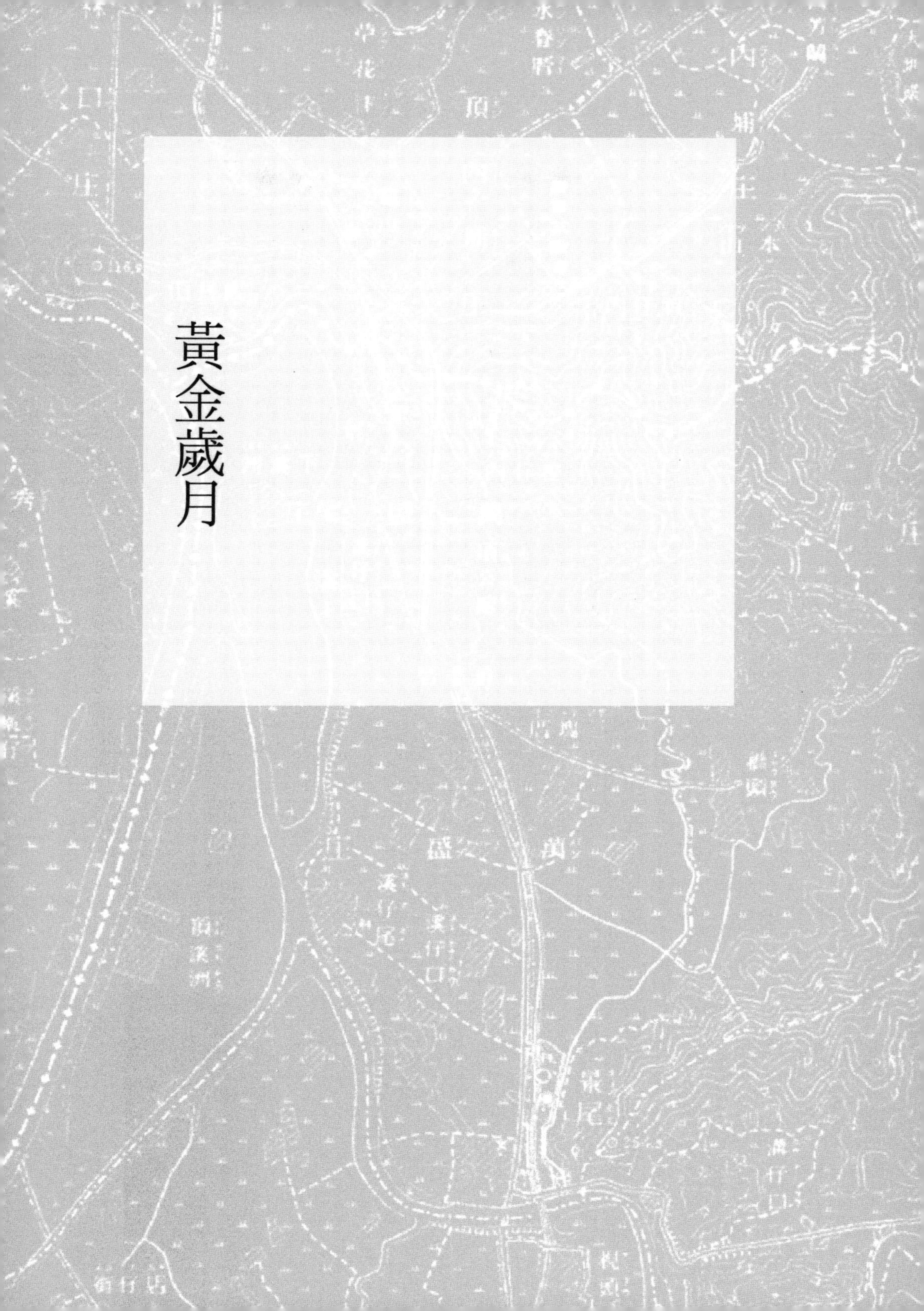

黃金歲月

大安支線流貫過去的大灣庄（日據時改稱大安庄），應是由此得名。如今此河前半段位在台大校園內，後半則流通過文湖線科技大樓站至大安站間的地面，流域不算特別寬廣。雖是徹徹底底歸屬於瑠公圳水系，然其流向、流域與霧裡薛水系的第一霧裡薛支線的前半段非常接近，端從地圖上看，其極相似的兩者以一模一樣的形狀流過大安庄，相距至多百餘公尺，第一霧裡薛支線在西，河道弧度圓潤；大安支線在東，河道較多稜角轉折。正因為兩者的灌溉範圍如此相似，在歷史上可能有過改道或合併。

於我，這條河代表著一段有過的黃金年歲。

大安支線在離煥民新村與基隆路圓環不遠的羅斯福路四段 123 巷 21 弄與羅斯福路 119 巷口，自瑠公圳第一幹線分出，曾有那麼株大榕樹傍著分水處的岸邊，可惜此樹已在二〇一五年夏天的蘇迪勒颱風中倒塌，如今種植了瘦瘦小小的二代木。大安支線由這個路口向北通過羅斯福路派出所與民族國中之間，順羅斯福路四段 113 巷行走至民族國中正門，二〇一五年十二月二十四日，文化局在此舉行公聽會，邀集居民、台科大、台大、軍方、警方（蟾蜍山南麓、萬盛街邊那一連棟的警察單位）與殯葬處等所有涉及蟾蜍山範圍內者，聽取各方意見，以備明年初（實則就是幾天後）文資會議審查、劃定蟾蜍山文化景觀的實際範圍。公聽會上，氣氛堪稱和諧但暗潮洶湧，從頭到尾當透明人沒意見的殯葬處、惟恐被劃入文化景觀而無法修繕因此反對的軍方與警方（與會學者們立刻以使用中的古蹟如總統府為例安撫之）、桌面上握手桌子底下互踹的台大與台科大、殷殷盼望保留但不悲情不狂暴的老居民們……這是蟾蜍山這一戰的最後山頭，翌年一月十三日，文資會議通過蟾蜍山全區保存，我們始終關注的煥民新村、有著大雷達的山頭、軍事與警政單位，全部劃入文化景觀。

大安支線流過民族國中，向東北流經台電公司台北區營業處與台灣科技大學的國際大樓，由疊架著高架道路的基隆路通過，由造園館旁進入台大校園，經台大農業試驗場的農地西側，從以復原意象為主的瑠公圳水源池與台大生命科學館間的曲徑過。

如今已是校園內道路的舟山路在瑠公圳水源池北側成一橋，橋下即大安支線唯二的露頭段之一。此河道水流不豐，大半時候是為乾溝狀態，溝底草葉茂盛，惟連日陰雨後方得些許水流。大安支線沿著水工試驗所與森林系館北上至圖書館前大草坪，其流向自此開始有爭議，普遍說法是，大安支線直通通接上小椰林東側、約莫是今日腳踏車道的水路，看過那條水路的校友動保人形容它「淺淺的，不太有水，反而比較像有點凹下去的花圃，感覺真要踩上去應該也沒關係」；而水圳研究者如洪致文則相當駁斥此一說，認為小椰林是條排水溝，真正的大安支線要打森林系館開始往西北，經化工系館、電機一館抵醉月湖邊，再由醉月湖轉東北經數學研究中心、女八舍離開台大校園，此一說有相當基礎，是〈瑠公水利組合圖〉中所標定的大安支線流向。

惟我稍感困惑的是，端看森林系館旁的大安支線露頭段流向，不免讓人覺得直通通的銜接上小椰林道，遠比往西北拐到醉月湖邊要來得順暢且可行，是否當水圳開始消亡、灌排不分之後，大安支線從灌溉用改作排水功能，遂直接利用了小椰林的排水道，教大安支線從此改道筆直北走，直到女八舍前才回歸了舊河道？

大安支線出台大過辛亥路，起初流在和平東路二段96巷東側，在辛亥路二段171巷6弄繞了個小小的轉折進入96巷，那個轉折處，就是大安支線第二次露頭。此露頭段擠在各方圍牆包夾間，是171巷6弄與96巷口那棟二層樓高的白色二丁掛房拆除、改闢為簡易綠地後才得浮現。如今這段河道就在綠地底部的木板牆後，構樹由牆頭探出，河邊雜生芒草、姑婆芋與大葉雀榕，河的另一側便是和平東路二段96巷35弄2號與4號的雙拼公寓，這棟公寓的背面因河道而歪斜，臨河的是一面紅磚牆，牆上嵌著冷氣機屁股與一扇封死的白門，門底河面，不過三五公尺長，灰撲撲的河水堪稱豐沛，比它在台大森林系館旁的乾溝要像是河流得多。打某年某月某日起，有熱心人士在木板牆上貼了張護貝的標示，標示寫著瑠公圳三個字，附上一個大大黑黑的箭頭指向牆後河面，教這段河道易於發現也好親近多了，這也是目前台北市眾多標示著瑠公圳的河跡中，少數確實是瑠公圳的案例。

若路口白色二丁掛屋沒拆，恐怕我是永無可能發現這段河道的，如此我難免懷疑，在我走踏過的無數河跡之中，是否也有不少類似的露頭段藏在重重屋宅與圍牆間狹處？人說螞蟻是二維的生物，永遠只能活動在平面上，我在找尋水圳時，亦深覺自己受困於二維，二維的地圖、二維的地面，我老是認為，在能夠長出一對翅膀飛上天之前，我是無法真正完成我的水圳踏查大業的。

大安支線的露頭段對面，敦親公園的西南角有一座小廟，是大安支線短短一途、卻流經的四座廟宇之一，找不到廟名的小廟看似尋常土地廟，實則名為地主陰公廟，屬祭祀祖先的家廟性質，流向轉折後的大安支線便從廟前流過，沿敦親公園西側向北走。敦親公園北端的石碑，更像是三塊不一的岩塊，居中最大者題上敦親公園四個金字，亦有熱心者在旁補漆上瑠公圳三個白字，提醒了公園西側那條道路的前身。

大安支線北行至和平東路118巷4弄口的大安聖母宮。此廟坐落在華蓋似的榕樹下，兩側豔紅的燈籠牆相掩，廟本身建築相當後退，藏在紅藍白三色塑膠帆布牆與鐵皮浪板頂之後。大安支線就在廟前轉向東北，縱貫下一條巷道和平東路118巷2弄，此巷值得細覷處，在於3號之2公寓旁應是倉庫之類低矮建築的牆根下，尚且存有大安支線的橋墩殘跡，如今彷彿牆角下一團增生物的這一點點橋墩，通常是糊上層層水泥，包覆住下方架設通過的管線。

橋墩所在的這一帶巷弄，翹首舉目最能望見的高樓層建築，就是米黃色、低樓層有著赭紅橫紋的科技大樓，是科技部與資策會設址處。大安支線由科技大樓旁的倉庫進入，河道的形狀藉由倉庫保留下來，於全家便利店出至和平東路上，細查便可發現本應使用和平東路二段96巷口東翰大廈一樓店面的全家便利商店，有一半是突出於大廈之外的，架在東翰大廈與科技大樓間的大安支線上。

大安支線過了和平東路乃為和平東路二段175巷，175巷是這一段和平東路數一數二的寬巷，向北直走後略偏西北，往第一霧裡薛支線流去，兩條河便是在此至為接近，尤以私立開平餐飲學校為最。瑞安街71巷（和平東路二段175巷過了瑞安街81巷後的北段延伸）上的打醬油咖啡店，本應是搭蓋在河道上的簡易建築，在店主巧思經營下十分有質感，粗厚不平的木質外牆鑲著一盞復古小燈，門口滿植薄荷山蘇的小花壇，透出屋內昏黃燈火，是我很喜歡的河上建築，大安支線在此店處遽然轉向東北，由開平餐飲學校的籃球場通過，第一霧裡薛支線則以瑞安街之姿流過學校背側，學校建築成了兩河分水嶺。

大安支線直角繞過籃球場西北、東北兩面，自學校外圍的民宅車庫斜越瑞安街61巷，打從復興南路二段上成排的豆漿店店面穿出，約莫位置是無名子清粥小菜與四海豆漿大王處。隔著復興南路二段大馬路與其上文湖線高架軌道的，是復興南路二段115、117與119

號的國防部將軍宿舍，就我記憶所及，一直都是架著鐵絲網的圍牆深鎖、巨木遮蔭而難窺望的青瓦廢屋，如今115號與117號已拆除建築與外牆，整治為簡易綠地，119號的建築本身也在不久前拆掉，如今是圍牆與重重深鬱色樹蔭包圍的一小丘廢瓦礫。然而115、117與119號共同構成的街廓形狀猶存，是一南端寬北端尖銳的春筍狀，由大安支線與其分支的小給水路共同形塑成，春筍東側的復興南路二段111巷是小給水路，南側清水宮前的歪斜小徑是大安支線本身。

在通過119號背後，復興南路二段111巷、111巷17弄、大安路二段132巷36弄所構成的那小巧繁複的路口後，大安支線由一榕樹一玉蘭樹拱衛著的停車空地進入111巷17弄以北的公寓間，平直向東，於瑞安街23巷24弄後始轉東北，至建安國小與大安國中，自大安國中操場與四維路154巷向北直入大安路二段3巷。大安路二段3巷與大安路二段53巷的丁字路口，兩側民宅尚有給河道削斜的外牆（如今東側已拆）。大安路二段3巷此一斜往西北的小徑，河邊的老公寓陸續在更新重建中，如此走著走著會遇一上長排跨騎著榕樹的古舊紅磚牆，標示出昔日河岸的這條磚牆，在大安路二段3巷結束之後，繼續深入信維大樓後方的停車場，直到信維郵局的車道口併入大安路，由大安路口過信義路。

這條河，也就是舒國治提過的小河：「信維市場旁夜市，原是條小河；而這條小河，當年其旁的路雖是通建安國校的主徑，實則更窄於此河。」如今信維市場因攤位閒置過多幾成倉庫，預計在二〇一六年歇業。信維市場所倚附的信維整建國宅，與對面的信維大樓一般，屋齡皆在四十五年左右而破敗得驚人，已在都更改建之列，外推的陽台與冷氣機好像藤壺，看得人手癢真想得一雙巨掌快意刮除之。

過了信義路的大安支線改行在大安路西側，在大安信義路口造成一小塊畸零地，此臨著人行道的空地如今時常作為假日市集使用，大安支線是畸零地與世青圓形大廈之間的曲徑，從大廈後側的土地廟穿出，往後它愈形杳然，在〈瑠公水利組合區域圖〉上歸屬於小給水路，由土地廟對面的仁慈公園往西北方流去，流貫仁愛路，直到文湖線忠孝復興站，沿著巨偉如屏障的協大忠孝大廈，結束在安東街邊的大安公園，離第一霧裡薛支線與上埤非常接近。這片復興南路東側、信義路至忠孝東路的地面，僅剩的河跡是短短一段、由東豐街至復興南路一段253巷的仁愛路四段8巷，與我們稱為化野念佛寺的大安變電站空地偏斜的東緣，那個空地曾整齊放滿似油漆桶似變電設備的小小方方之物，一尊尊好似京都化野念佛寺所供奉、已然風化如石礫的地藏像。

從二〇一五年二月十五日起，我們佇立在世青圓形大廈下方的大安支線河岸時，必定會抬起頭，逐樓的向上數，數到十五樓的窗口，看看窗口是否亮起一盞燈火，是否有黑色的貓影一閃而過。因為便是從那天開始，大安支線的這一大段河岸，全都染上一層灰。

世青圓形大廈十五樓，是宣一媽媽的家。宣一媽媽，是我跟著阿朴喊的，有時亦直接簡稱「媽媽」，對那個家的男主人，則不是工整對仗的喚「宏志爸爸」，而是父從子名的喊「阿朴爸爸」。無論我願不願意承認，我的整個童年都是在那個家中、與他們一同度過的，阿朴是我唯一的童年玩伴，儘管從今日回望，會曉得我們友誼的頂點約莫就到小學中年級輒止。

那對我來說是一段黃金歲月，對他們大人來說，何嘗不是。

世青圓形大廈算是那段黃金歲月的後半，前半段，且容我們先回到第二霧裡薛支線邊，金華街164巷上的那個舊家，那個有著小庭院的公寓一樓，臨著庭院的大玻璃窗垂掛下簾幕般的綠鴨跖草。夏天裡，宣一媽媽會在庭院裡打起充氣游泳池讓我們兩小戲水，儘管那個打滿牛皮膠帶補丁、無法充氣到鼓脹的游泳池只夠我們不旋身的泡水，是把兩人在浴室浴缸的共浴（與一大堆恐龍玩具）原封不動搬至庭園而已。庭院裡養過兩隻小番鴨，不知打哪兒弄來的，也不知長成後又哪裡去了，因為小主人阿朴是標準的七龍珠世代，倆小鴨名叫「悟空」、「達爾」。

綠鴨跖草簾幕後的玻璃窗，總映著阿朴爸爸專注、侃侃而談的側影，每一日向晚，屋內燈火將臨窗而坐的人們的身影落在悟空和達爾悠晃的庭前地上，影影綽綽的身

大安路二段3巷，位在信維市場旁，通往建安國小，是大安支線尾端的小給水路，也是舒國治記得的小河。

影們是年輕的侯導，年輕的楊德昌，年輕的李安，年輕的焦雄屏、張大春、楊澤、舒國治、陳雨航、蘇拾平、吳念真，年輕的動保人夫婦（竟比今日之我大不了幾歲！），偶爾也有年輕的阿城，不常現身但如候鳥般定期來到的年輕的劉大任、年輕的張北海，僅見過一兩次的年輕的龍應台……各自在電影圈、出版圈和文學圈有一席之地的這些人，卻總能在此吸收新知，學得聞所未聞之事，認識新的有意思的人。

穿梭這些人之間不太參與話題的宣一媽媽，端來的一盤盤並非是日後聞名圈內的拿手菜，比較多的是配話題用的薯片薯條之類零嘴。宣一媽媽偶爾坐下與動保人聊聊，不同於那廂知識分子們的談讌，聊的是洞窟女人話題，也幫忙排解阿朴與我時不時爆發的糾紛，兩個執拗小孩衝到面前滿頭是汗的搶著告狀，口拙的巨嬰我，永遠爭不過小小一隻但超會說話的阿朴。

沒有糾紛的時節，我們在聚會的圓桌下鑽爬，在桌腳與各色人腳間編著我們那永無止境不會完結的鬼扯故事，圓桌上的話題，我們聽不入耳，聽進去了也不會懂。我們不會曉得彼時李安正躊躇著要如何踏出他電影的第一步；也不會曉得楊德昌正待突破他拍攝《牯嶺街少年殺人事件》遭遇的困局；更不曉得陳雨航與蘇拾平當時正籌畫著將來的麥田出版社與城邦集團霸業；龍應台攜安德烈兄弟加入聚會的那一晚，兩小孩長在德國，不曾見過任何軍事玩具如玩具槍玩具坦克塑膠士兵，乃至一頭栽進那些阿朴與我早已玩到不再碰的玩具堆，瘋玩到我倆看得瞠目結舌不免望向大人們求助，根本不會留心到那晚龍應台的盈面憂色，那是彼時她與她開始老去的雙魚座媽媽相處的種種（多年後的《目送》）……

於是我難免又想起奇士勞斯基那真實而殘酷的點醒，父母最盛年美好的時候，小孩看不見，看見了也不知道；等小孩長大看見時，他只看到父母的衰頽，而對之充滿了不耐煩。

宣一媽媽阿朴爸爸最盛年美好的時候，我們忙著共浴玩恐龍（時不時為了搶占遠離水龍頭放水口的浴缸頭好位置而大打出手）；爭奪攀登上蓋在他家一隅兒童遊樂區的溜滑梯的巔峰卻只能無所事事蹲踞著；追當時還不譯為迪士尼的狄斯耐動畫或是各類機器人卡通（我最記得的是《魔神英雄傳》）；我們著迷《五星戰隊大連者》而自創五色野雞戰隊（好難聽的名字）；我們一同恥笑《美少女戰士》的人物造型與劇情，卻也有為恥笑材料而不知不覺看了好多集；嗜奶如命的我們共同創製純牛奶冰棒，等著牛奶在凍箱化為堅冰時懷抱種種幻想，激烈爭執此夢幻新品的分配方式（與銷售通路和專利註冊），卻是一嘗才知牛奶冰鹹得彷彿加了鹽巴，失望得不得了；我們共打電動（當然都是他操作我旁觀），以致當年土到不行的譯作《太空戰士》的《最終幻想》系列，是我如今戒光了一切電玩卻唯一戒不掉也沒打算要戒的，還有還有，我們一同統一天下的《三國志》第五代，統一天下的自創英主名叫「朴朴大王」；我們也同看日本漫畫，以至於今日之我在動漫圈打滾多年，到頭來發現自己最忘不了的仍是當時他介紹給我的《幽遊白書》，與更後來些的《新世紀福音戰士》……回頭省視，生命中那短短幾年養成的愛好，竟讓我到今日還很不長進的遵奉著。

我記得，那個家有宣一媽媽阿朴爸爸替阿朴布置的超豪華玩具房兼臥房，但阿朴還是愛與父母同睡，以致那房常常由在他們家過夜的我接收，更是非常慚愧的，把我人生最後一次的尿床經驗留給了宣一媽媽。

我還記得，那個家出了後門，經過各家簷影遮天而顯得陰暗、偶爾會放著捕鼠籠的後院（於是乎我倆皆快步衝過），便到了從外頭大街看去，中間隔了一戶鄰人、門牌號碼跳了一號的王婆婆家。我們跟王婆婆學折菜和集郵，跟王舅舅學養魚（那時真的好羨慕他那一大缸質感如琉璃的淡水魚），跟王阿姨學女工和打毛線（儘管最後都在搗蛋，狂踩王阿姨的毛線球說是要把她的白毛衣變成黑毛衣），也許今日阿朴專精於織品的領域，便是那時啟蒙的。

也有那一年，兩位爸爸隨侯導到歐洲參加鹿特丹影展與柏林影展，一去就是一個月，讓兩位袋鼠媽媽攜我們兩小四處遊蕩，有宣一媽媽開車而能山上海邊的跑，但我最記得的仍是台大校園，椰林大道可拾得連葉帶鞘三公尺多長的大王椰子落葉，可容我們一人坐在葉鞘上，給另一人當人力車般拖著跑，玩到傍晚收工卻還堅持要將此龐然巨物攜入阿朴最愛的麥當勞，唯我不記得兩位媽媽到末了是怎麼說服我們放棄的，無非是，一人吸引小孩子極易分散的注意力，另一人忙藏妥那巨偉之葉，再雙手一攤無奈表示樹葉長腳跑掉或長翅膀飛走囉。

我記得的阿朴總是個老成小孩，懂得很多大人世界的奇奇怪怪之物，如某次美食家宣一媽媽的難得失手。那一日大人們外出用餐，留我們兩小在家，宣一媽媽好意留了兩隻超大雞腿在烤箱吩咐我倆飢餓時充食之，卻是錯調烤箱溫度也忘調味，以至烤焦的雞皮苦得不得了，雞肉卻生嫩滴血且沒任何滋味……午餐泡湯的倆小孩自不甘心，決議以白布條與標語等全套抗爭裝備迎接大人們回家，並且製作了媽媽國旗（廢稿紙反面寫上媽媽兩大字）撕毀之（因阿朴抗議之餘不失理智，唯恐焚毀國旗會一併焚毀他家房子，故想出此改良方法）。宣一媽媽與動保人進門便見撕成兩半的媽媽國旗，又看頭綁白布條舉著「抗議雞腿太生、抗議雞腿太焦（這兩句聽來自相矛盾）、抗議雞腿太苦、抗議雞腿太嫩（誇讚？）」標語衝到跟前的兩位小屁孩，該是又氣又好笑吧？

一九九一年夏天，我的幼稚園無預警停業，適應新環境於我而言是個幾乎無法克服的大問題，當時為了做阿朴的同學以此解決適應問題，遂只能選擇離家遙遙且學費也遠超當年我們經濟能力的龍泉街蒙特梭利幼稚園。那是我們友誼的巔峰，我始終沒適應那同學年齡參差、教學方式以放任幼生操作各種教具為特色（此皆蒙特梭利教學的重點）的幼稚園，一整年的時間，我專注在與阿朴的相處，以致他偶缺席總要茶不思飯不想無心教具，甚至得勞煩老師額外花心思的鎮日陪伴，將雜誌紙裁作長三角形、捲成獨一無二的各色串珠，就是老師為了分散我注意力而教我的把戲。也因為那時的堅定友誼，意外造成蒙特梭利幼稚園的水痘大瘟疫，是我在阿朴染上水痘連日缺席後，再也忍不住的央請大人帶我前往探望，卻是缺乏防疫觀念的挑了水痘痊癒前夕傳染力到達巔峰之時，自身中標不提，連帶將疫情帶回幼稚園，小朋友們輪流發病不提，嚇得從未發過水痘的年輕帥氣的外籍英文老師失蹤數週不見人。

更有那舉辦於健康幼稚園火燒車事故之後月餘的幼稚園畢業旅行，同行的直升機家長以倍數暴增，其中也包括宣一媽媽與動保人，我們一同奔跑在石門水庫綠草地的相片就是那次旅行留下的，並有一只兩位媽媽費盡心力也沒放上天遂此折翼報廢的風箏。

搬至大安支線旁的世青圓形大廈後，我在宣一媽媽家的出入漸少，取而代之較多的記憶是詹氏旅行團。約莫兩三年一出團的詹氏旅行團，阿朴爸爸導遊，通些許日語又全不怕鬧笑話的宣一媽媽通譯，我們跑遍日本各偏鄉名勝如藏王溫泉，如磐梯高原的五色沼，如青森雪原中一個個溫泉鄉，如冬雪封山前夕的立山黑部，如金澤兼六園，是屬於都市旅行派、至今已跑京都二十幾三十次的我們一家不可能涉足之境。

詹氏旅行團尾聲的北海道團，那是集合了四家人的有史以來最大出團，我們揮汗如雨的征服日本最北端火車站稚內站、日本最北端的島嶼利尻島與禮文島、北海道正中央的旭岳、薰衣草田綿延接天的富良野、運河與紅磚倉庫聞名的小樽……揮汗如雨，是因我們遇上北海道氣象史幾不曾見過的四十度以上大熱浪，在當地缺乏任何消暑設備與抗暑經驗下，是各團員人生中最接近熱斃的經歷（回台灣後說出來我們此趟去了「北赤道」），也是那一趟，有些惆悵的，大人們發現自己玩不動了，再無法像年輕時那樣四處瘋跑，而我們小孩子，興趣不同了，專注的世界也大不一樣。那時我們遂有感，這是我們最後一次跟著詹氏旅行團出遊。

詹氏旅行團仍在繼續，團員大不相同，由揹著大包小包跋山涉水去覓偏遠溫泉鄉，轉作豪華郵輪假期，有侍者服侍如英國貴族的獵奇叢林之旅確也適合他們這些年所處的世界與他們自身年歲（當年阿朴爸爸豪勇誓言要前往珠穆朗瑪峰基地營，嚇死一票人），惟我仍偷偷記得的，阿朴爸爸約我的那趟未實踐的加拉巴哥群島之旅。

黃金歲月隨詹氏旅行團終結，並非風雲變色、驚天動地，僅僅只是，選擇了不同的世界，自然而然淡掉罷了，在那之後，我對宣一媽媽家的記憶屈指可數。

國中學測，我被分配到的考場是師大附中，於是隔條街口的宣一媽媽家成了我中午的休息站，無須如其他考生留在考場由家長打著扇子苦讀抱佛腳。那天宣一媽媽伴阿朴往遠處某高中應考去了，留守考生休息站的阿朴爸爸也不管我只停留一個中午兩小時不到，照樣出了一桌子好菜款待，如同那些年我在他們家中的每一次到訪。

高中時期，阿朴似有苦惱纏身，一改過往健談而極其沉默，惟某次見了我一聲輕笑：

「我終於等到這一天了。」指的是出生至今十來年始終瘦小的他，等到了能居高臨下看我的這一天，殊不知我也好開心，我還真厭煩因為兩人的體格差異老被當巨嬰哪！那句話，是我們整個高中時代……不，國中以後至今唯一說過的一句。

我對宣一媽媽家的最後印象，便是幾年前，彼時我大學畢業，剛剛開始跟著侯導邊做邊學，那一日收到宣一媽媽的簡訊：「X月X號要不要來我們家看貓吃飯」，宣一媽媽可能是一時忙得沒加標點符號，或者低估了山東大呆的犯傻程度，她不會曉得動保人見此簡訊，竟皺眉大不解：「貓是很可愛啦但幹嘛要看牠們吃飯啊？而且天天看貓吃飯早看到煩死了！」

看貓，看的是宣一媽媽的三隻黑貓，同胎親兄妹依卡與咪卡，剛收編不久還是半大貓的卡士柏。那是宣一媽媽看動保人這些年致力於這圈子而幾乎擱下作家本業，決定以實際行動的領養來出一份動保之力，向動保人長期出錢出力合作、信用良好的動保團體「台灣認養地圖」（動保圈神鵰俠侶KT與Leaf）先後領養來的，宣一媽媽邀我們看貓，不無向我們展示她對動保盡力的成果，其實端看毛色光亮泛著藍幽幽色澤的三隻黑貓（黑色街貓因為長時間營養不良，毛皮往往會褪為鐵鏽色），我們也曉得宣一媽媽對牠們任的費盡心思。

其實那一天，我倒真是在看貓吃飯，三隻黑貓，各有所愛與偏好，一愛繃繃脆脆的鮮蝦（信維市場某一攤二百八十元一斤的活蝦），一愛煮得軟嫩的土雞胸肉，一愛剛起鍋還騰騰冒著熱煙的清蒸竹筴魚，一道道都讓我想短下來品嘗之（彼時仍在Leaf的貓中途公寓吃大鍋飯的依卡咪卡之母真真，若是有知，會很開心子女們得此人孩都不一定能享有的際遇）。也因那天吃飯，於我而言有些陌生，我想從中追尋些許我在圓桌下所聽所見的那段黃金歲月痕跡，竟不可得。同桌的阿朴師大附中同學的父母們，不再是綠鴨莊草與大玻璃窗後影影綽綽的那些人，阿朴爸爸與他們的話題，圍繞在美食，哪樣食材要在哪個市場哪個攤商買，今日價格如何如何，怎生烹調後配上何等樣的美酒，說到美酒，剛剛裝潢過的世青圓形大廈十五樓的這間房，才新添了非常專業的酒窖呢。

彼時我不會想到，看貓吃飯那日，就是最後一次了。二〇一五年二月十五日起，我們選擇終結的黃金歲月，至此卻是由不得我們決定的真正結束了。北海道酷暑團後總說不會再出團的詹氏旅行團，也是至此才真實有所覺的，永遠不再出團了。

二〇一五年二月十五日以後，我站在河岸水濱，仰頭數到世青圓形大廈十五樓，那裡大半時候亮著昏黃燈火，偶爾漆黑沉沉。我低頭對河神細細叮囑，夜闌人靜之刻，不免替我好生安慰阿朴與阿朴爸爸吧！儘管我曉得，各自忙於事業的父子倆，其實也不常在那個家裡，尤其身為服裝設計團隊總監的阿朴，現在過著的是來往世界各地的空中飛人生活。

宣一媽媽最後的派對，在華山園區紅磚六合院的西4棟舉行（動保人夫與我難免又跟著山東大呆走了老半天冤枉路，猛找C4棟不著）。我們趕在派對前入場，（不慎插了隊的）與阿朴和阿朴爸爸致意後便離開，因我們不知如何與他們這些年的世界相處，那充斥著現場大老闆團、名流團、貴婦團，太陌生了，唯有Leaf趕著縫製成、託我們帶至現場的三隻黑貓布偶，錯落排列在鮮花之前，台上大幅布幕中的宣一媽媽，目光款款注視著仨黑貓，仍是是我熟悉的她的眼神她的笑容。

我與阿朴招呼，兩個人忽地幼兒化的，縮起腦袋，促狹的笑笑、怯怯擺手；與阿朴爸爸，這是我第一次與他擁抱，甚至是，第一次與他碰觸。亞斯伯格的我，對與人肢體接觸向來畏懼而敵意，不識相問路人的輕戳肩膀都會讓我暴跳如雷，我從不曉得，與人的擁抱是可以如此自然而溫暖。

就是那一刻，我相信我們都想起了那段黃金歲月。

大河

一條城市裡的河流，可以是什麼模樣？

日本橋，是日本東京都的道路元標，即日本道路網起點，是跨越日本橋川（好奇怪的河以橋為名）的石造二連拱橋，為一九一一年建成的第十九代日本橋，彼時日本正大力西化，這座橋的設計風格宛若跨越在呼之欲出的歐洲某城市某河川上。日本橋川，水源來自上游神田川，下游匯入隅田川。橋欄上、燈柱下背對背踞坐的麒麟青銅像，渾然的西洋風格，體格修長，鱗片下肌肉虯結，角牙銳利，配以一對蝠翼，看著幾分像西洋龍、幾分像巴黎聖母院石像鬼。我隨電影人一同俯身掛下石橋欄，看著拍打典雅橋墩的日本橋川河水，河水墨綠不透，但不髒不臭，無一絲半點油膜浮泡，漂滿近岸邊河面的不是垃圾，而是吹雪的櫻花瓣，淡淡粉紅花配以墨綠河水，此種配色法在人工環境中簡直不能入眼，在自然景物裡卻是太風雅得可恥。河面上渡船來來去去，渡船頭就在不遠處的石階走下去，那兒長年有著一攤連署，要求拆除一九六四年為了東京奧運而建設在日本橋與日本橋川之上，使之長年不見天日的首都高速道路，高速道路壓迫得河流與古橋上方空間狹擠侷促。

道頓堀川，流通在繁華的大阪市中心，此運河兩岸多劇場餐廳。大阪的店招向來走誇張風格，河魨料理就要掛一尾紙糊大河魨在店門口，牛丼店也要掛一頭大牛在門外，更別說出名的金龍拉麵有一蟠龍捧著麵碗彎彎繞繞在其屋頂上。唯獨這些店招一反日人的精緻美學，做工大多粗糙，就這麼突出懸浮於道頓堀川上，下方的道頓堀川河面，白晝裡難免有些髒臭，河面少許垃圾浮泡而非日本橋川那隨水的櫻花瓣，夜晚的道頓堀川則繁華，不見彼些粗怪店招，惟是各色霓虹燈影給拉得長長的落在邃黑河面上，水光粼粼間的豔色倒影有種鬼魅氣息，其中自然有那超級土也超級有名的固力果招牌（如今已更換至第六代），質感欠佳

新生北路與南京東路的特一號大排，名氣最為響亮的「瑠公圳」。

的藍色跑道上，笑得憨傻的固力果跑者迎面展臂奔來。

另外當然還有與道頓堀川齊名的南韓首爾清溪川，至今我還只能從他人的旅遊照片一睹其貌。如道頓堀川，清溪川亦橫越首爾市中心，夜晚可映兩岸霓虹燈彩，然而比之道頓堀川，似乎更潔淨更可親近，水岸植柳，並有魚蝦等自然生態。這樣的清溪川，其實歷經過我們都已非常熟悉的都市河流的死亡過程，汙染髒臭、為人嫌惡，進而加蓋成暗渠，有高架道路從上通過……惟清溪川有幸得以重生，從本世紀初開始整治，拆除高架道路，並打開箱涵挖出河道，美化河岸，引漢江河水灌流，方使清溪川有今日之貌，雖然此整治法也引來批評，指出本為人工水道的清溪川，不應硬生生將其自然生態方面整治，如今為苦苦維護此本就不屬於清溪川的自然生態，年年耗費甚鉅。

另有香港舊機場啟德機場北面的啟德河優化工程，以清溪川為師法對象，積極改善水質與綠化河岸中，預計此些年間完工，到時應能成為又一城市河流之典範。

回到我們的城市，我們的城市中也有這麼一條河流，這條河流貫台北市中部，比之灌溉的水圳，它著實稱得上是一條大河，因它的排水性質所致。我們說灌排分離，灌溉的水圳往往偏小而急湍，即便瑠公圳這樣的大圳，規模都不如我們想像，因灌溉之水要減少蒸發；排水的大排則無蒸發顧慮，又因要廣納四方之水，與水圳相較，河道便顯得低闊寬廣。

這條大河早已加蓋為路面，如今在下游段有部分打開箱涵重見天日，但臭水溝味四溢而難接近。化為道路的這條大河稱作新生南路與新生北路，很多人看到這裡便要迫不及待的說了，就是瑠公圳對吧？

新生南北路不是瑠公圳。

新生南北路不是瑠公圳。

新生南北路不是瑠公圳。

因為很重要所以要說三次。

其實說了又何止三次？

近年來選舉，逐漸抬頭的水圳文化很容易被拿上檯面討論，二〇一四年台北市長選舉亦不意外，某候選人主張，新生高架橋已近使用年限，應當拆除了地下化，此政見立刻引起對手陣營譏笑，笑說新生高架橋地下是瑠公圳啊！地下化了難道是要給水上摩托車使用？

對此我不免失笑，可真是五十步笑百步！

水圳研究者一講再講、說破了嘴皮的（端看上述人們的理解，便知宣傳成效不彰），就是新生南北路下方的那條大河，是日據時代修築的「堀川」，又名「特一號排水溝」，一併規畫的還有路中央也是排水溝的特二號道路，日人並未修築，反倒是光復後由國府根據日人的設計挖鑿而成，即今之承德路，惟築成後便立即加蓋地下化，沒留給人太多河流的印象。另外特三號排水溝，是國府將天然溪流無尾港溪疏濬拉直而成，如今加蓋為三元街與西藏路。

且說說特一號排水溝，這條假瑠公圳，它起自新生南路台大校門口，自此筆直北上，一度流向轉往西北，就是在光華商場處、新生北路與松江路之交，也是在這一處，是特一號排水溝唯一短暫偏離新生南北路的所在，特一號排水溝東偏至北科大後側，與上埤西端匯流，由光華郵局與玉市之間的新生北路一段5巷回到新生北路上，此後沿著新生北路直入基隆河。此「瑠公圳」最為人津津樂道的便是河岸美景，沿岸種植垂柳，就因垂柳夾道的風光太過出名，又大部分人會將郭錫瑠的瑠誤讀為「ㄌㄧㄡˇ」而非「ㄌㄧㄡˊ」，包括我包括動保人包括許多我曾訪問過瑠公圳記憶的台北市民們，都曾只聞其音的誤會這條河名叫「柳公圳」。

舒國治這麼記敘「瑠公圳」的：「新生南路由頭至尾，計有石欄矮橋十多座，橋形細小——一如當年動物園大門及台大校門，盡皆是台北最宜的尺寸——座座平行於綠柳紅鵑飄搖的瑠公圳河道上。在這一橋上，見相鄰那一橋上市女中學子魚貫而過，兼有三輪車、腳踏車、公車緩緩平行而移，說不出的怡然成致。」當然，那僅限於河岸美景，當時的「瑠公圳」已是極其髒汙的大排水溝，溝中雜草叢生，溝底汙水堵塞緩流，如舒國治另提起的一樁「瑠公圳」趣聞，一位同學的哥哥走在河邊，給停下來的汽車一開車門拍落到河裡，「落水人身沾汙泥、口含惡水，剎那間心中也只感莫名荒謬。」

一九七〇年，那時已是「瑠公圳」加蓋填埋之前夕，初入台大哲學系的鄭同學等三個小毛頭，走過「瑠公圳」上的小橋，來到台大對面的全成冰果室，怯怯去見大學論壇社的社長李同學與總編輯錢同學，後來改名臺一冰品的全成冰果室，當時給錢同學當作《大學論壇》的編輯室使用，今日店內仍有幾幀老照片，黑白照中的全成冰果室店門口，小橋流水的景象，「瑠公圳」在橋下潺潺流過。真正的瑠公圳，在學生們住過的蟾蜍山下萬盛街的那條河，反倒被他們誤以為是「瑠

右／新生高架橋下的特一號排水溝。

左／「瑠公圳」特一號排水溝入河處。藍色隔音牆的新生高架路與新生建國抽水站之間，低下的河面腐臭汙綠，幾不見流動而如一池靜水。

公圳」的支流。

「車過柳公圳，兩岸楊柳倒是盛得足可覆蓋住日益滯流的汙水，迎面一輛三輪車緩緩而過，車上兩個並肩依依含笑的女孩，一著湖綠色的旗袍，一是緊身上衣黑白花的大圓裙，裙襬迎風盪出車外，大概又是什麼系什麼名目的在新生社辦舞會吧！」這是動保人對「瑠公圳」的想像，說是想像，因她在台大的那些年，「瑠公圳」加蓋已將近十年，要如何想像，無非也就是我現下所做的，從前人的記憶與紀錄中挖掘吧！

還有震動社會的瑠公圳分屍案，發生於一九六一年二月，四名兵工學校（國防部聯合後勤學校前身，當時位在龍門里的新生南路三段上）學生於台大旁的特一號排水溝水閘發現一擱淺包裹，與路過員警合力打撈上包裹，才知包裹中竟是女屍的部分身軀！當時此命案震動社會，媒體報刊天天緊追著報導，因此造成時至今日還十分常見的媒體公審、未審先判，根據曾載運過包裹的三輪車車夫陳述的地緣與包裹內的狗毛（當時能養狗者非富即貴），即宣布「破案」，說凶手是當時官拜空軍少將抗戰王牌飛行員柳哲生，說柳哲生夫婦唆使家中雇傭殺人分屍。此謠傳傷害柳家甚大，甚至直接迫使柳哲生退役而仕途為之中斷，轉行賣冰為日後的百樂冰品。也因為命案棄屍於「瑠公圳」之故，發生於台北市的本案是由當時的台北縣警方偵辦。

河水尚在的那個年代，河畔的那所學校也是偉大的全台首學，而非今日高中化的學店。那時的校園，梔子花開的季節，校園裡一片浸在一大池水溶溶的金液裡的金黃色，考完物理系畢業考的李飛雲和陳錫麟，躺在文學院前潤綠的朝鮮草坪上，小弟盛世傑加入他們，陳錫麟與盛世傑，他們談論的是出國留學，成為物理學家、成為大科學家，李飛雲卻只能想著多兼幾份家教，多積幾分錢，燕翼下個月就要生孩子了，一切就只因為那晚的月光實在太美了……

台大旁的「瑠公圳」是這條河的精華段，當它離開台大往北，經過龍安國小，經過當年以美援金錢鋪設而稱「中美合作路」的新生南路，「瑠公圳」將路分作兩邊，水清而湍急，今日有著四條陸橋環繞的新生南路與和平東路十字路口，岸邊石墩，是夏日傍晚附近居民踢踏著木屐納涼的好去處，低於路面的青草地有當年還不是汙濁溝水的河水滋養，有鮮美如茼蒿的鵝草，水邊的牧童與他的大鵝是青田街7巷6號的亮軒與「嗯槓槓」，那頭以叫聲為名的大鵝，多年儼然已成青田街馬家一分子而彷彿有了免死金牌不再是家畜，卻仍在多年後，給迫於生計的主人家抱去了「掛爐」，那個年代在路邊為人家代殺代烤家禽、只收取下水為費用的大烤爐。

過十字路口，「瑠公圳」來到台北的宗教之路，此段河岸邊有我會回頭一看再看的清真寺，在馬家亮軒的記憶中，清真寺門前是橫跨河面的木板橋，橋對面如今的大安森林公園範圍內是個煤球場。有動保人夫佯稱大學研究生去找過資料的聖家堂，自然也有那敢對大安森林公園觀音像潑糞卻不敢到鄰居家清真寺鬧事的靈糧堂。在新生南路與信義路交口，大安森林公園西北角上，是舒國治幼年時的「外婆橋」大安橋：「過了大安橋，便進入東門町，市容一步步繁盛起來。小孩時坐三輪車去公館的山上（蟾蜍山）看『外婆』（實為我姊姊她乾媽的媽媽），心中想的『搖搖搖，搖到外婆橋』便是這『大安橋』。三輪車一路搖去，而新生南路一路上矮橋處處，河景悠然，好一個淺淡靜謐的童年台北。」

「瑠公圳」離開大安橋後、抵新生北路以前，在還不見「瑠公圳」蹤跡的日據初期台灣堡圖中，此地似有一不算小的埤塘，南北縱向呈狹長狀，地圖上亦有「埤頭」之地名，惟任何史料皆不見關於此埤之記載，或許「瑠公圳」之開鑿是借用了其水道，畢竟這一無名埤塘北端與上埤相連處，形狀與我前述的、「瑠公圳」唯一偏離新生南北路之處相符，此地即今日之光華商圈，過去尚且沒有3C產品、光華商場還是二手貨舊書中心時，動保人夫在此挖台銀出版之經濟學名著翻譯叢書（那套書至今仍破破爛爛的在書架上），以之認識外在世界；動保人挖黨外雜誌和禁書，認識眷村與客家庄之外的台灣。不少他們的同代人，則藉由挖舊書認識異性的身體——那些國外的成人雜誌或黃色書刊！

當年的台北工專北側至縱貫鐵路間，是不很算得上夜市的學校周遭平價小吃街，那時國劇社練習結束的電影人老媽常常和同學來此。如今工專已是台北科技大學，小吃街成了精通古玩的友人小費口中「含金量很低」的玉市，縱貫鐵路地下化後潛入市民大道之下，跨越鐵路的光華橋因此失去功能而拆除，連帶使倚附陸橋而生的老光華商場消失，新光華商場是矗立在河邊的嶄新大樓，它與三創園區之間的第二霧裡薛支線，自仁愛路以北即緊緊平行「瑠公圳」，第二霧裡薛支線有人歸類於霧裡薛水系（我是這類人）、有人歸類於瑠公圳水系，完全是從哪個時間點切入的問題（霧裡薛圳併入瑠公圳之前或之後），但也因它存在於不遠之處，在較不精確的疊圖中會與「瑠公圳」混淆，某種程度上加深了「新生南北路的瑠公圳」訛傳。

「瑠公圳」通過光華商場後，往西北大轉彎，造成許多台北人的困惑：「為什麼新生南路與新生北路不相連，但與松江路相連？」是新生南北路隨「瑠公圳」修築之故，新生南北路在日據時代稱作「堀川通」，並非獨特地名，在日本，幾乎每一座城市中都有一條堀川通，堀川通或可理解為「沿著人工水道修築的道路」之通稱。「瑠公圳」的這個大轉彎，通過林森抽水站——此類抽水站在往後的河岸邊仍多，通過鮮有人知的大竹圍埤，往三板橋去，途經板橋林家與日本東急集團合資、如今也已成為老台北人記憶的永琦百貨，經康樂里日人公墓、極樂殯儀館與舒蘭河火葬場這一殯葬業集合地帶，由此去的「瑠公圳」不似它在新生南路的部分，蘊藏了那麼多的美景與人們記憶，逐漸是個為人們不愛之物，將城市的屁股對著它，這種狀況往北尤甚，大河當年孤獨流過的荒涼土地，至今也還是修車廠聚集的難以行腳之地——時不時由車棚突出至人行道上的車屁股、修車廠員工稍一不慎就會噴上行人之身的洗車泡沫、地面橫流的洗車水、空氣中飄浮的各種化學溶劑味兒……

在新生北路與錦州街口的河岸邊，動保人與我的凶宅警鈴大作，河左岸那棟錦州橋攔腰而過的舊大樓，是過去的時代大飯店，今已改名為錦新大樓，兩度火警死傷數十人，並有跳樓女子壓死樓底賣肉粽的小販卻自身無傷……我們總記得這些災難與死亡的記憶，這是我在前文提及過的，「刷一層灰」，一旦發生過便再也忘不了，是種自尋煩惱甚至相當折騰自己的稟賦，在一般人口中約莫就直稱為「神經質」了，有誰會如我們這般，好端端在路上走著，腦中刷刷飛掠過千百種死法呢？對時代大飯店的死難記憶，動保人曾如此記述：「起初他覺得自己簡直倒楣極了，而且也很恐怖，他們的老婆連清明節都不去給他們上墳了，而自己像他們的眾兒孫似的，天天向他們有禮的致哀默禱，可是幾年下來，事情發展得彷彿變成這樣：他看到滿滿一幢樓的每一個窗口皆擠滿了人，他們既悲傷又快樂甚至有人吹著尖亮的口哨向他猛招手，綵帶、七彩色紙飛滿天空，正像是一艘大郵輪即將開航時道別的場面，令他心情每每為之起落不已。」此預知死亡的本領給動保人夫、編劇、電影人三位踏實的土象星座者訕笑得一無是處，但也給了我們踏查時的不同體悟，一張隱然成形的死亡地圖，與水圳地圖、摘果地圖一塊兒，藏在眾目皆能見的現代台北地圖中。

修車廠區域連綿直到民族東路以北，便是新生公園之地界，這一歐式花園風格的公園，二〇一〇年的花卉博覽會後，成為花博公園一部分，當年最熱門的夢想館在此園區內，天亮前即可見排隊進館的人龍，新生公園一口氣擠進這麼多人，是我這輩子僅僅見過的一次，花博已然久遠的今日，新生公園再復人跡寥寥狀，唯有陽光滿盈花圃的午後時光，有牽孫散步的老人家，與一台老式收音機陪伴著慢跑的附近居民。公園西北角是濱江街起點，也是「瑠公圳」入河處。藍色隔音牆的新生高架路與新生建國抽水站之間，低下的河面腐臭汙綠，幾不見流動而如一池靜水，不遠處的水門與紅豔的鐵橋襯著藍天倒影於水，「瑠公圳」所注入的基隆河面並看不見，帶著無數台北人記憶的一條大河，便止於此了。

「瑠公圳」之訛傳，另如早期的台北市政府出版品，台大校門旁側由文獻會所立的「瑠公圳原址」石碑，乃至估狗地圖中的新生公園濱江街、特一號排水溝入基隆河處都標示著「瑠公圳」字樣……這些年間，特一號排水溝的正名呼籲初見成效，至少在學界，已少有人再將之誤稱瑠公圳，但在市民們的認知裡，「新生南北路的瑠公圳」仍根深柢固，光就是我為了全成冰果室的回憶去請益已是錢老師的錢同學，錢老師開口也是：「你知道冰果室門前的瑠公圳……」

前一陣子，台北市政府考慮復原瑠公圳，要挖掘出土的河段選定台大前門，給水圳前輩洪致文撰文指正後，改口說是「復原瑠公圳的意象」，惟水源另覓，「挖掘出來的明渠可能命名為瑠公圳」，若是如此，則與特一號排水溝／堀川無甚大關係，與郭錫瑠、郭元芬父

特一號排水溝入基隆河處，不巧的是紅豔的鐵橋正在整修，難以遙望基隆河對岸的圓山大飯店。

子的瑠公圳更沒瓜葛，可以算是一條新河、一條給命名為瑠公圳的新一代大河。

特一號排水溝的正名屢戰屢敗之餘，又逢新版瑠公圳的新聞，有時我難免會想，是否就讓它積非成是了呢？作為一條城市中的大河，特一號排水溝當之無愧，老台北人聽聞瑠公圳即對它津津樂道；新台北人思索著如何活化河流、與河流共生，頭一個想到的也是它。是一代一代台北人心目中與記憶中的真正瑠公圳，我們的記憶之河，我們的大河，我想特一號排水溝，確也夠格被稱作瑠公圳了。

小河們

這些年我所結識的大小不一的台北市河神們，大河如新生南北路的特一號排水溝，中河如瑠公圳、霧裡薛圳或上埤，這些大河中河之外，在〈瑠公水利組合區域圖〉上，有許多以紅色虛線標示的小河，這些小河統稱為「小給水路」，大多是中河們的支脈，交織成綿密的灌溉網絡。小河們大多無名，比大河中河更不容易為人記得，但不少小河在如今城市地面留下的痕跡，比大河中河還要清晰，我想為這些小河一一作傳，一一紀念之。

前文中已提及過部分的小河，如舒蘭河，這條小河因格外不同的際遇而獨立成篇，另外如象山腳下、吳興街底的小給水路，與東大排、西大排或神大排這些水路相連或者交會，也已率先提及。

唯獨這些小河，我對它們的流向無法掌握得如同大河們或中河們那麼清晰，部分小河是大河的分支或者下游，流向順著大河而走而較易理解，但亦有彼此交織成密布河網的小河們（這個情形在灌溉密集的大安庄最是明顯），這時我就難以判斷其上下游了，從何而來、往哪裡去。故而本篇我對小河們的記敘，一概以我追索的步調為先後，可能是逆流上溯，也可能是順水而下，在此必須特別說明。

大安支線在基隆路上的造園館處進入台大校園，此處分出一條小河沿基隆路往東北，不到基隆路三段 155 巷口便止，河岸側是台大農場，鐵柵外牆蔓爬著山藥與小花蔓澤蘭兩種相似又截然不同的心形葉，園中樹苗儼然成林，霧綠一片。

台大校園的瑠公圳水源池處分支的大安支線支流小河，此河平行我稱為成功國宅河的上埤的支流。它在離開台大校園之際，於辛亥路上分支，一走在復興南路二段 337 巷 6 弄，這條巷弄緊鄰著市圖館道藩分館與台北教育大學的溫水游泳池和大禮堂，鋪設了行人地磚而十分可親，紅磚大禮堂亦有質感，偏就是溫水游泳池溢出氯臭瀰漫整條巷。此河轉入北教大，經北師美術館與北教大圖書館後轉出校園，為和平東路二段311巷，向北深入成功國宅區，巷底河盡處是成功國宅郵局，成功國宅高聳而連棟矗立簡直像是桂林山水。一走和平國小預定地內，經大安運動中心北側，那裡曾有早期夜店「Whisky A Go Go」，砂岩般粗糙外牆的橘黃方正建築立於荒地中央，我幼時曾隨大人去探班徐小明導演、侯導監製的《少年吔，安啦！》拍攝現場，那天高捷牽著他的大麥町（彼時我只在迪士尼動畫中見過該犬種）上戲，那場他給槍殺在停車場惟日後剪掉的戲，我記得大人們好緊張的反覆告訴我他只是演戲不是真的死掉了喔！我只是很羨慕他可以詐死之餘偷吃我最愛的番茄醬假血漿（日後才知拍電影的假血漿並非用番茄醬，而是另一款我也很愛的川貝枇杷膏）。小河就在Whisky A Go Go一帶再次分為臥龍街56巷與敦南街兩條河，臥龍街56巷是豪宅敦藏旁的小徑，短短幾步路通往聽說國泰金控信仰祭拜的、聽說十分靈驗的土地公廟福安宮；敦南街小河則北流至臥龍街口，在那緊鄰著人行道彷彿給從中剖半的紅磚房向西轉進和平東路二段136巷，這條幾乎是北教大校園一部分的小巷，一旁停車場的鐵網牆爬滿薜荔，樟樹與木質電線杆斜倚其上，也給薜荔爬得毛茸茸的，巷中紅磚建築，巷中兩株尤加利樹與對面牆內芒果樹相望，小河出了此巷過和平東路，是沿著成功國宅區南緣的四維路228巷。

和平東路二段118巷6弄的小河，是大安支線的分支，它的地勢明顯低於和平東路二段96巷的大安支線，河口生著一株大芒果樹。自大安支線分出後始往東流，至和平公園西北隅轉北，與科技大樓西側的大安支線遙遙相對，這條河通過的是科技大樓東側，在科技大樓東半較低矮的資訊科學展示中心與鄰近的鐵皮屋間，那道倚停著機車的白牆就是小河過處。

此河通過和平東路二段後走幾不可見的和平東路二段219巷，在219巷與和平東路二段175巷5弄口忽地轉仄往西，最終刻畫出和平東路二段107巷23弄11號公寓背側的地基形狀。

和平東路二段219巷在通過和平東路二段175巷5弄後，頓時寬闊，此處起尚有另一河，與前述之河接近但應未相交。它流過曾是國防部舊宿舍區的科技大樓站自行車停車場，經龍陣一號公園，於復興南路二段160巷東轉，過復興南路後，先後與大安支線和第一霧裡薛支線交集。已拆除為綠地的復興南路二段115號、117號將軍宿舍，我曾形容過那是個形狀彷佛春筍的街廓，街廓南側的清水宮小徑是大安支線，東側斜向帶點弧形的復興南路二段111巷就是這條小河。

大安支線在大安路二段3巷與四維路124巷口開枝散葉，除卻順著大安路二段3巷繼續北流往信維市場與世青圓形大廈者，此外共有三條小河，一條往西流經大安路二段88號與86號大樓後側帶狀的台北好好看綠地，尾端至信義路四段30巷筆直往北，無論好好看綠地還是30巷，兩側房屋皆非尋常平房，仍有眷村遺風。兩條往東並行四維路124巷的小河，其一隨即北轉信義路四段74巷通過中華電信軟體大樓，曾向西通過敦化南路，是為敦化南路一段335巷，復又回到敦化南路西側，以四維路44巷為盡末；另一斜斜離開124巷後，作為中華電信研究院停車場之東緣，此河在四維路101巷上再度二分，偏北者短，在信義路四段與文昌街一帶告終，敦化南路二段37巷及與它垂直、通往敦化南路二段11巷的三十公尺無名巷弄（近來才編碼為敦化南路二段37巷3弄）是河跡；偏南者則極其源遠流長，分支者眾，它向東向南流往上埤的上游幾條溪流，與上埤交纏難分，在我尋找上埤的初期予我極大困擾與混淆，彼此相連的敦化南路二段37巷2弄與55巷，居安公園東側停車場的斜邊（近幾年因蓋起高樓而消失），敦化南路二段63巷54弄，通安街44巷，部分的樂利路5巷，部分的安和路二段171巷與樂利路11巷，和平東路三段89巷，全是它銘刻在地面的痕跡。

芳蘭路的瑠公圳第一幹線，在基隆路三段155巷分出小河，芳蘭路另一側之155巷路邊，上有乾淨如野溪的露天溝渠。小河沿著台大動物科學技術系豬味濃重的畜舍往西北至基隆路，在那設備系統先進與人類醫院無異、惟掛號後往往要花去整天候診的台大動物醫院轉往東北，至太子學舍的長興舍區。

臥龍街151巷（瑠公圳第一幹線）以東的臥龍街，是瑠公圳分支的小河，沿著福州山北麓蜿蜒，路邊一堵水泥牆擋住福州山上幾乎要傾瀉到路面的綠意，從福州山公園蜿蜒的登山步道，則可俯視山腳下小河的全貌。小河直抵和平東路三段，途中並有一分支和平東路三段308巷15弄，自海巡署人員研習中心分出，經黎孝公園流入安居市場所在的安居街9巷。

吳興街有著瑠公圳分支的小河，且不算寬的吳興街上，似乎有不只一條小河並行著，它們一是來自基隆路二段吳興街口的車層汴，約止於吳興街225巷口，台北醫學大學附設醫院北端角上。一是早先自信安街瑠公圳第一幹線分出的小河，與吳興街106巷的上埤支流相連，許是因為從一條小河流經轉作兩河並行，吳興街自106巷口起（約是OK便利商店前方），路面驟然一寬。

與信安街瑠公圳第一幹線相連的小河，走在信安街81巷與103巷，沿著六張犁山脈末端的小山麓，途中是紅磚老屋與電梯別墅混雜的奇怪社區，從緊鄰的倆小廟福興宮與東興宮前進入台北醫學大學後方的老社區，途中曾一分為二過，往柴頭埤遺址的吳興街284巷去，在吳興街口分支，一走吳興街並分支出吳興街260巷，末了匯流吳興街106巷排水路；一向東與東大排交會（美軍轟炸地圖上認定為東大排下游的小給水路便是這一條），流入松勤街小給水路，途中也曾與西大排及神大排匯流的小給水路穿插——以上是我自然而然所推定的小河流向，然而就在信安街 103 巷的黎雙公園東側、北醫學生宿舍後方，尚存一小段此河的明渠，混有塑膠布的砌岸與不及一公尺寬的河面，河流的流向與我猜測的全然相反（以今日網路俗語，就是被「打臉」了），也是這條小河讓我如大夢驚覺，畢竟我多年來跟隨古地圖與歪斜巷道追河，也許能對河道位置掌握得清楚，但沒有幾條河是我實際見過的，渾然不知河流的流向（當然台北市的河流大致都是由南向北流），因此我在本篇開頭會提及，我記錄的小河是跟隨我踏查的走向，而不全然是它們真正的流向。

文昌街度過光復南路的最東端部分，是瑠公圳第一幹線舊河道的小河，不屬於規畫完善的家具街，夾在高聳樓房間，白晝裡也顯深幽，與往北沒幾步的瑠公圳第一幹線信義路四段 450 巷，一同將信義路與光復南路口東南角的這片地面切割得亂糟糟的。

基隆路一段 364 巷與 380 巷，是延吉街段的瑠公圳第一幹線比較清晰的分支小河，兩者皆流經忠駝國宅區，由光復南路直通基隆路，抵君悅飯店對面。380 巷內曾有友人老蕭地中海式小酒館「dimmer」，老蕭開店前揚言「要做一間居酒屋」，還不少人因此誤會老蕭要開日本料亭。我的高中時期，我們幾天就要在老蕭店裡宴請友人，是為老蕭捧場，也是因為老蕭實在是個太優秀的廚師。老蕭是營造商家中獨子，典型的建中台大生，然而老蕭回應家中對他的期望便到此為止，畢業後以金牛座人的踏實與對音樂對影像的專精，在廣告界掙夠了錢，便追尋他的廚師夢去也。至於與 380 巷平行的 364 巷，那是麻雀們的 dimmer，364 巷口那整個讓薛荔蓋滿的空屋，長年有上百麻雀盤據，麻雀們食薛荔果、食鄰近好心糧行日日放飯的穀糧，一大杓穀糧在廊下攤成一條金黃長帶子，麻雀們飛撲而下，爭食之餘七嘴八舌聊個不停，毫不輸我們在臨巷 dimmer 的那段日子。

延吉街西側另有一小河信義路四段 300 巷 35 弄，就橫流那條我不確定是否真實存在的上埤東側支流間，並一分為二走在上埤的「安和路／頂好河」東西兩側，一路並行安和路，西側者至龍門廣場一品大廈前止，東側者可至瑠公圳公園，近上埤與第一霧裡薛支線相交處。

延吉街 131 巷，是瑠公圳第一幹線與興雅派線之間的小河，流經華視大樓那頂著圓盤的金字塔，流經我很喜歡的鐵路支線綠地，依偎在延吉公園與光復南路 180 巷 26 號大宅邊，大宅北邊那段極尖銳狹擠的圍牆，老讓人要誤會延吉公園內的涼亭是宅內設施而感嘆這家主人真風雅。

延吉街與復源公園之間的樓房區中藏著的蕃仔汴，除了將舊里族支線由瑠公圳第一幹線分出，尚有小河一條，它的流向近似舊里族支線，惟只是偏南些。它向東穿過松山區區民中心背後的無名巷弄，這條巷弄如今闢為停車場，出口開在光復南路 6 巷 48 弄上，巷口一株開起花來好香的柚子樹。它通過光復南路後是光復南路 13 巷，北轉過八德路為

信安街 103 巷的黎雙公園東側、北醫學生宿舍後方的小河露頭段。

八德路四段75巷。

南京東路以北的瑠公圳第一幹線舊河道，於南京東路四段179巷口分出小河，沿179巷15弄、南京東路五段23巷9弄與59巷28弄往東，向北穿過長壽公園後，一直北行直到延壽街330巷底才又略現其蹤。

南京東路四段53巷8弄與10弄間，就在捷運小巨蛋站一號與五號出口間極其龐大的工地北方（那工地其實除卻西面，都是小河），有一彷彿能走的後巷，就在阿囉哈早餐店旁的虛掩的鐵柵門後；由中華公園通往民生國小的敦化北路155巷100弄；小巨蛋與社教館旁街廓裡藏著的八德路三段71巷，電線牽起兩岸樓房的陽台，有鐵架的螺旋梯盤繞而上；綠意遮擋住停車場的窳陋與老公寓陳舊，因此顯得寧靜的八德路三段12巷57弄，臨岸的舊公寓芥末色外牆，外推出圓圓的陽台，有九歌出版社藏身其中；夾在敦化北路與微風廣場間、隨時可朝左右看望彼等繁華的八德路二段410巷與敦化南路一段100巷，卻是光禿禿枯荒得驚人，作為410巷延伸的八德路二段437巷，曲曲折折在敦化國小後方巷道中，巷道前方的天空始終懸浮著小巨蛋的圓拱頂；它們都是市民大道上的中崙派線分別在忠孝東路四段205巷口那處香蕉園荒地旁、八德路二段410巷口中崙福成宮前繁衍出的兩條小河交織而成。

依偎著形如一條大船的華漾大飯店與大潤發中崙店的八德路二段312巷，則作為中崙支線結束於復興南路市民大道口之後，繼續延伸北轉的小河，直到捷運南京復興站左右的下埤流域方止。河岸邊並有著友人小黃苦撐的洪運軒店面，因其人師承自北京洪老爺子、是目前台灣唯一正宗的清真涮羊肉文化，不為島民們「我花錢我是大爺」非要在鍋裡添加豬肉鴨血之類違禁品的心態所接受。

當然瑠公圳支流的虎林街，其分支水系之細密，凡虎林街流過處，與其垂直的路街巷如一部分的松德路（虎林街口約到土地銀行的一段路面）、如巷口一株烏桕與一台路邊停車就差不多完全遮擋掉的忠孝東路五段372巷29弄、甚若虎林街口至捷運永春站二號出口的忠孝東路五段的大馬路，與這些路街巷所夾街廓中不尋常的房屋間隙，全是小河，將虎林街水系裝飾得像梳子，像是修長蕨葉。

虎林街尾端則開枝散葉，小河如永吉國小與永春國小西側的一段松山路，如流經老社區舊公寓間虎林街59巷、松山路225巷，如已屬五分埔成衣商圈之內的永吉路443巷，前幾年，電影人友情義助同學的短片，演天使，遂令我倆來此瘋找了一個下午的天使裝。

忠孝東路五段790巷，是五分埔支線尾端的小河，經祐德高中，由捷運後山埤站出至忠孝東路大馬路上，十分接近林口街排水路（這條河在松山家商旁，松山路與林口街相交處的路邊，仍有一段臭水溝明渠）——那出名的台北市超寬巷道，雙向八線道的忠孝東路743巷，後山埤站一號出口的三角形街廓，過去是河間孤島，如今仍是大馬路間的一座島。

福德街221巷和232巷與137巷11弄，是來自如今已成瑠公國中的中陂的小河，已然鄰近虎山而地形略有坡勢的這一帶，依山而建的老社區，此些社區間的曲徑極其狹窄，兩條河一東一南分別流往草木莽莽鬱鬱像原始森林的廣慈博愛院，因為國小老師的胡亂恐嚇讓我畏懼非常久的地方（「不乖的話，男生送去少年觀護所，女生送去廣慈博愛院喔！」）。

林口支線的第一條小河是汀州路60巷2弄，如今是三軍總醫院汀州院區旁的小徑，鄰近著建軍國宅的開放空間綠地，它向北由台電大樓過羅斯福路走羅斯福路三段283巷，此一帶河岸特別生長著奇木，先是河邊的聖德科斯台大店是一獨立小木屋，屋前葉片黑綠油亮像是榕樹、樹冠厚實如蕈帽的一七二六號保護樹木是森氏紅淡比，為日本神道教神樹「榊」紅淡比的台灣特有亞種；小河由溫州公園轉入新生南路三段86巷處，台電公司輸變電工程處牆內的巨木是加羅林魚木，正是那種晚春開滿一樹黃白花、說是台灣北部只有二十株的珍稀南島樹木，仁愛路圓環四隅那四株小得不得了卻已能開出滿枝繁花的魚木便是其後裔，就是在小河繼續向東流往原霧裡薛圳的瑠公圳第二幹線與特一號排水溝，進入溫州街74巷1弄之際，回頭仍可見加羅林魚木垂天之雲的樹冠凌駕在眾房頂之上。

台大水源校區至國防部替代役中心之間的永春街，是林口支線的二條小河，在太子學舍的華廈後方，卻是個渾然如異次元的世界，永春街入口處即一座木籬相掩的青瓦矮屋，整條永春街，有著眷村的典型建築樣式，部分屋舍矮得驚人，屋簷竟與我齊頭等高（我一百六十五公分絕非高頭大馬之輩）老舊但一點也不破敗，刷白的屋牆掛滿小花小草，屋內尚有暖黃燈光，和著廣播電視之聲流瀉出，是活生生並未凋零的社區。動保人與編劇姊妹早十年誤入過此地，即感嘆以資源回收為主業，人口是退休士官與陸配組成，是個「還活著的如意新村」，惟那晴朗下午，老士官們紛紛搬了棋盤在家門口對弈，對明顯外來人的兩人有些戒備（多少因為其中有個不常出門於是看什麼都覺稀奇都要窮嚷嚷的編劇），到了我獨走河邊的那日，早春的大雨，春雷響在天邊，整條永春街竟無人煙，多為一層平房偶有兩層樓高人家的這條街，上方天空得以開闊，惟有鏽斑斑的水源快速道路橫亙過雨濛的半空，從高架道路上探出頭的是隔岸新北市新建的高聳樓房。後來我才曉得，這一帶名叫「嘉禾新村」，屬於四四南村一類的聯勤眷村，傍依著兵工廠建立，但非四四南村那般整齊規畫的魚骨狀，而是煥民新村之類的，有為數不少的居民自建部分，故聚落中的道路曲折迂迴，照文史工作者形容，有「柳暗花明又一村」之感，唯獨這個聚落也給愛好乾淨整齊的市政府視作應當清除之物，拆遷在即，能夠存留的就只有其中三棟被指定為歷史建築者，它們位在永春街131巷，那裡多為占地較廣的將級官舍，較漂亮、較有保存價值。

泰順街60巷18弄是林口支線的第三條小河，它約在辛亥路與羅斯福路交口之間的小巷弄裡，自林口支線分出，向北過古亭國小、過第三霧裡薛支線。60巷18弄不過二十公尺長，弄底的幼兒園是長條形屋舍，就蓋在過去的河道上，弄口的60巷18弄3號矮屋突出於路面上，使路面頓時剩得一半寬度，教此弄成了口窄內寬的口袋狀，幾無車行而成為停車場。

景美國小北側，合作金庫銀行左右巷弄皆是小河，南側的羅斯福路六段469巷一出羅斯福路便陡然轉往景美溪而去，北側的羅斯福路六段455巷接上滬江高中北面的盲腸巷弄育英街17巷5弄，也一同轉往景美溪去。瑠公圳沿著景文街的新河道往北流，沿途的景文街90巷，無論是河是巷都極其短小，約二十公尺便止於景文平面停車場。羅斯福路六段401巷橫越羅斯福路後是萬慶街，它與平行在稍北方的溪口街都是直線流向景美溪的小河，其中溪口街小河更直通景美溪舊河道，舊時景美溪在此一分為二，故福和河濱公園與師大公館校區是為河心浮洲，日後景美溪東側較窄的水道填平（也有可能只是加蓋，畢竟寶藏巖所依偎的小山虎空山山腳下，那匯入新店溪的一小段河流，極可能就是這段昔日水道的河口），才使這兩者連接成陸。各往東南與東北流的景華街13巷、三福街，河邊皆有一模一樣的，紅藍白三色斑駁剝落外牆的紅瓦矮房。財政部人員訓練中心北側的羅斯福路六段142巷小河，河岸一側正大興土木起著高樓大房，它向西北接上景仁街北段。羅斯福路六段159巷5弄與159巷小河，走在交通部公路總局第一區養護工程處北側，接上三福街中段後抵萬隆變電所旁，變電所西南角短小的羅斯福路六段39巷是另一小河，嫌惡設施變電所周遭荒涼，因此可見當地居民組自救會反對之，自救會址景隆街19巷是與景明街同源的小河，它們自景隆街口錢都涮涮鍋分出，於景隆街邊那包圍著紅磚牆的三角形畸零地分為兩條，紅磚牆後的楓樹有著嫩綠精緻巴掌小葉，兩者搭配起來煞為美觀，在此分水的兩河，前述的景隆街19巷與一牆之隔不相連的景明街11巷6弄、半為後巷半為銀行騎樓斜坡道的興隆路一段184巷2弄為一系，景明街全線是另一系，它們平行往興隆路去，接上霧裡薛圳。沿著武功國小後側流的羅斯福路五段161巷，經一處資源回收場後出至羅斯福路上，過羅斯福路後是羅斯福路五段192巷，以緩坡地形徐徐低往景美溪堤岸。以上這一系列小河，全是是瑠公圳度過景美溪梘橋後，抵達公館前所分支出來的。

我愈踏愈發覺，台北市東半的瑠公圳水系轄下的小河們，河流痕跡大半保持完好，都還是清晰的巷弄甚至大型道路可追索，相較之下台北市西半的霧裡薛水系，小河們幾乎全數消失，連小巷小弄都已不可考，至多便是，寬寬的房屋縫隙、地基斜斜的不規則的矮屋、車道與大小畸零地之類者，也許與台北市開發順序有關，由西往東開發，東邊的農田保留到晚近，灌溉渠道也存留得久，至今痕跡鑿鑿。

忠孝東路三段193巷，第一霧裡薛支線的小河，河口遠在復興南路上的真的好海鮮餐廳，此巷下半段則為另一河，是上埤支流之一，於北科大學生宿舍旁匯流入瑠公圳公園的上埤主流，在北科大的億光大樓蓋起來之前，河岸邊平曠可見建國高架橋彼端的北科大連棟校舍。

安東街口至建國南路的市民大道，有一第一霧裡薛支線的小河往西去，高架路的陰影下，分隔島上置放著庭石般的巨岩，有街友倚睡其上。

兩側都給停車場封死無法接近的八德路二段266巷，傾斜在八德路與安東街的交角內側，只能由與之平行的第一霧裡薛支線安東街上隔另一片停車場遙望，依稀能見是一長列老舊公寓腳下的小徑，有紅磚牆夾道。這條河是一龐大小河網系唯一的清楚存留，此河繞經中山女高西南角，愈往松江路愈多分支，南邊接上新生北路特一號排水溝，往北聯繫上舒蘭河。

福華國際文教會館後側的溫州街，楓香樹又高又瘦，入春的新葉嫩綠，隔岸是探出院牆的蒲葵與茄苳，是第二霧裡薛支線的小河，北走至紫藤廬輒止。二〇一二年八月初，蘇拉颱風漸強的風雨中，我同河岸邊樹叢裡黃著臉大哭的貓仔周旋，貓仔應是颱風前離巢玩耍結果受困於風雨回不去，我花卻一整上午與一罐偉嘉貓罐揪了牠回家收編，可能是如此童年遭遇之故，這一至今也還黃著臉（畢竟是隻橘貓）的貓仔蘇拉，是家中「體大如牛，膽小如鼠」的一頭怪貓。

和平東路一段248巷，自泰順公園、殷海光故居旁分出第二霧裡薛支線的小河，河岸愈往和平東路愈光禿禿，是這一帶較不好看的巷道，也是我幼稚園到小學年代心情晦暗的看牙醫之路（至今也依舊厭惡看牙）。

好難找到的隱藏版巷道永康街85巷，來自錦安里居民自行命名的霧裡薛弄，一岸老公寓，一岸新建的高樓，頂著峽谷一線天，巷底為停車場所封，此河往東一路到貴族國小新生國小下方。

金華街243巷沿線多庭園式餐廳或藝品店，扶疏庭中樹隔開緊鄰的大馬路，永康街31巷直通外國觀光客密度可能是全台北最高、但作為國際級觀光點未免小了些的永康商圈，兩者皆是來自第二霧裡薛支線的小河，向東入大安森林公園，至中有一島的生態池處，此池好多好多年前盛傳有眼鏡凱門鱷出沒，直到鱷魚落網，鎮日在生態池邊運動賞鳥的市民們才驚覺此事並非謠傳。

新生公園至行天宮之間的松江路的西新庄子支線，也是如同虎林街的一縷蕨葉，支流小河斜橫在松江路與吉林路之間，由東北略向西南傾斜，其中留下者為松江路402巷8弄，也是過去的五常街西段殘留。巷口迎面是大榕樹與瓜棚架，騎牆的榕樹根在牆面被移除後也還維持著牆板狀，岸邊工廠鐵門前，紫花的翠蘆莉蔓生成一道短牆，隔岸野野亂亂的桂樹林，深秋至翌年來春的整條河總沁著桂花香。

雙連馬偕醫院西側的民生西路3巷，一岸是種著台灣欒樹的醫院開放空間，一岸是凡醫院周遭皆有的藥局商圈，並有路邊攤的煙火味瀰漫。是來自錦西街與承德路二段街口埤塘的小河，埤塘約莫位置在成淵高中西南側至雙蓮國小間。

昌吉街33巷，沿岸的民宅皆墊高於河面，墊高的牆根下紅磚裸露，其北端延續的承德路108巷28弄短短一條儼然資源回收場，愈北愈寬呈喇叭狀。此河更北是民族西路76及75巷，幾條巷弄都是延續牛埔支線末端的小河。

浦城街16巷是第三霧裡薛支線通過李師科巷，在穿越羅斯福路前分支出來的小河，它沿線的建築逐一更新，有拆除待建的空地，新建的建築則是瘦扁的河岸建築形態，如那棟有十層樓以上的提香行館，現場售屋的專案經理特別表示，「本案因適用不規則地形法規、容積使用率較高，故可規畫出區域中難得的十層建築。」房屋仲介也特別提醒前門巷道狹窄的出入問題，此一切都是河川地之故吧！此河往西北抵達師大外牆，走羅斯福路二段101巷並轉和平東路一段104巷繞行在師大操場外，臨河的紅磚外牆高高架著綠色球網。

自南昌街上的第三霧裡薛支線分出的小河，向北通過和平東路與羅斯福路口，是為和平東路一段11巷。若由對街望向此河口，那河邊的羅斯福路二段51號樓房簡直窄扁得驚人，往巷內是一占地幅員甚廣的木造建築背側，這一面向和平東路的日式建築看著有些像老火車站，外牆漆成日式木造建築常見的青綠色，創建於太平洋戰爭期間，原為台灣電力株式會社達見堰堤建設部，負責當時的大甲溪電源開發計畫，此計畫於後由國府接手，至今也僅完成部分，當時作為此計畫下的臨時廳舍，光復後則作為台電公司總管理處，現為台電核能火力工程處。

太多的小河，比之大河中河，小河似乎尚不夠格稱作河神，更像荒郊野林的狐仙小妖們，更無人奉祀祭拜。

我們都很喜歡的京都嵯峨野化野念佛寺，寺中庭園，碧綠濕潤的青苔地在入秋後落滿楓葉，楓葉是金黃至血紅的一列華美光譜，其中供奉石塔石佛，更多的風化得幾無原貌的墓石，晦暗地衣與千年風霜覆蓋下，不小心就會將之錯認為尋常礫石，成片供奉的墓石看著宛若礫石灘，然而一座墓石即一位無緣佛。無緣佛，日人用以稱呼孤魂野鬼，化野念佛寺本是平安時期的天葬所在，是亂葬崗，九世紀初空海法師憐憫無緣佛無人供養，集亂葬崗的墓石並建寺廟供奉之，後法然上人以此為念佛道場，始稱念佛寺。此寺曾有國人於遊記中將之比作《倩女幽魂》的蘭若寺，然而化野念佛寺簡素沉靜，無半點雜亂恐怖，石佛們悠然憩於光影斑駁的青苔地上。

八月下旬盂蘭盆節，化野念佛寺千燈供養，以我們熟悉的說法，便是普渡大會，但千燈供養，沒有嘈雜火煙，沒有人群摩肩繼踵揮汗如雨。墨水藍的薄暮天光下，人人沿著當地居民自製紙燈籠照亮指路的小徑走上愛宕山，手持事先登記認捐的蠟燭進入墓石區，隨意為無後人供奉的墓石、石佛點上蠟燭，靜靜祈禱祝願。一座墓石一盞燭，一盞燭供養一位無緣佛，八千多位無緣佛，八千多盞燭，散置在青苔地的墓區，如地上繁星。

小河們，無人記憶其存在，這座現代城市便是河神們散落的亂葬崗，河神們如無緣佛，我謹以此篇作為化野念佛寺，將無緣的小河們集中祀之奉之念之，在墨水藍的天幕下，一盞燭火一條小河，以為供養。

新店瑠公圳

新北市的瑠公圳部分，包括力行路到寶安市場一段，上溯至此，瑠公圳源頭不遠，卻是我最後才接觸、才認認真真踏查一遍的。

十月秋乍冷，老經驗的貓奴皆知，立秋是群貓各自頑疾復發的時節。鼻過敏老病號橘子照例發病，待我與動保人驚覺時，已是喘咳如窒息加以多日未進食，驚慌求助估狗大神與網上熱心眾貓奴，覓上新店一噴霧治療（專治呼吸道病症療法）權威獸醫院。橘子平日聰明靈性極了，卻患上幽閉恐懼症的一見貓籠即抓狂，我倆牛仔表演rodeo似的制伏之並塞貓入籠，沿路忍受幽閉患者凹嗚歐嗚的怒斥恫嚇，心中默念求求司機先生大人大量，千萬莫要白眼甚或一個不耐趕人貓下車，如此提心吊膽到了新店。

噴霧治療頗耗時，獸醫院裡久坐亦無聊且擋路，我倆索性出獸醫院閒晃，一河之隔的新北市人生地不熟，憑著的仍是估狗地圖引路，我倆自中興路起，過大新街、過寬闊平直車速快得好怕人的北新路，沿中華路走，中華路這款不算寬、良好綠化遮擋兩側陳舊店面的道路，我們玩笑說，特別像是大陸二線城市的街景風光。我們先逢一南北縱向的狹長綠地，名為瑠公公園，依其名依其形狀，分明便是加蓋後的河道，惟不同於台北市東區實為上埤的瑠公圳公園，此瑠公公園是真正的瑠公圳。瑠公公園南端的中華路83巷口，由此往南逆流而上直到碧潭，是瑠公圳幾乎沒有遮蓋過的明渠部分，看得出正一段一段的逐

右／瑠公圳汙染的河底，有時鮮豔有意外的美感。

左／由力行橋向南拍攝整治完成的瑠公圳步道與非列管眷村。

一整治起來，有些河段仍如臭水溝，有些已修整訖如親水綠地，也有已整修好卻欠維護又漸荒廢的。

面對83巷口的瑠公圳，遙遙可見右前方聳立的美河市建築群落。鐵絲網後深陷於路面之下的瑠公圳，河邊盤據著葉疏的構樹，鐵絲網眼中依稀可見臨河那排矮屋一一立起了高腳於岸邊，這是瑠公圳自中華路83巷至力行路沿岸的吊腳樓聚落，屬非列管眷村。早年駐紮於力行路與環河路之間的忠信營區的部隊，是隨國府撤退來台的炮兵連，其中軍階高、薪俸優渥者，住在營區南端鄰接安康路一段的列管眷村；忠信營區東側的吊腳樓聚落，便是無法成家的低階士兵沿著瑠公圳，自覓磚瓦、自力營造的，本被視為要拆除的違建區，是得了時任國防部長的蔣經國在訪視後的口頭承諾，因此保留至今。

中華路83巷的吊腳樓盡處是橫跨瑠公圳之上的新生街13巷便橋，漆紅的便橋僅容一人通行，若是橋上相遇則必要玩起黑羊白羊的把戲，橋下有下水道的汙水排放口，混濁而湍急。此橋是大坪林圳通過瑠公圳處，過去應是水橋，由橋兩端細看其側面，能見橋身與橋墩的古舊質感。

行過便橋，我們沿新生路13巷、力行路14巷溯水，瑠公圳藏在停車格後的短牆下。我們掛在牆頭俯望河面，汙染嚴重的河底，竟呈現赭紅配以孔雀藍的豔麗色彩，河岸邊仍是紅磚的吊腳樓，鐵線蕨不要

右／力行橋向北拍攝的瑠公圳，河岸植木野生野長。
左／瑠公圳沿岸的典型建築形態，吊腳樓。

錢的長滿牆面。河兩側幾家綠手指自行綠化得相當成功，香椿、血桐與桃樹雜生，高岸處一盆盆黃金露花，讓臭水溝瑠公圳一路草木夾岸的來到力行橋。力行橋顧名思義是力行路跨越瑠公圳而成，橋頭不遠處的營區即見忠信營區，彼時我們依稀彷彿記得電影人那酷似《來自星星的你》的都教授的男友（唉！）在此當兵，掏了手機想照張營門口相片以便日後確認，忽又想起了要塞堡壘地帶法嚴禁攝影，怕給射殺在當場的慌張收起手機。

好在日後果然證明無誤，也才曉得忠信營區已非建立之初的炮兵連駐紮，如今屬於國防部資電作戰指揮部，相關單位是國安局第七處網域安全處，而都教授男友正是分派到國安局之下，對於我們興致勃勃追問其當兵內容（電子作戰嗎？網路作戰嗎？駭客嗎？情報收集嗎？機密嗎？），都教授訥訥答以，仍是站崗加掃營區落葉而已，不可能讓役男們接觸到資電作戰的內容。

力行橋以南的力行路11巷，是二〇一三年整治河岸的成功範例，直到環河路的橋洞為止，皆是鋪設枕木的親水步道，沿岸深色的鐵欄細緻典雅，鵝卵石的砌岸，苔綠茵茵，可惜瑠公圳離潔淨到能戲水尚遠，步道離河面近，臭水溝味亦格外濃烈。北新路151巷、137巷以兩道小橋跨越瑠公圳，橋走復古風，紅磚搭以鐵欄，拴著一台鏽蝕近乎報廢的腳踏車，細窄鑽入建築間通往北新路的兩條巷道，微有坡度，

右／橫跨瑠公圳之上的新生街 13 巷便橋。

左／新生街 13 巷便橋，此橋是大坪林圳通過瑠公圳處，過去應是水橋，由橋兩端細看其側面，能見橋身與橋墩的古舊質感。

搭以兩旁卵石砌成的牆根，竟有些許山城的意味。不須抬頭上看，高聳得驚人的天闊大樓始終矗立在右前方，是眷村連綿房頂之上的擎天一柱，天闊大樓約莫就是過去的列管眷村所在，列管眷村今已不存，非列管眷村儘管無以維持全貌，畢竟還是苟延殘喘了下來。

如今只存在中華路83巷的非列管眷村，那狹長的河岸吊腳樓聚落，本延伸到更南，也就是親水步道所在的力行路11巷，二〇一〇年此地規畫親水步道時，為了吊腳樓聚落的拆除與否，有過相當的爭論，除了獨居老榮民的拆遷安置外，學界也大多主張，超過半世紀形成的聚落風貌與紋理，早已是屬於瑠公圳的一部分，不能強行將之剝離出去，認為當時的新北市政府對瑠公圳沿岸的再造工程是美事一樁，但不該只注重自然水文而忽略去人文關懷。

我認識力行路的瑠公圳太晚，初次踏足這裡時，一切早已塵埃落定，那是二〇一三年，美化工程應才告一段落，看來成排的吊腳樓是沒能留下，不然也不會有那鋪設枕木的親水步道。眷村建築後退至河岸上方，外牆重新油漆過，加以穿插著綠地空間，而不顯得破敗，部分的河岸步道會走入眷村門廊下，那是個彼端透著光的幽深隧道。我是全憑網路資料才知此地有過這麼一場拆遷一場抗爭，如三月二十六日出刊的《台大意識報》第三十期，就是介紹、深入力行路11巷吊腳樓眷村的專刊；如苦勞網報導的，瑠公圳眷村的老照片記者會；如淡

右／北新路151巷、137巷以兩道小橋跨越瑠公圳，橋走復古風，紅磚搭以鐵欄，拴著一台腳踏車。

左／一柱擎天於瑠公圳上方的天闊社區，是過去的列管眷村，與下方非列管眷村宛如兩個世界。

江大學建築系學生曾提案的，如何再造活化吊腳樓聚落……但一陣熱之後，忽就無聲無息了，找不到任何吊腳樓聚落的後續消息，我是以自己的踏查經歷，反過來印證這場抗爭的結果的。

鑽過環河路兩座橋橋洞的瑠公圳，就是我前述的，已整治起來卻又欠缺保養而荒廢的河段。瑠公圳打此起，河面剩得蜿蜒過石間的涓細水流，大段河面幾乎不見水，大片大片叢生著銅錢草與幾蓬紙莎草，亦有河水濃濁如漿，如固體的河面托起一大包垃圾，看著不像是漂著，倒像是直接置放於上的完全不吃水。這一段的瑠公圳何止臭水溝？濃烈的氣味如硫磺，加以黏黏膩膩布滿橘黃色絲縷的河底，好讓人想起陽明山上的磺溪。河岸的親水步道，狗屎密布如地雷區。

瑠公圳明渠盡處，沿步道旁的階梯將回到北新路一段45巷的路面，此處河面靜滯如池，養著一大群吳郭魚的淨水顯然自別處引來，與下游的髒汙亦互不相干。往南通過瑠公紀念大樓（原來的瑠公水利會新店工作站）後，已是碧潭的瑠公圳取水口，瑠公圳水門抽水站已重新整修過，如今是一砌石邊坡環繞的公共空間，方正的抽水站建築頂著觀景台坐落其中，鋪著透明地磚的地面，一道木棧道通往之。觀景台再往前便是河面忽寬如潭的新店溪了，福爾摩沙高速公路碧潭橋那巨偉但造型不失輕靈的橋墩橫越過頭頂，左前方的碧潭吊橋輕靈於水上，橋下潭面已不見昔日擺渡人，唯有遊客們稍嫌笨拙的踩著天鵝船來來

右／瑠公圳河岸的親水步道，狗屎密布如地雷區。
左／瑠公圳明渠接近源頭處，河道中的階段為潔淨與髒汙截然不同的分界點。

去去，碧水彼岸，石壁連綿如屏風。

瑠公圳圳頭有許多足堪紀念之物，除抽水站、水門、水栓與抽水馬達這些近現代者，紀念郭錫瑠功績的萬古流芳石碑與奉祀所有為修水圳而犧牲者（工安意外、生蕃獵頭）的萬善同歸祠，則引人發想更古老的時光，那人們在這片土地上挖鑿出一條河的時光，那郭錫瑠奔波籌款、俯瞰著河流尚且還不成形的工地的時光，悠悠竟已是三百年前之事。

同為十六世紀左右築成的數百歲之河，我第一個想起的就是京都的高瀨川。

我認識高瀨川遠遠比認識瑠公圳更早，早在我小學前初遊京都時。高瀨川是一人工水渠，水源來自鴨川，於二條木屋町通處分流而出，平行鴨川右岸南下，在九條通與十條通之間匯入鴨川，隨即又於鴨川左岸分出，向南流經伏見區後流入宇治川，全長十公里。是一六一一年京都富商角倉了以集資開鑿，亦稱「角倉川」。過往以名為高瀨舟的貨船運送木柴與鹽米等生活物資，以此得名，高瀨舟這種平底小船，吃水不深而能航行於僅十公分水深的高瀨川，高瀨川分流處的一之船入（沿岸裝卸貨物的碼頭，共有九座）岸邊，樹影婆娑的河面上，仍泊有一艘復舊的高瀨舟。

所以你我一定也都熟讀森鷗外的那雋永短文，坐上高瀨舟順流而

右／瑠公圳的碧潭取水口，圳頭抽水站已改為展示館，後方是瑠公紀念大樓，原來的瑠公水利會新店工作站。
左／瑠公圳抽水站。

下到大阪，將給流放到離島的犯人喜助，與押解他的警察庄兵衛的一段對話。那是個月影朦朧的傍晚，知恩院的櫻花在晚鐘的鐘響下一片一片飄落，幫助久病厭世的弟弟解脫而獲罪的喜助，不同於其他坐上高瀨舟的犯人那般懊悔神傷，他神情愉悅，只因居無定所且三餐不繼的他，終得棲身之地，有工作有飯吃，甚至能領到官府的兩百文銅錢……

高瀨川沿線為木屋町通，精華段約莫為三條至四條之間，河岸邊植樹，採一株垂柳、一株染井吉野櫻的間雜種法。染井吉野櫻幾可視作日本的象徵物，然而此樹有些悲哀的，無法自然繁衍，必須依存人類種植而生，其血統半自雪白摻雜綠葉而開的大島櫻，另一半則尚有爭論，受大島櫻影響，染井吉野櫻單看是雪白，成樹方為淡粉紅色，搭以垂柳入春的綠新新，兩者枝葉低垂拂過河面。木屋町通沿線是料亭、拉麵攤、居酒屋，亦有洋式的咖啡館，都市景觀教春櫻垂柳的風景多了點複雜，入夜透著霓虹燈的樹冠，更不同於它們本應在公園古剎中的純粹花海，反倒是夜生活結束的木屋町通清早，晨光下的染井吉野櫻即便花開正盛，比之夜晚卻顯靜默孤寂。

六月初夏，櫻樹與垂柳已難辨彼此的綠融成一塊，在質感古老老讓我們誤以為是博物館的立誠小學校前，不知是誰在河上布置了紫陽花花船。紫陽花是渾然天成的試紙，長於酸性土壤，則呈現豔藍色；

右／瑠公圳抽水站已改為小小的展示館。

左／瑠公圳明渠盡處，沿步道旁的階梯將回到北新路一段45巷的路面，河面靜滯如池，養著一大群吳郭魚的淨水顯然自別處引來，與下游的髒汙亦互不相干。

中性土壤，花是褪了色似的乳白；鹼性土壤，花開是紫紅色。這些河當央的酸性藍色紫陽花，乍看還真像某種水生植物穿河面而出，惟在曬了幾天太陽後，風雅的花船眼看著黯淡枯黃了些。值週五深夜，木屋町通尤其熱鬧滾滾，爛醉的上班族橫行於青石板映著霓虹燈影的路面，不少在高瀨川邊或躺或坐，更有那脫了鞋襪捲褲管下去泡水醒酒的。高瀨川水深不過十數公分，自不擔心會淹死人，我們在立誠小學校的橋上看著醉鬼們蹣跚涉水走向紫陽花船。

也有冬遊京都的日子，電影人受父系遺傳髮量豐厚，一握髮有五十元硬幣粗，在日本冬天乾冷的空氣中極易引發連環靜電，在室內又遠比室外嚴重得多，自己成了爆炸頭不說，甚至電得梳頭丫鬟動保人鬼叫，兩人迫不得已，只能日日至立誠小學校橋頭梳髮，一肚子苦衷造就此風花雪月之景，我在旁手握一支不遠處「Ministop」便利商店出產的霜淇淋（無數日本美食家認可過的隱藏版平民美食），有一搭沒一搭的舔食之，時有雪花落在霜淇淋上，即便是日本人錯身而過，也為此在寒冬中吃冰的勇氣驚呼喋喋。

四條以南的高瀨川，樹木逐漸幽深，不再是能透光的垂柳與櫻樹，河岸多平房，會讓動保人夫想起幼時宜蘭鄉下的水圳邊民家（當然馬上補了一句：「是乾淨版的。」），不少店門隱匿不招搖的天價旅店或者料亭間雜於民宅間，大多是坐落於夾在鴨川與高瀨川之間的高瀨川左岸；三條以北的高瀨川則一段一段整治起來，京都的御池通，取代了二條的幹道地位，有京都市役所坐落，是京都高樓林立最現代化的地段之一，御池通的木屋町通高瀨川沿岸，一櫻一柳的河景，襯托的料亭、居酒屋或咖啡館轉作光潔的辦公大樓。

先前我曾不諱言的提及，動保人與我是不愛安藤忠雄的建築風格的，直到在三條小橋跨越高瀨川處，我們得以逐漸理解安藤忠雄之好。橋下第一家臨河的建築是個名為

「TIME'S」的商場，是安藤忠雄一九八四年的作品，在其人諸多經典之作中往往給忽略去，然而此建築正體現了一個人、一個如此地位的大師對於被遺忘的河流的溫柔心意。儘管今日京都對河流的美化讓我們稱羨，但早年的京都也不可免的有過一段厭惡臭水溝、遺忘河流的日子，當時臨河的商家或民宅並不以河流為賣點，如同今日台北人們的做法，紛紛將房屋店面背向河川，安藤忠雄接手 TIME'S 的設計案，將之打造為面河的親水建築，其實是頂著來自業主來自政府的諸多壓力的。

如今的 TIME'S 商場，十分迷人的是一樓的咖啡店「Cafe Cento Cento」，它的戶外區是親水空間，安藤忠雄的建築特色之一，便是沒明顯出入口，卻又處處都是出入口，因此這戶外區平台離河面之近，簡直與河岸為一體，彷彿那幾個咖啡座是漂浮於河上的，乃盡攬春花秋月之景，尤以仲春染井吉野櫻吹雪時為最，櫻花瓣吹入咖啡座，隨腳邊水流而去。

高瀨川與瑠公圳，皆是人工河流，皆由父子兩代人傳承修築（角倉了以與角倉素庵，郭錫瑠與郭元芬），皆有數百歲之齡（四百歲與三百歲），皆是流過人居密集之地，一段一段整治起來的。兩者當前所受的待遇仍差得多，但至少都在同一條路上前進，我兀自希望著有生之年，能見瑠公圳成為高瀨川那般，除了把種樹綠化鋪步道這類基本功中的基本功做足外，店家願意將店面口對著它當賣點，行人願意走在河邊步道而不給臭水溝味熏跑，醉鬼可以涉水向那一船一船的紫陽花……這麼樣的一條河。

回到新店的那一天，當噴霧治療結束，我送動保人與籠中訾罵不休的病患上車，（多少有點如獲大赦的）掉頭奔回瑠公公園，從公園北端出發，這一次是順流而下，往北走。

瑠公圳在瑠公公園短暫的潛入地底後，在平行北新路幾步處，中正路 128 巷與北新路

北新路一段 45 巷的瑠公圳明渠，是整治得最為美好的河段。

三百年前的河流於現代都市中。

左上／新店的瑠公公園，是真正的瑠公圳，不像台北市東區的瑠公公園其實是上埤。
右上／瑠公圳河岸櫻花。
下左 1 ／明德路 26 巷底，最後一瞥回望，謹記瑠公圳美好的模樣。
下左 2 ／「木屋町通」明德路上的某小橋。
下左 3 ／整治良好的明德路瑠公圳，我們口中的木屋町通。
下左 4 ／建國路 50 巷與明德路交界處的瑠公圳彎道。
下左 5 ／瑠公圳在瑠公公園短暫的潛入地底後，在平行北新路幾步處，中正路 128 巷與北新路二段 29 巷的直角交角處再度浮現，芥末綠的河由一棵大葉雀榕籠蓋的箱涵穿出。

二段29巷的直角交角處再度浮現，芥末綠的河由一棵大葉雀榕籠蓋的箱涵穿出，沿北新路29巷、29巷5弄與建國路50巷北上，沿岸的不鏽鋼欄杆外有簡易綠化，臨河多停車格，亦有於圳道上架設鐵板自成一停車位的。瑠公圳流貫人居處，穿梭在新舊公寓間，在此仍有零星吊腳樓突出於河上，如此直到明德路61巷口過後，這一段瑠公圳沿線的明德路，是我們所說的木屋町通，當然比之木屋町通本尊，是還相差甚遠，但我認為也已足夠了，除卻黃金露花的樹籬與樟樹、麵包樹、欖仁、尤加利等植樹，重要的是，這一段河道臨接著平闊的人行道，木條長椅傍依著人行道，社區的人們因此願意與河相處，河邊走走，長椅上坐坐，閒看其實並不見河流的河景。

上／北新路與民族路交口的中油加油站後側露頭的瑠公圳，自此起就是全然的臭水溝了。
中／臭水溝瑠公圳通過民族路，向北一小段後於北新路三段9巷巷口斜斜穿過北新路。
下／過了北新路的瑠公圳，成為寶安街傳統市場後側吸納市場廢水之所在。

瑠公圳在新店的明渠河道所受的待遇大致若此，端看兩岸居民的意願，是鋪一條步道親近之，或者將房子屁股與汙水管對著它，這是個政府與民間各走一半的工程，離河遙遠的政府能為居民鋪好步道種滿綠樹，但與河流的親近、維護與不汙染端賴沿岸居民日日的實踐，他們的想法才能真正決定這一段的河流面貌，我一再強調的一段一段整治起來，所指即此。

明德路26巷底，一堵紅磚牆過後，瑠公圳離開我們行腳所能及的範圍，流入北新路與民族路交口的中油加油站後側，這裡曾是瑠公圳的第一排水門，排水進大豐路16巷、二十張路33巷與16巷、建國路這一匯入景美溪的小河。我們目送瑠公圳在綠樹掩映間一泓曲水的沒

上／寶安街傳統市場後方的臭水溝瑠公圳，水泥砌岸讓陳年汙水浸漬得漆黑。

中／寶安街段的瑠公圳，河岸尚且可觀，河水則難以見人。

下／寶安街 16 巷巷口的箱涵入口處，橫亙河面的閘門正好攔截浮汙，形成不小一段如膿汁的河面，御用攝影師電影人掌鏡拍攝下，卻有怪異美感。

入箱涵——請千萬記得這一幕，因為這是一條三百歲的河流，最後一瞥美好的模樣。

通過中油加油站之後露頭的瑠公圳，自此起就是全然的臭水溝了。它通過民族路，在北新路三段9巷巷口向東北斜穿北新路，成為寶安街傳統市場後側吸納市場廢水之所在，水泥砌岸讓陳年汙水浸漬得漆黑，最是嚇人的是離開傳統市場後、寶安街16巷巷口的箱涵入口處，橫亙河面的閘門正好攔截浮汙，形成不小一段如膿汁的河面，此去的瑠公圳時而加蓋、時而露頭，寶安街16巷口至民權路的寶安街瑠公圳加蓋為敞淨的人行道，幾無蹤跡；民權路以北的寶安街瑠公圳，大坪林聯合開發大樓背側的河段看來正動工加蓋，但工程圍籬這一圍已然經年之久，往內卻仍能窺其河面，通過大坪林聯合開發大樓的寶安街後段瑠公圳，環以簡淨素雅的鐵欄，加蓋是用鐵板覆蓋其上，似乎只是權宜措施而隨時可得揭開。與此加蓋段相接的寶元路瑠公圳，在北抵一〇六市道的大馬路前，本為明渠，是我眼看著在二〇一五年這一年之間加蓋填埋起來的。

過了一〇六市道的寶元路是瑠公圳最後一次露頭，此段瑠公圳的沿岸道路與河上便橋低矮，離瑠公圳橘黃色的河面很近，河上小橋竟能撐舉起厚重一棟紅磚屋，瑠公圳尾端化為小小一角叢擠著正榕與檳榔樹的綠地，由快樂旅社旁抵景美溪，瑠公圳之水過去走梘橋過溪流進台北市，今日則是直接入溪，前行處就是景美溪堤防，肅穆的水泥牆全然遮擋了溪景，不見穿對岸山腰綠意而出、彼時電影人仍念著的世新大學，是很殺風景，但也莫可奈何。

吾輩作家曾云：「台北是一個很奇怪的地方，明明是靠水的城市，卻築起堤防，產生一種內陸的感覺。堤防圍起來的好像不只是河，而是隔絕對岸的三重、板橋，甚至是中南部。」

以一道堤防挑動民粹的敏感神經，是無謂甚至非常無聊的。

堤防從何而來？人類的古文明皆起源於大河沿岸：尼羅河、底格里斯河與幼發拉底河、印度河、黃河，河流氾濫帶來沃土，河水並有灌溉之便，農業與富庶來自大河的恩慈，然而進一步的文明發展與中央政府，卻起因於大河的嚴厲。當河水氾濫危及人居，大型治水工程如堤防的建設非三五河岸人家能負擔，甚至不是單一部落可以為之，如此建設有賴更龐大且嚴密的組織架構，故而有了政府、有了國家、有了最初的人類文明。

「尼羅河是人類和善的朋友，但是，同時它又是一位苛刻的監工。沿岸的人們在它的調教下，學會了如何協作勞動。人們認識到了合作的力量，他們共同修建了灌溉溝渠和防洪堤壩。由此，他們也懂得了如何和自己的鄰居友好相處，這樣互助的關係使一個有組織的國家的建立水到渠成。」房龍這麼告訴我們。

堤防的確好教人不快，它們是人為的，是人類加諸河流使之馴服的羈繫，究竟堤防從何而來？我們且試著想像，想像河流們還未給套上堤防的年代，那可真是上古洪荒、天地之始，一條大河迤邐過千里沃野，那些住在河岸邊的人們，隨水漲水落遷居，洪水來時遷至高岸避居一季，水退則耕稼於氾濫後的沃土，並以大河之水灌溉，然而人不為此滿足，由依賴河流，轉而意欲使用河流、駕馭河流，動了此念的人們，意識到此工程之浩大，一人之力不可為，一家一戶之力不可為，一族之力亦不可為，於是他們協調合作有了組織，進而有了集權力於一身的上位者統籌規畫之、指揮監工之，待堤防順著大河兩岸綿延而去，國家與文明也隨之而生，當然我們所謂的罪惡，種種律法與刑罰、戰爭與侵略、極權與操控、貪婪與掠奪……全部接踵而來。

上／鑽過環河路兩座橋橋洞的瑠公圳，是已整治起來卻又欠缺保養而荒廢的河段。
右下 1 ／像是磺溪底的瑠公圳河底，聞起來也是一股硫磺味兒。
右下 2 ／不見水生植物，唯有攔汙功能的河中方形洞。
右下 3 ／瑠公圳為銅錢草簇擁。

右上／力行路的瑠公圳親水步道，部分的河岸步道會走入眷村門廊下，那是個彼端透著光的幽深隧道。

左上／河中成排的方形洞本為栽種水生植物用。

下／力行路的瑠公圳，成排的吊腳樓應是沒能留下，不然也不會有那鋪設枕木的親水步道。眷村建築後退至河岸上方，外牆重新油漆過，加以穿插著綠地空間，而不顯得破敗。

上／自景美溪右岸眺望快樂旅社與瑠公圳尾端，過去此處有梘橋，瑠公圳進入台北市的旅程才要開始。

右下 1／寶安街瑠公圳邊新興大樓，河岸垂柳。

右下 2／大坪林聯合開發大樓背側的河段看來正動工加蓋，但工程圍籬這一圍已然經年之久，往內卻仍能窺其河面，這段河流直到書成前夕方才加蓋完成。

右下 3／寶元路是瑠公圳最後一次露頭，此段瑠公圳的沿岸道路與河上便橋低矮，離瑠公圳河面很近，河上小橋竟能撐舉起厚重一棟紅磚屋。

右下 4／瑠公圳尾端化為小小一角叢擠著正榕與檳榔樹的綠地，由快樂旅社旁抵景美溪。

當然也有至今還未受束縛的不羈大河，熱帶雨林間的亞馬遜河，年年因季節降雨而氾濫，河寬可近四十公里，淹沒的土地有幾十萬平方公里，讓雨林簡直成了一座大湖，食人魚、水蟒、粉紅色的亞馬遜江豚優游在成了水藻的雨林樹梢。我想任何一座河流過處的現代城市，包括我們的台北市，都禁不起這樣的一年一氾濫。

同一位吾輩作家也曾言，想從我們的城市到達河邊，必須翻越堤防，行經籃球場與都市農民的田圃，聞到一股水腥味後，撥開重重象草方可見河，言下之意，似責怪我們對河流的不親近與不善待。我認為這與築堤防一般，是令人感嘆的，但也不得不如此。說起台灣之水道，除卻淡水河、基隆河二者，餘他一概為溪，所謂溪，不一定是規模小於河（如濁水、高屏兩條巨溪），然其隨季節的水漲水枯要顯著於河，如此意味著溪岸要留有比河岸更為寬廣的行水區，以備雨季或颱風季暴漲蓄水之用。副熱帶的溪，比溫帶之河更需疏遠人類，更難能親近，我們在鴨川上見過的，水淺徐緩處的一連石塊可供遊人步步橫越河面，如此景象便無法見諸景美溪或新店溪——雖然動保人與好友阿丁年輕時曾發起瘋，硬要涉水至對岸的新北市（彼時的台北縣）過，苦了同行的O型人動保人夫與林端不知從何制止起。

真正下筆記錄新店的瑠公圳，已是誤打誤撞找到它的一年之後，儘管其間走踏過數回，為了這一段文字，記憶力是遠遠不夠用的，時隔一年我又回到新店力行路的瑠公圳明渠段踏查，涼涼的有著金風送爽的日子，多像我倆踏出獸醫院閒蕩的某個颯爽好天，瑠公圳依然——也許更破敗了點更髒汙了些——蜿蜒北去，三百年前由先民修築起的那一日至今，未曾有改，但望接下來的三百年，亦無須改變。

而人事已非，我不必也再無法帶橘子來獸醫院了，思及至此，泣涕如雨。

在瑠公圳邊抓寶可夢

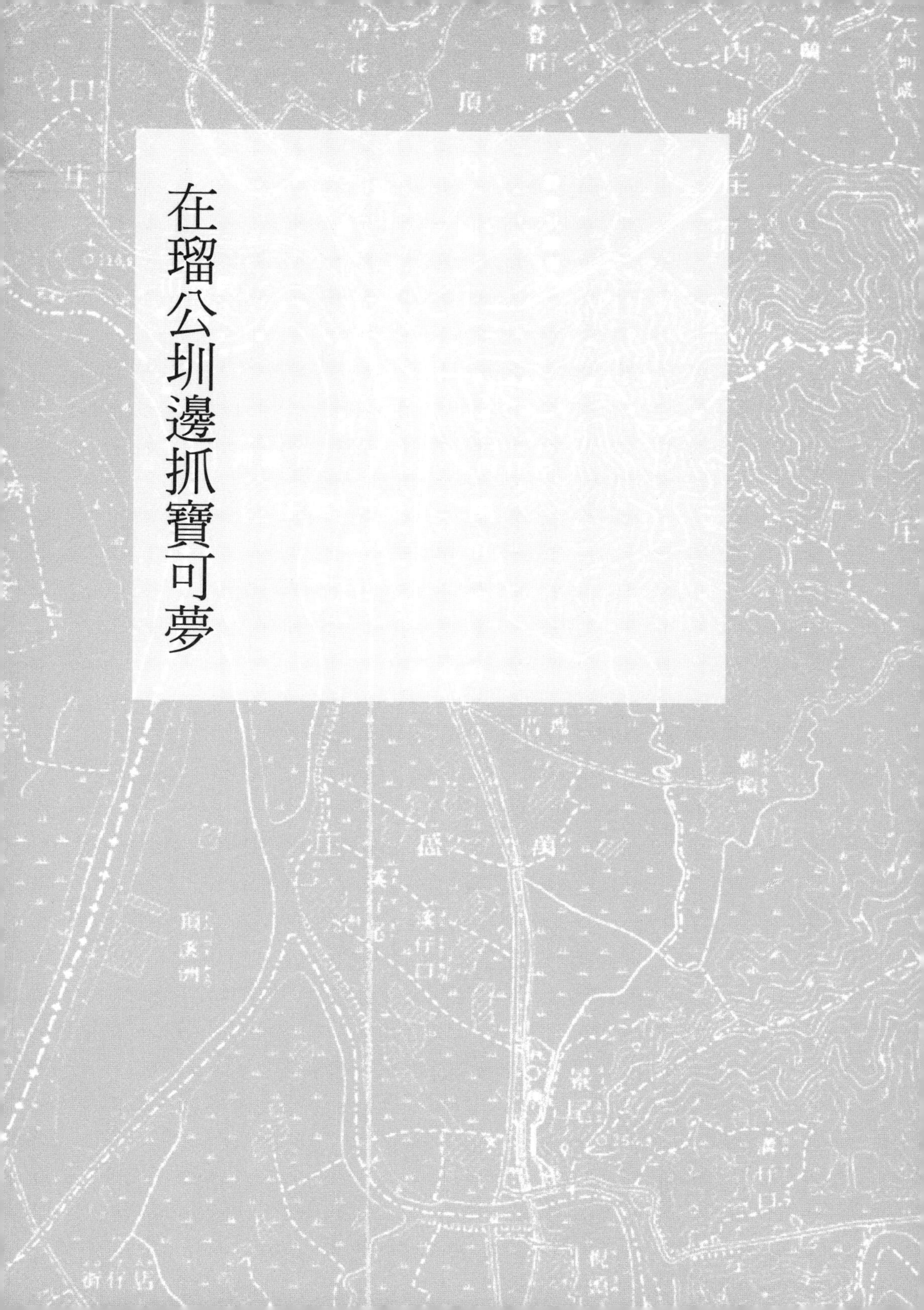

從沒想過，我的尋找台北水圳知音會以此姿態現身，是一款紅遍全世界的手機遊戲，由日本授權、美國開發的「精靈寶可夢ＧＯ」。

我獨自在現代台北市交織的街巷間尋覓被填埋的水圳與小溪，如此做個找河人已做了七八年有，我與人群走在一起，卻總看著大家不會去看的東西，恍然若有行走於平行時空之感，這是我自得其樂的活兒，一個經營已久的自我小世界，從沒想過要與人分享，也從來不覺寂寞，當然，偶遇知音仍使我十分開心，不至於對此領域產生莫名的占有欲（老實說也無從占有起）。

二〇一六年八月六日，繼紐澳、歐美之後，「精靈寶可夢ＧＯ」在台灣登場，於是我除了找河人的身分外，又多了個新職業：寶可夢訓練師。當報章雜誌、各報導紛紛稱讚「精靈寶可夢ＧＯ」是極度成功的舊翻新行銷的典範，聞此我不免愕然，明明最早譯為口袋怪獸、後是神奇寶貝的精靈寶可夢的推出彷彿還是昨日，這才想起那已是我小學時代的事了，今我年過而立，精靈寶可夢自是老到不能再老的舊東西。

由神奇寶貝到精靈寶可夢，不變的核心玩法便是收服野生小精靈並訓練之對戰之交換之（惟交換功能至今未開放），「精靈寶可夢ＧＯ」創新之處在於加入真實元素，是一款擴增實境（Augmented Reality，簡稱ＡＲ）遊戲，小精靈棲息於我們的真實世界之中，要抓，必須走出房間到大街上公園裡；又孵化的小精靈普遍強悍過野生者，而孵化僅有走路或者騎單車一途（以移動距離為孵化計量，且移動速度過快將不計算故高鐵捷運是休想的了，故日行二三十公里的我彷彿嗅到了代孵蛋商機）；再比如稍晚推出的夥伴功能，帶著指定的小精靈行走騎車，每過一定距離便能得到進化或強化該種精靈必需的糖果，雖產量不大，但對稀有難以靠捕捉量產糖果的精靈如卡比獸或乘龍，細水長流的不無幫助。這些都是我非常激賞的設計，看得出遊戲設計者的巧思，就是要宅在家的人們走出去，多運動，多認識外面的世界——要掌握出沒的各種寶可夢，需要對環境有相當理解與認識，這一點稍後再說——我還真沒見過一款遊戲是如此鼓勵人們的而且也當真做到了。

「精靈寶可夢 GO」登陸台灣前，已在歐美風靡一整月，島民們在殷殷盼望此手機遊戲登台的一個月間，見多了各種光怪陸離的新聞，如三更半夜某稀有精靈降臨於紐約中央公園以致人群暴動湧入，目光發直奔竄於大街的人群酷似近年來流行的喪屍片，另有邊開車邊抓寶乃至撞飛路邊警車者，有不堪家門口抓寶人潮滋擾憤而持空氣槍掃射者，有專家警告恐有寶可夢拐童法（「小朋友，那邊有一隻 xxx，要不要和我一起過去抓？」）……曾為此十分擔心的台灣家長們，在遊戲真正推出後，正面回響遠遠高過負面。

友人們紛紛加入訓練師行列，這陣子飯局，總有訓練師們席間交流心得，順便曬曬抓到的稀有精靈。好友兼小說家林俊頴是訓練師，動保學者黃宗慧宗潔姊妹是，政治評論家尹乃菁是，中研院年輕學者陳宜中是，面對麵老闆娘曉苓一家子是。當然總有那不明遊戲精妙處的侯導不解：「所以抓到寶了，然後呢？」待我們一干有玩的沒玩的傢伙七嘴八舌解釋以打道館啊，炫耀啊，侯導不免又反覆追問：「打了道館，然後呢？炫耀了，然後呢？」直至童年經驗相近的動保人夫一句「就是尪仔標啦！」方才恍然大悟。

曾與訓練師俊頴、訓練師動保人、編劇、侯導同赴北投公園朝聖。人人樂趣大不同，俊頴是收集狂，凡圖鑑上沒有的小精靈一概瘋狂追逐，已有者那怕是優秀品種如伊布如迷你龍皆不屑一顧；動保人是守球奴，愛背包裡的各色寶貝球與莓果勝過小精靈，收服過程中一旦用球數過高便嚷嚷哀嘆著不抓了球用太多好心痛，完全忘了存球就是為了收服小精靈用；編劇秉著向來對待未知事物的好學（兼有些少見多怪）態度，對手機遊戲一竅不通卻看著看著充滿興趣；侯導則喜歡「喝！」當小精靈給收入寶貝球中，有三次撞破球衝出的機會，侯導便老要在小精靈第三次撞球前抓準時間點「喝！」一聲，得意謂旁人曰：「你看，就是要嚇嚇它它就不敢出來！」那些小精靈倒也十分給面子的真沒一個給他「喝！」過還破球而出的（所以腦筋動得快的動保人夫速速歸納出來，「喝！」等於一顆莓果，或者紅球升級藍球、藍球升級黑球）。

（當然還有那嗜好終極奇怪的動保人夫，喜歡戳戳抓來的小精靈看它們的反應，因此愛上唯一一種戳它不但不生氣還會唱歌給你聽的胖丁。）

北投公園的那一日末，我們坐在星巴克露天座小憩，卻是猛然一瞬間，遭到尖叫奔竄的人群淹沒，原來是有快龍降臨於不遠處的陡坡石階，俊顥與我抓了手機躍入人群追龍去，留下三人在人群海嘯包夾的露天座好似湍中孤石，侯導對那些不分男女老幼皆附魔發狂而一模一樣、好似遭外星人植入的「豆莢人」（典出恐怖科幻片《天外魔花》）之人群齁齁詫笑（侯導對不可思議事物之典型反應），同時不忘替每張豆莢人臉孔一一配上台詞，那又是侯導的另一項樂趣了。

吾等豆莢人，寶可夢訓練師們存在生活周遭任何角落。咖啡館等公共場合，青少年的話題不覺間轉作：去過陽光公園沒有？還有八二三公園、浮洲藝術河濱公園、美提河濱公園、三鶯之心、烘爐地……有些我聽都沒聽過的。更深入者如瓦窯溝怎麼走好走，畢竟其沿岸道路時有時無，得一下子走這岸一下子走那岸的，哪條路在地圖上是可通行的然而實際上根本不能走，且哪幾個紅綠燈要等超久往往眼睜睜看著正追捕的小精靈從眼前消失云云，這便是我前述的，對環境的深入理解，同時可偵測小精靈的方圓範圍遠大過能發現並收服的範圍，令大家的三角定位功夫一時皆突飛猛進……

河濱公園的阿伯們，那些不老騎士，騎著老邁機車或鏽蝕單車奔逐小精靈，刷過我等步行者身旁時還會好心充任人肉雷達，告訴我們哪隻稀有小精靈正出沒在哪個點云云……

外籍看護們推著老人，公園樹蔭下排列成陣，平板電腦架在輪椅前，老人們肅穆緊繃著臉緊盯螢幕，僵硬手指擲出寶貝球試圖收服輕盈躍動的小精靈，充任啦啦隊的看護們一張臉湊在旁，隨收服成功與否跌宕，或歡呼或惋惜打氣……

最精銳的一批訓練師，莫過北投公園的阿公阿嬤們，如他處的廟前老人，小凳搬到圖書館前的黃槿樹下一坐一整天，如此數月下來，夢幻稀有的小精靈如迷你龍，於他們如隨處可見的波波綠毛蟲獨角蟲，他人視若珍寶甚至不可得的快龍卡比獸，在他們手中是以軍團計……

打開遊戲介面，藍天白雲下大片的綠草地，有墨綠色街道交織，便是我們此刻面對的世界了，天藍色的小立方體散落其間，走近了會開展如花，翻轉鑲嵌其中的小圓牌，氣泡狀的飄浮出各色補給品如紅藍黑三種寶貝球（收服能力由弱而強不等）、各級藥水作為打道館後復元用、增加收服機率的野莓果、依孵化距離分成兩公里五公里十公里的三種蛋……這些寶可夢補給站，多為環境中大小不等的地物，京都的補給站多為小碑小廟，町內安全地藏、某某某遇難之地（足見幕府末年之腥風血雨）之類，台北的補給站最大宗的是變電箱，花花變電箱、高山變電箱、風信子變電箱、高塔變電箱、監獄變電箱（受鐵絲網包圍者），翻轉後的補給站變成粉紫色，要待五分鐘後恢復為天藍色方可再度使用。小精靈便出沒在這簡易卻又非常真實的世界中，出沒規則受遊戲公司控制，同類精靈往往會大量密集於公園綠地或公共建築，訓練師稱之為「巢穴」，如曾經的伊布花園（榮星花園）、皮卡丘紀念館（國父紀念館）、迷唇姊疏洪道（二重疏洪道）、小火龍體育館（新莊體育館）……巢穴會定期搬風洗牌，但也有固定不變棲息於某地者，如水系精靈多出沒於水畔（另有部分更要求是鹹水之濱，如小海獅，如我剛到伊勢夫婦岩海邊十分鐘內便遇上且收服羨煞一干人的乘龍），草系精靈常見於高爾夫球場，火系地系岩石系格鬥系說是受溫度乾濕度晴朗等天候因素影響出沒機率，另曾有訛傳幽靈系精靈出沒於公墓以致小女生們幾乎給嚇哭卻仍毅然前往抓寶……

「精靈寶可夢ＧＯ」開台初期，因砸人道館的速度居冠，造成龍系精靈快龍獨強的局面，但凡略略有心於此遊戲的訓練師，無不想望收編此頭生獨角觸鬚、體肥翼小好叫人對其飛行能力存疑的橘黃胖龍。其收編途徑有二，一者追逐橫空降臨於地圖上的快龍，滿街喪屍奔逐畫面大多源自於此；二者從小培養，以迷你龍進化成哈克龍，再進化為快龍，此法養育的快龍遠較前者素質穩定，莫怪有訓練師三八曰：「沒辦法，投注了感情養出來就是不一樣。」所謂進化好像養蠱，以眾龍之中擇一強者飼養，其餘則轉換為糖果作其進化養料（此進化方式曾招致老一輩寶可夢迷批評，認為踩著同伴屍體的進化方式有悖本系列精神）。為此，訓練師們省不了要長時間與迷你龍打交道。

迷你龍往往被訓練師戲稱為「泥鰍」，是藍背銀腹有個圓鼻子的蛇形小精靈，晶紫大眼作無辜狀煞是可愛，進化後的哈克龍差不多，惟更修長優美些，其習性也有點像泥鰍，絕大多數棲息於水澤之畔，同時愛小溝小圳勝過大河大川，台北迷你龍愛瓦窯溝（中永和界河，南勢角溪支流之一，原為天然溪流，如今已整治為混凝土排水溝，因全程幾乎未加蓋，名氣反而大過作為南勢角溪主流、如今因加蓋而寸斷的中和溝，以及最西邊與中和排水路相連的二八張溝）與北投溪勝過新店溪與景美溪，京都迷你龍愛高瀨川勝過鴨川……云云，雖說水系精靈棲息於水邊似是鐵律，但長期觀察下來，真正離不開水的「水族」當屬可達鴨、呆呆獸、鯉魚王（以上幾位因習性與臉部表情之故，讓訓練師們戲稱為『水邊三傻』）、不是水系而是龍系精靈的迷你龍或其進化版哈克龍四者，另有伊布進化型態之一的水精靈也是離不開水，但相較前四者而言太過稀少，暫且不論。此四者偶有零星迷途於市區旱地如我房間裡的紀錄，但要成群穩定的出現，則必定在水邊。

（當然我難免要給不明就裡者如動保人連番追問：「為什麼瑪瑙水母／大鉗蟹／角金魚／墨海馬／海星星不是水族？」）

這便是有趣之處，至此我可能會受到不少訓練師同行的反駁，明明市區裡某些旱地，離河十萬八千里遠，卻有上述水族棲息著。

我雖不是某些自豪「我的快龍可以組一支球隊！」的狂熱訓練師，但好歹也親手拉拔大了七頭寶貝快龍（只是技能都給我合壞了，唉），我喜歡徒步追逐迷你龍，如此一來收穫量可能遠遜定點蹲在櫻花樹下抓龍鎮日（櫻花是遊戲中的付費使用道具，定點灑花即可在一步不動的狀況下有源源不絕的小精靈自動上門，成為許多店家攬客利器，如開台之初兩大迷你龍聖地北投公園與大稻埕碼頭），但至少有趣得多。但凡有心於迷你龍的訓練師，我相信都與我一般，身上有著順手抓來爆量的可達鴨呆呆獸鯉魚王，與這些水族相處愈久，我愈確信台北市某些水族的分布跟隨的是地下的河流，而非照眼可見的水，我雖不曉得遊戲公司是從何得知某些彎曲斜向柏油路曾是河流，莫不是遠在美國的遊戲開發者看過清代或日據時代台北古地圖？此說聽來匪夷所思，但以我所見的水族分布而言，確實如此。

就好像公館師大分部，雖得依稀遙望新店溪，畢竟離河有大段距離，迷你龍等水族沿著校門口的汀州路面蜿蜒棲息，乍看毫無道理的分布，但若曉得這一段汀州路面是新店溪的舊河道，那便又不怎麼奇怪了。此新店溪舊河道，大約在羅斯福路六段 142 巷與景福街 133 巷交口處的河濱公園自景美溪分出，從此一路北流，經景美溪與新店溪匯流處，弧狀的萬隆街、萬和二號與三號公園、萬年公園等狹長型公園都是其河道，如此經過公館校區門口的汀州路四段，給了一干迷你龍棲息地，最後於福和橋北側的寶藏巖山腳下入新店溪，這一段河道必定只是加蓋而非填埋，畢竟寶藏巖山下的那一小段河流水量仍豐，水清魚多是好釣點，橋下釣客垂釣吳郭魚，我在橋上垂釣鯉魚王。由此我們也能得知，師大公館校區連著福和河濱公園昔年曾是河上沙洲，非今日連陸狀態。

若要追究水蹤，師大分部前仍有一點點昔日河跡，便是萬盛街口斜對面、羅斯福路五段與汀州路四段交口處、NISSAN 車行旁的清澈水溝，那是霧裡薛圳的一小段。霧裡薛圳，《淡水廳志》稱「霧裡薛」，〈瑠公水利組合區域圖〉稱「霧裡薛」（我有些羞愧的至今不知何者正確），又名內湖陂或周七股圳，修築時間早於名氣更大的瑠公圳，在瑠公圳流通公館地區取代霧裡薛圳的灌溉功能後，以公館基隆路圓環為界的上半段被改為排水溝，下半段則併入瑠公圳為其第二幹線。屬於上半段霧裡薛圳的這段水圳遺跡十分接近瑠公圳排水門，如今加蓋為萬盛街的瑠公圳在此排水入霧裡薛圳，本灌溉台北市中部與西南部的霧裡薛圳則結束於師大分部校門口，流入新店溪舊河道。水圳遺跡邊一座扇型台北好好看綠地，時常可見迷你龍盤繞著身軀搖頭晃腦，或者鯉魚王作離水之魚的蹦跳掙扎狀。

從NISSAN車行旁的水溝往景美上溯霧裡薛圳，直至霧裡薛圳在木柵和興路一帶的景美溪取水口，僅剩的露頭遺跡就是羅斯福路五段97巷衛浴行旁的那段，然而眾水族在已是旱地的市區地圖上標示出了完整的霧裡薛圳來。霧裡薛圳這一途自NISSAN車行起，起初是羅斯福路西側、羅斯福路五段150巷旁的狹長後巷狀綠地，冷氣機屁股對著、尚存些許水上吊腳樓遺跡的後巷地面老有鯉魚王滿地蹦跳。在97巷的衛浴行處通過羅斯福路到其東側，流經花木批發市場後側，往東溯至萬盛公園——也是滿滿水族的一座公園——於公園轉朝南溯，抵興隆路前會在興隆路一段55巷27弄處遇上昔年的萬盛橋，這座不算非常古舊但嚴重磨蝕的橋仍跨越在水泥河道之上，就如同水族們也忠實棲居水泥岸邊。

霧裡薛圳遺跡在文山景美運動公園西南邊、順天宮一帶的空地尤其明顯，是一條鐵絲網夾岸的小徑，來回曲折三、四個大彎後通過停車場，有呆呆獸與可達鴨睜著眼白多眼珠子小的眼睛傻站著，最大的彎道處老有迷你龍爬上河岸透氣，我不動聲色擲出寶貝球一一收服之。文山景美運動公園西南邊的水族之多，完整連線出霧裡薛圳的河道形狀，夠我一路忙碌過興順街，直到景豐公園才得抬頭，霧裡薛圳至此，向南通過興隆路走景後街，景後街到仙跡岩山一帶是複雜的三水系交接處，除了霧裡薛圳，尚有瑠公圳的興福支線，與一條來自辛亥路興隆路一帶的溪流——這條溪流與水族的依存關係，也是我津津樂道的。

師大的男一舍與女一舍東側，龍泉街與泰順街一帶，有零星水族散居，與一個迷你龍棲息點，那是屬於第二霧裡薛支線上的長方形埤塘龍池的舊址。

東區的兩處迷你龍出沒點，稀少但穩定，一在明曜百貨後側、林三勝公廳旁，曾經的台北第一大湖上埤的湖心；一在離仁愛路不遠的延吉街邊，真正的瑠公圳河畔，說是真正的瑠公圳，乃因台北市訛傳的瑠公圳橫跨東西南北的滿地都是實在太多了，最大者莫過新生南北路曾經垂柳夾岸的特一號排水溝。當然這兩個地點的水族數量稀少，很可能只是我的附會。

最後是辛亥路與興隆路十字路口西南象限的街廓，這個街廓給過去的松青超市如今的全聯福利中心占去大半，街廓中央的「花開並蒂」碑是一道館。同樣的，此街廓超多水族棲息，全聯福利中心有魚有鴨有呆呆獸，迷你龍族群穩定，是無以遠赴北投公園或者大稻埕等聖地的南區居民們不錯的養龍去處。一般人認為這些水族依賴興隆公園的小水池而生，但水族的分布顯然遠遠超過小水池能供養的範圍，最北界可及與之相對的辛亥興隆路口東北象限街廓，辛亥路四段上的黑狗鎖印行旁暗巷口，有一迷你龍的棲息點，時有修長優雅的哈克龍；以及往北幾步的「興隆路口（辛亥）」公車站，總有個一兩尾鯉魚王在站牌下蹦跳。

這夥水族依循的恐怕不是興隆公園水池，而是一條無名溪流，此溪大約來辛亥路上中油加油站斜對面的廢料行，隨興德路沿著公務人員訓練中心俯瞰的山腳走，繞行在辛亥路軍營後方，打興德路62巷口、捷運文湖線的彎道起開始加蓋，由如今建築中的蓄洪池繞至辛亥路大馬路上，在「興隆路口（辛亥）」公車站牌處又返還建築群中，便是那條與興德路47巷垂直的無名巷弄，在黑狗鎖印行穿出，過辛亥興隆路口，走在西南街廓的邊沿，這也是為何全聯福利中心後方的興隆路二段220巷31弄與244巷會有連串迷你龍棲地，鄰近的興隆公園是個遠較今日水池為大的溪間埤塘。此溪由興隆路二段220巷上分出的、逸仙藥局後側的無名巷弄出至興隆路上，220巷口至國防部軍法司興隆路二段因此有著蜿蜒如河的型態，由軍法司西側南走至仙岩路的這條溪，在靜心中小學後方同瑠公圳水系的興福支線、霧裡薛圳上游相匯。

比之很有名的霧裡薛圳與更有名的瑠公圳，這條小溪實在無人聞問，也許在遙遠昔日它曾有過河川的名字，但我並找不到，或許以台北人見水溝便稱瑠公圳的習性，也曾給當作瑠公圳過。若非沿著興德路的山邊臭水溝是我幼時與動保人傍晚散步的必經之地——也是我們多年後試圖追逐並捕捉結紮一群浪犬卻徒勞無功之地——連我也不會曉得它的存在。然而「精靈寶可夢GO」知道它並讓一干水族以之為棲地，於我，這些水族彷彿從幽深的歷史河流爬上岸來，即便水邊三傻那天真無邪模樣，亦多幾分古老滄桑，彷彿一批不知自身衰敗凋敝而仍堅持守著不存在的河水、歪瓜裂棗的蝦兵蟹將；人們總說河神是龍族之屬，那麼可愛又很不挑水質的迷你龍，會是河神的子嗣嗎？這是相較於霧裡薛圳邊的水族們，更打動我之處。

但要問誰比較懂水圳，自然還是我囉！並非每一條消失的台北河流旁都有水族棲息，特一號排水溝堀川、特三號排水溝赤江，是台北市曾經的兩條大河（規模同等巨大的特二號排水溝承德路甫建成即加蓋，從未以河流的姿態出現在台北市的地圖上），但加蓋後的新生南北路與西藏路三元街，沿岸呈現的是典型的陸生生態，並無任何水族蹤跡。

走完這條水族興盛的小溪，我在景華街的7-ELEVEn買飲料暫憩，結帳到一半的店員忽地扔了我們眾顧客奪門而出，眼望著店外景華街上一陣不小暴動，原來是有烈焰馬降臨於街上，想到我那技能組合與個體值皆臻於顛峰的烈焰馬，我得意竊笑。

寶可夢的創始者、人稱「寶可夢之父」的田尻智，系列主角小智便是以他命名的。田尻智是亞斯伯格人，其收集昆蟲、與人交換昆蟲的自我小世界無人能懂、也無人願意分享，到他日後著迷街機（放置於遊樂場所的大型機檯）電玩遊戲，以亞斯伯格人的專注執拗很快成為電玩大師且授徒無數，迫得損失慘重的遊樂場老闆登門贈送他一台街機請他在家裡自己玩……及至田尻智成年創業，終能將他收集昆蟲的興趣與電玩專長結合，精靈寶可夢系列由此而生，初時的遊戲銷售相當慘澹，且因田尻智要求必須細緻觀察過動物後才能下手設計小精靈造型，造成研發經費過高，但也因此即便早期畫質粗糙，小精靈的造型仍有相當生物學基礎，直到漫畫的成功行銷帶動原本十分慘澹的遊戲銷量，並乘勝追擊推出動畫，終造就此二十年不衰的遊戲品牌。

在遊戲造成轟動之後，全世界的人都分享著亞斯伯格人田尻智本無人聞問的自我小世界，但田尻智卻必須離開這個他一手打造的世界了。寶可夢系列爆紅使他得頻繁亮相於大眾之前，同為亞斯伯格人，我很能了解這一切對他造成的巨大心理負擔，在必須動用藥物控制身心狀態的狀況下，田尻智最後在任天堂的協調下選擇退出，不再參與寶可夢的遊戲開發，如今過著銷聲匿跡的隱居生活，當然寶可夢相關的一切遊戲都必須掛著田尻智的原案之名，並分享所得利潤，也許對一個永遠不會習慣鎂光燈的亞斯伯格人而言，這樣比較好。

瑠公圳彎道近景。

我仍在看不見的河流之畔行走，尋覓河跡，收服棲息於不太乾淨的河水中的小精靈，同時希望我的過度驚擾水族不至觸怒河神。行腳到了某一時某一地，也許我會在河岸邊遇上正收集小精靈的田尻智，亞斯伯格人無須多言，自知彼此完整飽滿到不行根本不必與人分享的自我小世界，在瑠公圳邊抓寶可夢。

後記

二〇一四年下半，在一次的座談會中，萬康提及了估狗地圖中的街景服務，顧名思義，此物讓人坐在電腦前或握著智慧型手機便得漫遊四方。當然，我並不打算以街景服務取代我至今為止的踏查辦法，身在真實環境中，甚至接受酷暑豔陽或隆冬冷雨灌頂洗禮，這些對周遭的覺察與體悟並非扁平畫面所能取代，街景服務於我，是如同萬康所做的，是種穿越時空之法。

萬康說他開街景服務，是為了看喵子。喵子，以萬康的叫法要念作「喵祖」，這一打遍萬康家附近街巷稱王的麒麟尾異貓，卻於二〇一三年下半猝然癱瘓乃至離世，太突然了，甚至不及留下一幀照片、些許牠曾來世一場的證明，萬康上窮碧落下黃泉，到末了，竟只能由街景服務去覓喵子身影，街景服務更新不勤，景物往往還停留在數年前，許多消逝之物因此得以留存，在街景服務中的他家後門，半點不難的找到了草原雄獅似閒臥的喵子。

得萬康啟發，我從此對街景服務著魔上癮，用街景服務展開第二度的踏查漫遊。街景服務確實不太更新，在人臉與車牌皆給馬賽克的街景中，我看見瑠公圳第二幹線尚未被鄰近大廈築牆堵死、敦化南路某處人行道上的巨石安穩在著、神大排河岸的紅磚老屋如故、西大排邊坡有兩頭瓷花豹嬉戲、舊里族支線的尾端尚未讓國美新美館覆蓋、大安支線的露頭明渠依然藏在建築物後方、復興南路上的瑠公圳公園入口還是舊有的綠樹森森貌……讓這些年間我眼見著消逝的一切有了見證，而非只是有時候我懷疑的，是河神與我的一場虛幻大夢而已。

（但我始終不敢用街景服務查看住家四周，就像萬康所做的那樣，我很怕看到閒憩於車底下或牆頭上的橘子、券券、橘兄弟、朱早停、丁丁、阿鷹咕、呸咕小翼……）

我時常想像與河神的相會，現代都市之中，我能怎生的遇上河神？遇上了祂，我會掏出我的手機，而祂，也掏了祂的，不，二〇一三年底落入安和路上埤的我的手機，我們一同打開街景服務，同觀那些我們都還記得的不存在之物。

《楚辭．九歌．河伯》講述祭祀河神的主祭者，與河伯相見於水濱，隨河伯巡遊在河上：

與女遊兮九河，沖風起兮橫波。
乘水車兮荷蓋，駕兩龍兮驂螭。
登崑崙兮四望，心飛颺兮浩蕩。
日將暮兮悵忘歸，惟極浦兮寤懷。
魚鱗屋兮龍堂，紫貝闕兮珠宮。
靈何惟兮水中？乘白黿兮逐文魚，

與女遊兮河之渚；流澌紛兮將來下。
子交手兮東行，送美人兮南浦。
波滔滔兮來迎，魚鱗鱗兮媵予。

我想河神祂，會乘著藍綠藻華為傘蓋的車駕現身，駕車的是那一嘴長鬍鬚像貓的土虱與鱗斑暗彩的吳郭魚，孔武有力又生猛的巴西龜與美國螯蝦（外籍傭兵？）左右隨車護衛，一點紅一點白一點橙金的朱文錦追逐嬉戲。河神披著紅白條塑膠袋的彩衣，髮角飾著一簇鐵線蕨，妝容是七彩虹色的浮油，偶得一羽兩羽白鷺鷥或者鶺鴒停憩於肩頭，祂在水下的宮殿，覆蓋在厚厚的灰白絲縷之下，時不時會攔截到食畢打包妥的空便當盒或封著膠膜的手搖冷飲杯，有血絲蟲在宮牆上交織出紅豔豔的圖案，宮室地板的淤泥中總躲滿黑漆漆的蛤蟆蝌蚪，駕返宮殿的河神必須高高抬腿，跨過橫倒於宮門前一台輪圈扭曲的破腳踏車。

到那時，我終於能踏上河濤，在河神耳邊輕聲的說：「祢的名字是……」

INK PUBLISHING
印刻文學 538

舒蘭河上
台北水路踏查

作　　者　謝海盟
攝　　影　符　容
總 編 輯　初安民
責任編輯　陳健瑜
美術編輯　黃昶憲
繪　　圖　黃昶憲
校　　對　謝海盟　吳美滿　陳健瑜

發 行 人　張書銘
出　　版　INK 印刻文學生活雜誌出版股份有限公司
新北市中和區建一路 249 號 8 樓
電話：02-22281626
傳真：02-22281598
e-mail：ink.book@msa.hinet.net
網　　址　舒讀網 http：//www.inksudu.com.tw

法律顧問　巨鼎博達法律事務所
施竣中律師
總 經 銷　成陽出版股份有限公司
電　　話　03-3589000（代表號）
傳　　真　03-3556521
郵政劃撥　19785090　印刻文學生活雜誌出版股份有限公司
印　　刷　海王印刷事業股份有限公司

港澳總經銷　泛華發行代理有限公司
地　　址　香港新界將軍澳工業邨駿昌街 7 號 2 樓
電　　話　852-27982220
傳　　真　852-31813973
網　　址　www.gccd.com.hk

出版日期　2017 年 7 月　初版
2023 年 11 月 8 日　初版三刷
ISBN　978-986-387-182-8

定　價　340 元

第十七屆臺北文學年金得主

國家圖書館出版品預行編目資料

舒蘭河上：台北水路踏查／謝海盟著
--初版, --新北市中和區：INK印刻文學,
2017.7　面；　公分.（印刻文學；538）
ISBN　978-986-387-182-8　（平裝）

855　　106008388